둘,
또는
하나

이은정 장편소설

둘,
또는
하나

인간과문학사

차례

제1장 묵계 __ 7
제2장 인연 __ 49
제3장 구름 몇 조각 __ 83
제4장 연비 __ 123
제5장 백척간두 __ 159
제6장 참선 __ 179
제7장 만행 __ 215
제8장 마음의 소리 __ 241
제9장 불이문 __ 305

작가의 말 __ 320

제1장

묵계

불이문不二門으로 들어섰다. 절집 안으로 들어서는 문이다. 과연 불이문이 함축하고 있는 오묘한 이치를 체득할 수 있을까? 진리는 둘이 아니라는 것, 둘이 아닌 하나의 경지……. 민지는 그 의미를 되새겨 보았다.

아침에 집을 나서며 보았던 어머니의 얼굴을 떠올렸다. 어머니를 혼자 두고 왔다는 자책감이 들었다. 민지는 머릿속에 떠오르는 생각을 떨쳐버리기라도 하려는 듯이 팔에 걸치고 있던 작은 배낭을 필요 없이 몇 번 추스르며 법당 쪽으로 몸을 돌렸다. 차가운 3월의 꽃샘바람이 몸을 움츠러들게 하였다. 파릇한 기운만 느껴질 뿐 아직 잎이 돋아나지 않은 나뭇가지들은 을씨년스런 모습을 하고 있었다. 약해지려는 마음을 다잡으며 도량을 살펴보았다. 사람의 왕래가 잦지 않았던 듯 비질 흔적이 아직도 남아 있는 마당과 정성 들여 가꾸어 놓은 나무들, 한눈에 청결함과 가지런함을 엿볼 수 있었다. 경내에 서서 주위를 두리번거렸다. 민지는 스님들이 어디에 있을까 생각하며 기웃거리는데 스님 한 분이 마당으로 나왔다. 그녀에게 얼른 다가가 허리를 굽혔다.

"스님, 저 입산하러 왔습니다."

"입산하러 왔어요?"

그녀가 되물었다.

"예. 법해 스님을 만나 뵈었으면 하는데요."

스님은 무슨 생각을 하는지 잠시 말없이 민지를 쳐다보았다.

"그럼 저를 따라오세요."

그녀는 잠시 망설이더니 앞장서 걸음을 옮겨 놓았다.

"여기가 스님이 거처하는 곳입니다."

큰 법당 뒤쪽에 있는 한 건물로 민지를 안내한 스님이 돌아보며 말했다. 댓돌 위에 하얀 고무신이 한 켤레 반듯이 놓여 있었다. 미닫이문의 유리창을 통하여 마루에 나란히 놓여 있는 화분들이 보였다.

"스님 입산하러 왔다는 분이 스님 뵙기를 원하는데요."

그녀는 방문 앞으로 다가가 두 손을 앞으로 모은 채 상체를 약간 앞으로 숙이며 낮은 목소리로 말했다.

"누가 왔어?"

잠시 후 방안에서 인기척이 느껴지더니 작은 소리가 들려왔다. 밖에서 대답이 없자,

"입산하러 왔다는 분이 나는 왜?"

묻는 소리가 들렸다. 잠시 침묵이 흘렀다.

"일단 들어오시라고 하여라."

다시 방 안에서 말소리가 들려왔다.

"들어가 보세요."

민지를 안내했던 스님이 방문을 열어주고 물러 나왔다. 그리고는 조용하지만 잰걸음으로 모습을 감췄다. 민지는 한쪽 어깨에 메고 있던 작은 배낭을 툇마루에 내려놓고 방으로 들어갔다. 스님은 널찍한 책상 앞에 반듯하게 앉아 책을 보고 있었다. 넉넉한 풍채가 푸근해 보이는 한편 사람을 압도하는 힘이 있어 보였다.

"스님, 상좌가 되고 싶어 왔습니다."

민지는 세 번 절하고 무릎을 꿇고 앉아 거리낌 없이 말을 하였다. 하지만 법해 스님은 그런 민지에게 눈길조차 돌리지 않은 채 책을 보면서 말했다.

"다른 훌륭한 스님도 많을 텐데요…….."
 스님은 책장을 한 장 넘겼다.
"왜 입산을 하려고 해요?"
 그제야 책에서 눈을 떼며 민지를 쳐다보았다.
"스님이 되고 싶습니다."
"어떻게 여기를 찾아왔어요?"
"불교 학생회를 다녔지요. 그곳에서 스님 얘기를 들었습니다. 그래서 찾아왔습니다."
"편히 앉아요."
 하지만 민지는 무릎을 꿇은 상태 그대로 자세를 유지하였다.
"내가 이제 나이가 많아 더는 상좌를 두지 않고 있어요."
"그래도 스님 상좌가 되고 싶습니다."
"고집부리지 말고 다른 스님을 찾아가 봐요."
 법해 스님은 보고 있던 책을 접어서 들고 책장으로 갔다. 방의 한 벽면을 차지하고 있는 책장에는 경책과 또 다른 불교 서적으로 가득 차 있었다. 민지는 스님의 동작을 쳐다보았다. 책을 책장에 꽂고 다른 책을 한 권 꺼내더니 처음 자리로 돌아와 다시 책을 보기 시작했다. 민지가 방 안에 있는 것조차 모르는 듯싶었다. 침묵 속에 시간은 흘러가고 있었다. 시간이 얼마나 지났을까. 한 시간은 더 된 것 같았다. 무릎을 꿇고 앉아 있던 다리가 쿡쿡

찌르며 몹시 저려왔다. 조금 더 지나자 쥐까지 나기 시작했다. 얼마나 더 그렇게 앉아 있었을까. 이제는 꿇고 있는 다리에 감각이 없어질 즈음 문득 민지의 뇌리에 어떤 생각이 스쳐 지나갔다.

'누가 여기까지 걸어왔던가. 스스로 걸어왔다. 수행자의 길을 가는 것은 누구인가, 자신이 아닌가. 스스로 공부하고, 스스로 깨달아야 하는 것이 아닌가.'

민지는 감각조차 없는 다리를 펴고 간신히 일어났다. 한참 동안 몸을 제대로 가눌 수가 없었다. 겨우 다리에 피가 돌기 시작했다. 스님에게 절을 한 번 하고는 밖으로 나가려고 방문을 열었다. 그제야 민지의 등 뒤로 스님의 목소리가 들려왔다.

"시간이 늦었으니 오늘은 여기서 자고 내일 내려가도록 해요."

민지는 엉거주춤 방문 앞에 서 있다가 툇마루에 걸터앉아 신발을 신었다. 신발 끈을 매고 있는데 아까 안내했던 스님이 빠른 걸음으로 다가왔다. 아마도 근처에서 이쪽의 동정을 살피고 있었던 모양이었다. 그녀가 방문 앞에 다다르자 법해 스님이 말하였다.

"하룻밤 묵어갈 수 있도록 방으로 안내해주렴."

"저를 따라오세요. 우선 공양부터 하셔야죠."

그녀는 큰 법당 옆으로 난 돌계단을 내려가더니 마당 오른쪽에 있는 육화당이란 건물로 민지를 이끌었다. 육화당은 겉모양은 한

옥이었지만 시멘트로 지어진 현대식 3층 건물이었다. 툭 불거져 보이는 것이 주위의 다른 건물들과는 영 어울리지 않았다. 일층 옆쪽으로 난 문을 열고 들어서자 바로 식당이었다. 민지는 스님의 뒤를 따라 식판에 밥과 반찬을 담아 식탁으로 가 스님과 마주 앉았다. 넓은 식당에는 열 명 남짓한 사람이 공양하고 있었다.

"스님들은 모두 어디 계신가요?"

"아, 학인 스님들은 모두 이 층에서 발우鉢盂 공양供養을 한답니다. 스님들에게는 공양하는 것도 수행이고 공부랍니다."

말을 끝낸 스님은 합장한 후 수저를 들었다. 침묵 속에 식판에 숟가락과 젓가락이 부딪치는 소리가 간간이 들려올 뿐이었다. 조금 있으니 '딱' 하는 죽비 소리가 들려왔다. 이층으로부터 들려오는 공양 시작을 알리는 소리인 모양이었다. 공양을 먼저 마치고 마당으로 나오자, 뒤따라 나온 스님이 무슨 큰 비밀이라도 알려주는 것처럼 작은 목소리로 말했다.

"법해 스님 상좌가 되고 싶으면 내일 다시 무릎을 꿇고 의지를 보여 봐요. 작년에 찾아왔던 행자 한 명도 온종일 무릎을 꿇고 앉아 있었어요. 그때도 스님께서는 연로하셔서 상좌를 둘 수가 없다고 하셨지요. 하지만 결국 스님 상좌가 되었어요. 며칠 전 사미니계沙彌尼戒도 받았습니다."

"잘 알겠습니다."

그렇게 대답은 하였지만 이제 그것은 민지와는 관계가 없는 일이었다. 법해 스님의 방을 나오면서 이미 내일 이곳을 떠나 다른 절로 가기로 생각을 굳혔다. 구체적으로 어느 절로 갈까 결정을 하지는 않았지만, 이곳은 아니라는 생각이었다.

두 사람이 마당을 서성이며 이런저런 이야기를 하고 있는데 대웅전에서 소종을 치는 소리가 들려왔다. 처음에는 크고 느리게, 그리고 조금씩 빠르고 작게 들려왔다. 이어서 종소리와 어우러져 스님의 쇳송 읊은 소리가 흘러나왔다.

문종성번뇌단聞鐘聲煩惱斷 종소리 듣는 중생이 번뇌는 끊어지고
지혜장보리생智慧長菩提生 지혜가 자라나서 보리심이 나오리라
이지옥출삼계離地獄出三界 지옥을 여의고 삼계에서 뛰어나와
원성불도중생願成佛度衆生 성불하여 중생 제도하기를 원하나이다.

"저녁 예불 시간입니다."
"예."
"함께 예불해요."

스님은 민지를 남겨둔 채 육화당 건물로 들어가더니 잠시 후 가사를 걸치고 나와 이내 법당으로 들어갔다. 민지도 법당으로

들어갈까 생각하다가 그만두고는 마당 한편에 서서 먼 산을 바라보았다. 법당에서는 스님들이 저녁 예불을 올리는 소리가 우렁차게 들려왔다. 처마 끝에 매달려 있는 풍경이 예불 소리에 화답이라도 하듯 가볍게 흔들리며 작은 소리를 냈다. 고즈넉한 산사는 더욱더 깊은 고요 속으로 잠겨 가고 있었다. 어떤 소리는 고요보다 더 고요를 만든다는 사실에 신기한 생각까지 들었다. 산사에는 일찍 어둠이 찾아 들었다. 간혹 불어오는 바람이 꽃샘추위의 매서움을 실감토록 하였다. 민지는 어깨에 힘을 주고 몸을 움츠렸다. 그러나 몸보다 먼저 움츠러드는 것은 그녀의 마음이었다. 싸한 고적감이 마음속을 축축하게 적셔왔다.

"계속 그렇게 서 있었어요? 저를 따라오세요."

예불을 마치고 나온 스님이 육화당 건너편에 있는 건물로 민지를 안내했다. 스님은 방에 들어가 방바닥에 손을 대 보더니, 방문을 열어 놓은 채 아직 툇마루 아래 서 있는 민지 옆으로 내려섰다.

"들어가 쉬어요. 그리고 아까 내가 한 말 잘 생각해 보세요."

스님은 육화당 쪽으로 걸어가며 고개를 돌려 민지를 돌아보며 말하였다. 민지는 몸을 돌려 스님의 뒷모습을 물끄러미 바라보았다. 법해 스님 상좌가 되어 보겠다는 의지를 다시 보여 보라 했던 스님의 말, 하지만 이미 내일 이곳을 떠나기로 한 민지의 생각은 변함이 없었다. 방 안에 들어오니 일시에 몸이 녹으며 피로가 몰려왔다.

 방안은 따뜻했다. 깍지 낀 두 손을 베개 삼아 방바닥에 등을 대고 반듯이 누웠다. 한쪽에 이부자리만 놓여 있을 뿐 텅 빈 방, 그리고 높다란 천장, 마치 황량한 벌판에 서서 아득히 높은 산봉우리를 바라보는 느낌이었다. 입산의 뜻이 확고한 그녀였지만 마음은 허허롭기 그지없었다. 이 밤이 지나 아침이 오면 어디로 가야 하나. 밤이 깊어 갔다. 마음의 긴장 때문에 이렇게 피곤한 것일까. 피곤한 것으로 하여서는 쉽게 잠이 올 것 같았는데 정작 이불을 깔고 자리에 누우니 잠이 오지 않았다. 이 생각 저 생각 많은 생각이 한꺼번에 밀려왔다. 그러나 머릿속만 복잡할 뿐 생각이 모이지가 않았다. 민지는 애써 생각들을 몰아내며 눈을 감고 가만히 귀를 기울였다. 밖에서 바람에 흔들려 나뭇가지들이 서걱거리는 소리가 문득문득 들려왔다. 그 소리는 속삭이는 소리 같기도 하고, 우는 소리 같기도 하고, 또 어떻게 들으면 웃는 소리로도 들렸다. 중간 중간 댕댕하는 풍경 소리도 함께 들려왔다. 그렇게 한참을 밖에서 나는 소리에 집중하다 보니 머릿속이 맑아지고 마음이 편해졌다.

 민지는 계속 밖의 소리에 귀를 기울였다. 똑 또르르 똑 똑 똑……. 언제 잠이 들었던 것일까. 벌써 새벽 예불을 알리는 도량석 소리가 들려왔다. 목탁을 치며 독경을 하는 소리가 멀리서 들리더니 점점 가까워져 민지가 있는 방 앞을 지나 다시 멀어져 갔다. 잠에서 완전히 깨지 않은 민지에게는 목탁 소리만 확실히 들릴 뿐 독경 소리는 그냥 웅얼거리는 소리로만 들렸다. 멍한 가운데 얼마 동안 있던 민지는 두 손바닥으로 얼굴을 문질렀다. 정신이 좀 드는 것 같았다. 도량석 소리가 다시 가까워지고 있었다. 방문을 열고 밖을 내다보았다. 벌써 많은 스님이 발소리조차 내지 않고 조용히 움직여 대웅전으로 모여들고 있었다. 이부자리를 개어 한쪽에 가지런히 놓고 밖으로 나왔다. 밖은 장명등 불빛과 달빛이 캄캄한 경내를 움직이는데 불편하지 않을 만큼만 밝히고 있었다. 그녀는 수각으로 가 바가지로 물을 떠 한 손으로 부어가며 간단히 얼굴을 씻었다.

 법당 앞에 모인 스님들은 줄을 지어 차례차례 법당 안으로 들어갔다. 희미한 불빛 속에서 가사와 장삼을 차려입고 조용히 움직이는 그들의 모습은 누구보다도 더 아름답게 보였다. 민지는 그들과 같은 복장을 하고 그들 속에 섞여 있는 자신의 모습을 그려보았다. 흐뭇한 미소가 그녀의 입가에 피어올랐다. 스님들이 줄을 지어 서 있는 옆에 서서 그들을 지켜보던 민지는 마지막 스님의 뒤를 따라 법당으로 들어갔다. 스님들은 반듯하게 서서 합장하고 반배를 하였다. 상단 앞에 선 스님이 목탁을 두드리자 예불이 시작되었다. 모든 스님은 한 소리로 예불을 하였다.

계향戒香 계의 향기는 향기롭고, 정향定香 정의 향은 퇴전이 없으며, 혜향慧香 지혜의 향 두루 하며 무명의 결박 모두 끊어…….

희미한 촛불 아래 염불을 하고 절을 하는 그들의 모습은 더할 수 없이 경건하고 장엄하였다. 예불을 마친 그들은 법당을 나와 일렬로 서서 육화당 건물로 들어갔다. 그리고 곳이어서 스님들의 경 읽는 소리가 낭랑하게 들려왔다.

수보리須菩提 약유법若有法 여래득如來得 아뇩다라삼먁삼보리阿耨多羅三藐三菩提 연등불燃燈佛…….

아침 공양을 마친 민지는 법해 스님 방으로 건너갔다. 스님은 툇마루에서 화분을 손질하고 있었다.

"내려가겠습니다."

합장하며 고개를 숙였다.

"아침 공양은 했어요?"

스님은 무덤덤하게 물었다.

"예."

"아마 자신에게 주어진 인연의 터가 어디에 있을 겁니다."

스님은 민지를 유심히 쳐다보다가는 다시 난 잎 하나를 정성스럽게 닦았다. 가늘게 뻗은 초록색 이파리가 아침 햇빛을 받아 선명하게 반짝거렸다. 민지는 공손히 합장하고 돌아서서 산길을 천천히 내려왔다.

'인연의 터, 머물 수 있는 곳은 어디에 있을까? 숨을 깊이 들이쉬었다. 차가운 아침 공기가 폐부 가득 밀려 들어왔다. 몸과 마음이 한결 가벼워지는 것 같았다. 그래 가보자, 마음이 시키는 대로 가보는 거야. 가고 싶은 곳, 가는 곳, 그곳이 아마 인연의 터일 거야.'

팔만대장경八萬大藏經을 봉안한 법보法寶종찰 해인사 매표소에는 많은 사람이 표를 끊기 위해 서 있었다. 해인사는 승보僧寶종찰 송광사, 불보佛寶종찰 통도사와 함께 우리나라 불, 법, 승을 대표하는 3대 사찰 가운데 하나였다. 민지는 잠시 주춤거리다가 표를 끊지 않고 매표소를 무심히 지나쳐갔다. 그때 등 뒤에서 남자의 목소리가 날카롭게 들려왔다.

"표를 끊어야지요."

걸음을 멈추고 뒤를 돌아보았다.

"공원 입장료를 내고 들어가야지요?"

국립공원 제복을 입은 남자가 어이없다는 듯 민지를 쳐다보았다.

"입산하려고 왔는데 입장료를 내야 하나요?"

민지가 남자에게 대답하는데 마침 그곳을 지나던 젊은 두 스님이 그녀의 말을 듣고는 멈추어 섰다. 그중 한 스님이 국립공원 제복을 입은 남자에게 합장한 후, 민지 쪽으로 몸을 돌려 물어왔다.

"입산하러 왔어요?"

"예."

민지는 큰 소리로 대답했다. 그런 그녀의 씩씩한 대답이 우스웠던지 스님은 함빡 웃으며 공원 매표소 직원을 한번 쳐다보고는 말을 했다.

"그럼 그냥 들어가세요."

민지는 합장하고는 등을 돌려 큰 절을 향해 걸어갔다. 그들은 미소를 머금은 채 민지의 뒷모습을 잠시 바라보다 서로 얘기를 나누었다. 먼저 대적광전大寂光殿에 들러 부처님께 삼배하고 경내를 살펴보았다. 해인사는 처음이었다. 동림사에서 내려오면서 어디로 갈까 여러 가지로 생각하다가 큰 절로 가보자고 생각한 것이 해인사였다. 출가하기로 한 후 후보지로 정한 곳 중에 들어있었다. 여러 가지 자료를 통해 어느 정도 사전 지식을 가지고 있었지만 직접 와 보니 생각보다 더 크고 장엄하였다. 선원禪院, 강원講院, 율원律院 대가람다운 면모를 갖춘 총림이었다. 비구니 스님들이 공부한다는 일선암과 금련암 중 어디로 갈까 생각하며 큰 절을 나왔다. 어느 곳을 가든 부처님 도량은 마찬가지인데, 문득 그런 생각이 스쳐 지나갔다. 올라왔던 길을 되짚어 20분쯤 내려가자 금련암 팻말이 보였다. 팻말이 가리키는 화살표를 따라 널찍하게 나 있는 산길을 따라 올라갔다. 우뚝우뚝 솟은 큰 나무들이 하늘을 가릴 만큼 빽빽하게 우거져 있었다. 그윽한 산길의 정취가 마음을 저절로 푸근하게 만들었다. 동림사를 나와 두 번째로 입산을 하러 들어서는 길이지만 마음은 여전히 착잡하였다. 금련암에 이른 민지는 첫 번째로 만난 스님에게 다가가 합장을 하였다.

"스님, 입산하러 왔습니다."

스님은 눈을 위로 치켜뜨며 민지를 쳐다보았다.

"내가 이 절 소임을 맡은 원주입니다. 이리로 오세요."

그녀는 무뚝뚝하게 말을 내뱉으며 행자실로 안내하였다.

후원에 있는 방 중 왼편에 있는 큰 방 한 개가 행자실로 이용되고 있었다. 입산하러 오는 행자들은 모두 함께 큰 방에서 머물게 되어 있었다. 그 방은 가정집 큰방 대여섯 개를 합친 것은 족히 될 만큼 아주 널찍하였다.

금련암에서는 '왜 입산하러 왔느냐, 어떤 생각으로 출가를 하려고 하느냐?' 하는 일체의 물음이 없었다. 왜냐하면, 절에서는 입산의 동기를 묻는 것이 금기로 되어 있기도 하지만, 봄, 가을이면 많은 사람이 입산하러 와서 한두 달 지나면 다시 산에서 내려가는 일이 많기 때문이었다.

또 '가는 사람 붙잡지 않고 오는 사람 막지 않는다.'라는 불가의 묵계가 있어서 인지도 모를 일이었다. 그날부터 민지는 금련암에서 행자 생활을 시작하였다. 성을 따라 윤 행자라고 하게 되었다. 민지보다 먼저 입산한 행자가 한 명이 있었다. 그녀의 성은 최씨라고 하였으며, 금련암에 온 지 세 달쯤 된다고 하였다. 그녀는 민지, 아니 윤 행자가 행자 생활하는 데 많은 도움을 주었다. 목탁 치는 법, 공양 짓는 법, 큰스님들을 시봉하는 법 등 그녀는 절의 규칙과 예의에 대해 자세하고 친절하게 알려주었다. 그렇게 정신없이 힘든 행자 생활을 하며 며칠이 지난 어느 날 스님 한 분이 큰절에 갔다 와서는 행자실로 와 윤 행자에게 물었다.

"윤 행자가 입산하러 올 때 큰절 비구 스님들에게 입산하러 온 사람도 공원 입장료를 내야 하냐고 물었어요?"

스님은 윤 행자를 보며 말했다.

윤 행자는 대답 대신 겸연쩍어 머리를 긁적거렸다.

"큰 절 스님들이 누군지 얼굴 한번 봐야겠다고 하던데……."

"어떻게 하지요?"

윤 행자가 얼굴을 붉히며 스님을 쳐다보며 물었다.

"소문이 났으니 행자님 스타 되겠어요."

스님은 장난기 어린 말투로 웃으며 말을 이었다.

"부끄러워할 것 없어요. 스님들이 모르는 것보다는 누군지 알고 있는 게 좋지요."

스님은 윤 행자의 어깨를 다독거린 후 행자실을 나갔다. 스님이 밖으로 나가자 두 사람의 얘기를 듣고 있던 최 행자가 옆으로 다가와 앉았다.

"누가 그 말을 했을까?"

고개를 갸웃거리며 최 행자는 궁금하다는 표정을 지었다.

"해인사에 오던 날 매표소 앞에서 비구 스님 두 분을 만났는데, 내가 매표소 직원에게 하는 소리를 듣고 그 비구 스님들이 그냥 들어가라고 하였거든."

"그랬었구나, 그 비구 스님들 잘생겼어?"

"글쎄……. 얼굴도 확실히 기억나지 않는데 잘생겼으면 뭐 하려고?"

윤 행자가 피식 웃으며 짓궂게 물었다.

"못생긴 비구 스님보다는 잘생긴 비구 스님이 좋지. 왠지 잘생긴 비구 스님 보면 절에 가서 법문 한 번 더 듣고 싶잖아."

"법문을 들으러 가는 것이지, 스님 얼굴 보러 간대?"

윤 행자가 최 행자의 얼굴을 빤히 쳐다보며 놀리듯 말했다.

"그렇지만."

최 행자는 재미있다는 듯이 낄낄거렸다.

"아마 스님들이 이 말을 들으면 백팔배하며 참회하라고 하였을 거야."

"분명히 그랬겠지. 하지만 우리는 아직 속세의 때를 다 벗지 못한 행자 신분인데 스님들께서 이해해 주시겠지."

두 행자는 서로 얼굴을 맞대고 한참을 웃었다.

일체 모든 것을 끊어야만 하는 것이 출가한 사문이라 하지만 그들의 내면에는 젊음의 혈기가 꿈틀거리고 있었다. 그것은 아무도 부정할 수 없는 사실이었다.

이제는 완연한 봄이었다. 새로 돋아난 잎들이 파릇한 기운을 더해가고, 꽃이 피고 새가 우는 모습을 보는 것은 긴장 속에서 고된 행자 생활을 하는 윤 행자에게는 커다란 위안이고 즐거움이었다. 해인사 진입로에 일제히 피어난 벚꽃은 장관을 이루고, 벚꽃이 바람에 흩날릴 때의 그 화려한 광경이란, 마치 셀 수도 없이 많은 수천수만 마리의 하얀 나비들이 날갯짓하며 날아오르는 모습 바로 그것이었다. 원주 스님을 따라 장에 다녀오며 그 광경을 보았던 윤 행자는 벚꽃이 지기 전에 다시 한번 더 내려가 보고 싶었으나 짬이 나지를 않았다. 언젠가 한가롭게 벚꽃 길을 걸을 것을 생각하며 자신을 스스로 위로할 수밖에 없었다.

행자 생활을 한 지 두 달이 지났을 때였다. 짧은 머리에 청바지를 입고 전라도 사투리를 쓰는 아가씨 한 명이 입산하러 왔다. 단단한 몸매에 날카로운 인상이 말 붙이기조차 조심스러워 보였다. 눈은 알 수 없는 그 무엇으로 가득 차 있었다. 그녀도 자신의 성을 따라 김 행자라 했다. 그리고 며칠 후 또 한 명이 들어왔다. 김 행자와는 달리 뚱뚱한 체구에 행동 또한 느린 그녀는 정 행자라고 불렀다.

　금련암에서 행자 생활을 하는 사람은 이제 모두 네 명이 되었다. 네 명의 행자는 그때그때 필요에 따라 주로 원주 스님의 지시를 받아 여러 가지 일을 하였다. 그러나 가장 중요하고 힘든 일은 그들이 전담하고 있는 밥 짓는 일이었다. 우선 짓는 양부터가 보통이 아니었다. 그리고 장작불을 피워 가마솥에다 하는 것이라 여간 어려운 일이 아니었다. 네 명의 행자는 번갈아 가며 그 일을 하였다. 설익은 밥을 하는 날이면 서로들 어쩔 줄 몰라 하며 스님들의 눈치를 살펴야 했다. 대중 스님 중에는 행자들의 실수를 말없이 넘겨주는 스님들도 있었지만 지나치다 싶을 정도로 야단을 치는 스님들도 많았다. 밥 짓는 일을 잘못하는 날이면 백팔배를 하면서 참회하여야 하였다. 조석으로 소종 치는 법도 배우고 종이쪽지에 염불을 적어 시간이 나는 대로 외워야 했다. 절 일이라는 게 해도 끝이 없었다. 꼭두새벽에 일어나 종일 정신없이 이리저리 돌아다녀도 일은 끝날 줄을 몰랐다. 저녁이 되면 몸은

축 늘어져 눕기가 바쁘게 잠 속으로 빠져들었다. 그렇게 깊은 잠을 자도 피로가 채 풀리지 않았다. 새벽에 잠자리에서 일어나는 일이 가장 힘든 일 중의 하나였다.

　새벽 도량석도 행자들이 돌아가면서 하였다. 윤 행자, 최 행자 두 사람만 있을 때는 하지 않았는데 김 행자, 정 행자까지 네 명이 되자 행자들의 차지가 되었다. 도량석은 도량을 청정케 하며 성스러운 힘이 도량에 찾아오기를 기원한다는 뜻으로 하는 것이다. 법당 앞 중앙에 선 채 목탁을 세 번을 오르내린 뒤 목탁을 치면서 도량을 돌며 염불을 하는 것이다. 윤 행자도 당연히 자신의 차례가 되면 자명종 시계를 머리맡에 두었다가 경내를 두루 돌며 도량석을 하였다. 도량석을 돌다 보면 어느 순간 큰절에서 울리는 범종 소리가 가야산 자락을 타고 새벽어둠 속으로 아련히 들려왔다. 스님들의 보살핌과 가르침 가운데 힘든 행자 생활은 계속되었다. 승려가 되는 첫 단계로 행자들에게는 참으로 중요한 일이었으며 그만큼 힘들고 어려운 일이었다. 하루는 최 행자가 원주 스님 방에서 울고 나왔다. 원주 스님도 그녀 뒤를 따라 나왔다.

　"그렇게 하도록 해요."

　원주 스님이 최 행자의 등을 토닥거렸다.

　최 행자는 눈물을 닦으며 행자실로 들어갔다. 그리고 잠시 후 그녀가 입산했을 때 가지고 온 가방을 들고나왔다.
"저 내려갈게요."
"그래요……."
최 행자가 합장을 하자 원주 스님은 흰 봉투 하나를 그녀 손에 쥐어 주었다.
"차비해서 가요. 그리고 부모님께 안부 전해요."
스님은 아쉬운 표정으로 그녀의 손을 한 번 잡아 보고는 방으로 들어갔다.
원주 스님 방 앞에 서 있던 행자들은 영문을 몰라 최 행자 옆으로 다가가 물었다.
"무슨 일 있어?"
"나, 하산하려고……."
"왜?"
최 행자는 행자들이 묻는 말에는 대답하지 않았다.
"윤 행자, 김 행자, 정 행자 잘 있어. 그리고 성불해."
그녀는 두 눈에 눈물을 글썽이며 세 사람의 손을 번갈아 잡았다. 그런 후 법당으로 들어가 부처님께 하직 인사를 드리고 밖으로 나왔다.
"우리가 배웅해 줄게."
여유 있는 몸매만큼이나 정이 많은 정 행자가 얼른 그녀의 가

방을 들며 말했다. 행자, 네 명은 금련암을 나와 함께 산길을 내려왔다. 윤 행자의 코끝이 찡해져 왔다.
"내려가서 뭐 할 거니?"
김 행자가 물었다.
"대학교 다시 복학할 수 있으면 공부하고, 그렇지 않으면 취직해야지."
"그래, 너는 속세에서 그리고 우리는 절에서 모두 열심히 살자."
그렇게 말하는 김 행자 역시 서운해 하는 기색을 감추지 못하고 있었다.
윤 행자도 무언가 최 행자에게 인사의 말을 해야겠다는 생각은 했지만, 입을 벌리면 울음이 터져 나올 것 같아 아무 말 없이 세 사람의 뒤를 따랐다. 네 사람은 큰길 입구에 이르렀다. 최 행자는 정 행자에게서 가방을 받으며 나머지 세 사람을 보고 말했다.
"꼭 성불해."
그녀는 흐르는 눈물을 보이지 않으려는 듯 얼른 등을 돌리며 빠른 걸음으로 산길을 내려갔다.
"건강해. 그리고 연락해."
최 행자의 뒷모습을 물끄러미 바라보던 정 행자가 큰 소리로 말하였다. 그리고 세 사람은 아무 말 없이 무거운 심정으로 산길을 걸어 금련암으로 올라갔다. 사람이 떠나고야 그 빈자리를 알 수 있다고 하였던가! 최 행자가 떠난 후 며칠 동안 행자들은 꼭 필요한 것 외에는 말도 별로 하지 않고 침울한 분위기 속에서 지냈다.

어느 날 금련암에 상주하는, 정일 스님이 우물가에서 찻잔을 씻고 있었다. 윤 행자는 스님 옆으로 다가가 같이 거들며 궁금한 점을 물어보았다.

"정일 스님 최 행자 왜 하산했어요?"

"궁금해요?"

윤 행자가 고개를 끄덕였다. 정일 스님은 씻던 찻잔을 손에 들고는 말했다.

"절에 있는 스님들이 노스님에게 지극 정성 시봉하는 모습을 보고 감명을 받았대요. 그래서 집에 계시는 부모님께 불효한 것 같아 효도해야겠다고 집으로 갔어요."

순간 윤 행자는 알 수 없는 그 무엇이 쿵 하고 가슴 속에 울리는 것을 느꼈다. 찻잔을 씻던 손이 가볍게 떨려왔다.

"최 행자의 생각도 옳은 생각이지요."

정일 스님은 찻잔을 씻는 일을 계속하며 말을 이어갔다.

"하지만 우리네 출가자들에게는 자기의 몸가짐을 바로 가지고 부처님의 가르침에 따라 수행 정진하고 자비행을 실천하여 중생과 함께하는 것도 효의 근본이라고 할 수도 있어요······. 왜 윤 행자도 집에 가서 부모님께 효도 좀 하고 다시 절로 오고 싶어요?"

스님은 윤 행자의 얼굴을 찬찬히 쳐다보았다.

"스님은······."

윤 행자는 말을 흐리며 정일 스님의 시선을 피했다. 왠지 자신의 마음을 그녀가 읽고 있는 것만 같았다. 마지막으로 찻잔을 헹궜다. 그리고 마른행주로 물기가 없도록 찻잔을 닦아 찻상에 올려놓았다. 정일 스님은 찻상을 챙겨 방으로 건너갔다.

윤 행자는 잠시 멍하니 우물가에 앉아 있었다. 얼마 동안 머릿속이 텅 비어 아무 생각도 나지 않고 몸을 가눌 수가 없었다. 무슨 큰 잘못을 저지른 것처럼 가슴이 마구 두근거려 왔다. 행자실로 들어갈까 생각하다 조용한 곳에 가서 혼자 있고 싶어졌다. 그녀는 정신없이 빠른 걸음으로 법당 뒤로 나 있는 오솔길을 따라 올라갔다. 생각 없이 허겁지겁 산길을 한참 올라갔다. 알 수 없는 산새 소리가 그녀 대신 우는 듯이 지절거리고 있었다. 순간 그녀는 힘없이 산길에 주저앉았다. 항상 속가에 두고 온 어머니가 마음에 걸렸는데 최 행자의 사연을 듣고 가슴이 아려왔다.

그리웠다. 최 행자가 하산을 한 이유를 떠올리며 이 세상 그 누구보다 자신의 불효가 크다고 생각하며 죄책감에 사로잡혔다. 어머니를 홀로 두고 여기 와 있다는 생각이 들었다. 모르긴 해도 최 행자의 어머니는 혼자는 아닐 것이다. 어머니가 못 견디게 그리웠다.

"윤 행자, 내가 좋은 곳을 보아 두었는데 구경 같이 갈래?"
모처럼 일이 없어 방안에서 염불 책을 보고 있는 윤 행자에게 김 행자가 싱글거리며 말을 붙여 왔다.
"좋은 곳이 어딘데?"
"같이 가보면 알지."
"그래, 함께 가봐."
김 행자는 진불암 쪽으로 조금 올라가더니 길도 나 있지 않은 곳을 지나 계곡으로 내려갔다. 이제 산은 봄을 지나 여름의 길목으로 들어서고 있었다. 피었던 꽃들은 지고 대신 녹음이 온 산을 가득 채우고 있었다.
"아, 좋다."
김 행자는 계곡 바로 옆에 있는 바위에 벌렁 누웠다. 몇 사람은 족히 누울 만한 넓은 바위였다. 며칠 전 내린 비로 계곡은 맑은 물이 콸콸 시원한 소리를 울리며 흘러내리고 있었다. 하얀 물거품을 일으키며 흘러내리는 계곡물은 마음속까지 씻어 내는 것 같았다. 여기저기서 새가 지저귀는 소리도 들려왔다.

"이런 곳을 어떻게 찾아냈어?"

윤 행자가 볼에 붉은 홍조를 띠며 어린아이처럼 기뻐했다.

"진불암에 노스님 심부름 갔다 오다 찾아냈지."

윤 행자도 김 행자 옆에 나란히 누웠다. 주변의 나무들이 그늘을 만들어 햇살을 막아 주었지만, 나뭇잎 사이로 스며드는 빛에 눈이 부셨다. 윤 행자는 몸을 좀 움직이고 머리를 조정해 얼굴에 비치는 햇빛을 피하였다. 이리저리 피해도 햇살이 따라와 눈이 부셨다. 차라리 눈을 감았다. 두 사람은 아무 말 없이 한 동안을 그렇게 누워있었다.

"그 말 알아? '산은 산, 물은 물'이라는 말?"

김 행자가 느닷없이 물어 왔다.

"들어는 봤는데……."

갑작스러운 선문답 같은 소리에 윤 행자가 영문을 몰라 말을 흐렸다.

"바로 이거야. 우리가 있는 이곳 이 시간 산은 산, 물은 물 아! 정말 좋다."

알 것 같기도 하고 모를 것 같기도 한 소리였다. 그러나 윤 행자도 '좋다'는 데는 공감하지 않을 수 없었다. 김 행자가 일어나 몇 발자국 멀어지는 기척이 느껴졌다. 그리고는 혼잣말처럼 중얼거리는 소리가 들려왔다.

"정말 좋다. 그리고 아름다워. 그런데, 왜 이렇게 슬퍼지는지 몰라."

윤 행자는 감고 있던 눈을 떴다. 햇살이 반짝 눈을 찔렀다. 고개를 돌려 김 행자 쪽을 보았다. 이제 그녀는 윤 행자에게 등을 보이며 바위 끝에 걸터앉아 흐르는 물을 내려다보고 있었다. 그녀의 등줄기를 따라 한 가닥 슬픔의 물길이 흐르고 있었다. 흐르는 것이 어디 물뿐이겠는가? 윤 행자의 눈에 핑 물기가 어렸다. 윤 행자는 고개를 돌리고 다시 눈을 감았다.

"윤 행자, 맛있는 것 줄까?"

김 행자가 윤 행자 옆으로 다가와 앉으며 분위기를 바꾸려는 듯 명랑한 목소리로 물었다.

"공양간에서 누룽지 가지고 왔어?"

윤 행자가 눈을 뜨고 김 행자를 올려다보며 되물었다.

"아니, 매일 먹는 누룽지 여기까지 가지고 와? 잠시만 기다려."

김 행자는 근처의 나무 덤불 사이에서 검은 비닐봉지를 하나 꺼내 왔다. 봉지 속에는 마른오징어 한 마리와 소주 한 병이 들어 있었다.

"이거 어디서 났어?"

윤 행자가 눈을 동그랗게 뜨고는 물었다.

"상가 가게에서 샀지."

"김 행자 배짱도 좋네. 그러다가 스님들이 보면 어떡하려고……."

다른 절도 마찬가지이겠지만 특히 해인사는 행자들 교육에 있어 한 치의 빈틈도 없이 철저하고 완벽하게 가르치고 있었다. 각 암자마다 큰스님들이 가장 많이 상주하고 있는 탓도 있겠지만, 절집 생활의 시작인 행자 생활이 가장 중요하다는 생각에서였다. 행자들은 어느 곳에서나 90도 이상 허리를 굽혀 합장하게 하고 있었다. 평소 김 행자의 반듯한 행실을 보아 왔던 윤 행자로서는 그녀가 하는 일이 이해되지 않았다.

"하긴 상가 가게 아주머니가 이상한 눈으로 쳐다보더라."

큰절 아래에는 식당, 기념품 가게, 다방, 여관 등, 절을 오가는 사람들과 등산객을 상대로 장사를 하는 상가가 즐비하게 늘어서 있었다. 행자 옷을 입고 술과 오징어를 샀으니 이상하게 볼 것은 당연한 일이었다.

"출가한 사람이지만 아직은 계를 받지 않은 사람이니 아주머니도 이해하시겠지. 하지만 벌써 절집 문 안에 들어와 있다는 것을 생각하면……."

그녀는 말끝을 흐리며 혼자서 잠긴 목소리로 중얼중얼 참회진언을 외었다. 부처님에게 미리 용서를 비는 모양이었다.

"윤 행자도 마실래?"

김 행자는 종이컵에 소주를 따라 내밀었다.

"아니."

"먹고 싶지 않으면 먹지 마. 그럼 이거나 먹어."

김 행자는 마른오징어를 찢어 윤 행자에게 건네주었다. 그리고 그녀는 종이컵에 소주를 따라 마셨다. 금방 병이 반이 비워졌다.

"난 잊을 수 없어. 아, 5·18광주 민주화운동 그날을……."

김 행자는 중얼거리며 또다시 소주를 잔에 가득 따라 마셨다. 윤 행자는 김 행자가 이곳에 처음 왔을 때의 모습이 떠올랐다. 몹시 지친 듯 초췌한 모습이었지만 무언가를 찌를 것만 같던 그 날카로운 눈빛, 이제 그 의미를 알 수 있을 것 같았다.

윤 행자는 그녀의 말을 들으며 학창 시절을 떠올려 보았다. 하얀 벚꽃이 흩날리던 교정, 짙게 풍기던 아카시아 향기, 그리고 이어서 교정에 퍼지던 매캐한 최루탄 냄새와 학생들의 함성 전경들과의 몸싸움……. 치열했던 그 현장에서도 자신은 그 안에 온전히 끼지 못하고 어설프게 구호만 몇 번 외쳤을 뿐……. 윤 행자는 문득 얼굴이 달아오르며 부끄러운 생각이 들었다.

"윤 행자는 왜 입산했어?"

김 행자가 갑자기 윤 행자의 입산 동기를 물어 왔다.

"글쎄 그런 것 알아서 뭐 하려고?"

"괜한 것을 물어봤지?"

김 행자는 마지막 잔을 들이켰다. 소주 한 병을 다 마신 것이다. 취기가 올라오는지 그녀의 얼굴에는 벌건 기운이 돌았다.

"내가 왜 입산했는지 말해 줄까?"

윤 행자는 대답하지 않았다. 그녀의 입산 동기가 궁금하기는 했지만 그걸 알아서 무얼 한다는 말인가. 우린 모든 걸 버리고 온 사람들인데. 이렇게 생각하면서도 윤 행자는 김 행자의 다음 말을 기다리고 있었다.

"나는 운동권 학생이었어. 5·18 광주 민주화운동 때 함께 데모하던 몇몇 친구들은 경찰서에 붙잡혀 갔지. 그때 일들이 떠오르면 맨 정신으로 있을 수가 없어. 너무 괴로워. 아! 이런 세상이 싫어. 그래서 입산을 했지."

그녀는 고함을 질렀다. 계곡 사이로 김 행자의 목소리가 울려 퍼졌다. 달아오르는 열기를 식히기 위해선지 아니면 마음속 울분을 달래기 위해선지 그녀는 계곡, 물에 얼굴을 담그고 좌우로 흔들어댔다. 윤 행자는 김 행자가 마신 것이 술이 아니라 젊음의 고뇌와 시대의 아픔이라는 생각이 들었다.

"윤 행자, 절에 가야지. 예불 시간 다 됐잖아."

김 행자는 물이 뚝뚝 떨어지는 얼굴을 손으로 훔치며 말했다.

"김 행자는 어떡하려고?"

윤 행자는 답답한 마음에 돌멩이 하나를 주워 계곡 물에 던졌다. 돌멩이는 흔적도 없이 사라지고 계곡 물은 소리를 내며 여전히 같은 모양으로 흐를 뿐이었다.

"조금 있다 갈게. 이렇게 술 취해서 절에 갈 수는 없잖아."

윤 행자는 김 행자의 얼굴을 쳐다보았다. 얼굴이 벌겋고 눈이 약간 게슴츠레한 게 술 취한 모습이 역력했다. 몹시 취하는 모양이었다.

"그럼 있다가 술 깨면 같이 올라가."

"먼저 가. 원주 스님이 찾으면 적당히 말 좀 해주고……."

두 사람 다 없었다가는 무어라 변명할 말도 없을 것 같아, 혼자라도 가서 무슨 조처를 하는 것이 낫겠다고 생각했다.

"그럼 먼저 올라갈게. 깨면 올라와."

"걱정하지 마."

김 행자는 핑계 삼아 혼자 있기를 원하는 것 같았다. 윤 행자는 어떻게 할까? 망설이다가 떨어지지 않는 발걸음을 옮겨 절로 돌아왔다. 저녁 예불 시간을 알리는 소종 소리가 들렸다. 윤 행자는 얼른 법당으로 들어갔다. 윤 행자는 예불문을 외우면서도 머릿속에는 온통 김 행자의 생각으로 가득 차 있었다. 걱정되었다. 그녀는 지금 무엇을 하고 있을까. 예불을 마치고 그녀는 밖으로 나왔다.

"윤 행자, 김 행자는 어디 갔어요? 예불 시간에 보이지 않던데."

법당에서 나오던 원주 스님이 물었다.

"저 필요한 것이 있어서 아래 상가에 내려갔는데요."

윤 행자는 얼떨결에 대답하였다.

"저녁 시간에 왜 내려가요."

원주 스님은 못마땅하다는 듯 퉁명스럽게 말하였다.

"다음부터 행자님들은 필요한 것이 있으면 종무소에 얘기하도록 해요."

"예."

윤 행자는 위기를 넘겼다는 생각에 한숨이 저절로 나왔다. 수행자로서 한 치의 빈틈도 보이지 않는 원주 스님이 김 행자의 음주 사실을 알면 벼락이 떨어질 텐데, 제발 이대로 끝났으면 하고 생각했다. 다행히 원주 스님은 대중 스님들과 함께 참선參禪하는 방으로 들어갔다.

어느새 땅거미가 내리고 어둠이 짙게 깔리기 시작했다. 기다리던 김 행자는 오지 않았다. 너무나 걱정이 되어 무작정 기다리고만 있을 수가 없었다. 행자실에 들어가 벽장 속에서 손전등을 꺼냈다. 그리고 조심스럽게 절을 나왔다. 절을 내려와 숲길로 들어서자 진한 어둠이 왈칵 몰려들었다. 달이 떠 있는 것 같았으나 나무들이 가리고 있어서 빛이 길에까지 미치지 못하였다. 손전등은 윤 행자의 앞길만을 겨우 밝혀 줄 뿐이었다. 혼자서 밤에 이런 산길을 걷는 것은 처음이었다. 금방 숲에서 무엇이 뛰쳐나올 것만 같았다. 무서움에 몸이 저절로 움츠러들고 발걸음이 조심스러워졌다. 윤 행자는 입을 꼭 앙다물며 혹시 길을 못 찾을까 신경을 바짝 쓰며 살펴 나갔다. 다행히 낮에 갔던 곳을 어렵지 않게 찾을 수 있었다. 계곡으로 내려선 윤 행자는 나지막이 김 행자를 불렀다.

"김 행자, 김 행자."

손전등을 이리저리 비추며 찾아보았지만 그녀의 모습은 보이지 않았다. 콸콸 계곡을 흐르는 물소리만 주위를 가득 메우고 있었다.

"김 행자……."

다시 그녀를 불렀다. 대답이 없었다. 아무리 불러도 대답이 없었다. 사람의 기척은 전혀 찾아볼 수 없었다. 윤 행자는 맥이 탁 풀렸다. 조금 전까지는 머리끝이 쭈뼛거릴 정도로 무서웠지만 이제 무서움은 모두 사라지고 김 행자에 대한 걱정뿐이었다. 윤 행자는 희미한 달빛이 흐르는 계곡, 물을 물끄러미 바라보았다. 저 물을 따라 가버렸을까. 그냥 산을 내려가 버린 건 아닐까, 최 행자에 이어 김 행자까지 가슴에 구멍이 뻥 뚫리고 공허감이 그

자리를 가득 채웠다. 윤 행자는 쓰러지듯 바위 위에 주저앉았다. 자신도 모르기 이전에 즐겨 불렀던 노래가 입에서 가느다랗게 흘러나왔다. 마치 노래의 가사가 지금 심정을 대변해 주는 것만 같았다.

산모퉁이 바로 돌아 송학사 있거늘, 무얼 그리 갈래갈래 깊은 산 속 헤매나, 풀벌레의 울음 계곡 별빛 곱게 내려앉나니, 그리운 맘, 님에게로 어서 달려가 보세……. 노래의 가사처럼 달려가자, 절로 달려가자. 사람마다 각각 가는 길이 다른데 김 행자의 길을 어찌할 수 있으랴! 그녀는 앉아 있던 바위에서 일어났다. 그리고 밤 계곡의 물소리를 뒤로하며 어두운 산길을 걸어 다시 절로 돌아왔다.

잠이 오지 않았다. 금방이라도 행자실 문을 열고 김 행자가 들어올 것만 같았다. 윤 행자는 자꾸만 문을 쳐다보았다. 자정이 지나도 그녀는 오지 않았다. 윤 행자는 몹시 괴로워하던 김 행자의 모습이 자꾸만 눈에 어른거렸다. 내일이라도 다시 절로 돌아왔으면 하는 생각이 간절했다.

하산. 김 행자가 하산을 했을까. 만약 그녀가 하산했다면 하루 빨리 자신의 자리를 찾았으면 하는 마음이었다. 이런저런 생각을 하는 사이 벌써 새벽이었다. 정 행자의 머리맡에서 자명종 시계가 울렸다. 오늘은 그녀가 도량석을 할 차례였다. 잠이 부족했던지 그녀는 눈을 비비며 아직도 울어대고 있는 자명종 시계를 끄고는 밖으로 나갔다. 이내 목탁 소리와 도량석 소리가 들려왔다. 윤 행자도 잠자리를 정리하고 밖으로 나왔다. 김 행자 생각으로 한잠도 잘 수 없었던 윤 행자는 캄캄한 하늘을 쳐다보며 답답한 마음에 길게 숨을 내쉬었다. 옆에서 금방이라도 김 행자가 나타날 것만 같았다.

윤 행자는 법당으로 들어갔다. 부처님이 모셔져 있는 상단 앞으로 다가가 촛불을 켰다. 다기물을 올리려고 주전자를 들고 법당을 나오는데 누군가가 한쪽 구석에서 절을 하고 있었다. 김 행자였다.

"김 행자!"

그녀를 발견한 순간 윤 행자는 반가워 자신도 모르게 소리를 질렀다. 절을 하는 그녀의 모습을 보며 윤 행자는 걱정했던 김 행자가 돌아와 무척이나 기뻤다. 눈물이 핑 돌았다. 다기물을 담아서 법당으로 들어오는 발걸음은 조금 전과는 다르게 가벼웠다. 윤 행자는 다기잔에 물을 붓고 김 행자 옆에 서서 함께 절을 하였다. 두 사람은 묵묵히 각자의 입지를 마음속으로 다지며 절을 하고 또 절을 하였다.

아이로서 출가하여 귀와 눈이 총명하고 말과 뜻이 진실하며 세상일에 물 안 들고, 청정범행淸淨梵行 닦고 닦아 서리같이 엄한 계율 털끝인들 범하리까……. 자신을 참회하며 이산혜원 선사의 발원문을 소리 내어 읊조리는 두 사람은 진정한 수행자가 되기 위해 거듭 발심을 하였다. 그리고 그 후 두 사람은 그날 있었던 일에 대해서는 서로 한마디도 하지 않았다.

　은사님을 정하게 되었다. 절집의 은사님은 속가에서 말하는 부모님과 같은 분이다. 김 행자는 원주 스님, 정 행자는 정일 스님 상좌가 되었다. 윤 행자는 해월 스님 상좌가 되었다. 해월 스님은 어릴 때 동진 출가한 청정 비구니로 율사律師 스님이었다. 스님에게는 이미 두 명의 상좌가 있었다. 윤 행자는 그들과 사형사제師兄師弟 간이 되는 것이었다. 스님의 맏상좌는 선방에 참선을 하러 떠났고, 다른 한 명은 승가대학을 졸업하고 대만으로 유학을 떠났기 때문에 윤 행자는 그들을 아직 만나지는 못했다.
　은사님을 정하고 몇 달이 지났을 때 삭발식을 하게 되었다. 금련암 대중 스님들은 큰방으로 모두 모였다. 스님들은 가부좌를 하고 원을 그리듯 둥글게 둘러앉았다. 윤 행자, 김 행자, 정 행자는 무릎을 꿇고 나란히 앉았다. 잠시 후 세 사람 앞에는 청정수清淨水가 담긴 대야가 놓여졌다. 원주 스님이 대중들 앞에 서서 말하였다.
　"행자님들은 앞으로 나오십시오."

세 사람은 일어나서 원주 스님 앞으로 다가갔다. "먼저 천지신명天地神明께 올리는 예禮를 동서남북으로 두 번씩 절을 하십시오."

세 사람은 원주 스님에게 반배를 하고 시키는 대로 절을 하였다.

"그럼 이번에는 지금까지 행자님들을 낳아 주시고 길러주신 부모님께 절을 하십시오."

그들은 멀리 두고 온 부모님을 생각하며 활짝 열려진 큰방 문쪽을 향해 절을 하였다. 윤 행자는 항상 가슴 속에 묻어 두고 지내던 어머니를 생각하며 정성을 다하여 절을 하였다. 세 사람의 삭발은 은사님들이 하기로 하였다. 은사님들은 자신들이 새로 받아들인 상좌 앞에 섰다. 그리고 대야에 손을 담그고 청정수清淨水를 머리 위에 조금씩 뿌려 축축하게 만들었다. 세 사람은 고개를 숙이고 숨을 죽인 채 무릎을 꿇고 앉아 있었다. 은사님들은 가위를 들어 머리카락을 한 줌씩 쥐어 싹둑싹둑 잘랐다. 한 줌씩 잘린 머리카락이 그들 앞에 계속 쌓여 갔다. 머리카락이 하나, 둘, 뚝뚝 떨어져 내렸다. 잘려져 가는 머리카락처럼 그동안 살아온 속세의 습을 잘라야 했고, 맺어온 인연들을 잘라야 했다.

삭발削髮은 속세의 모든 것을 잊어야 하고 버려야 하는 일이었다. 진정 수행자로서 거듭나는 것이었다. 연분홍색 꽃다운 나이의 삶을 살아 보지도 못하고 그들은 그렇게 잘려 가는 자신의 머리카락처럼 여자로서의 인생을 잘라 버려야 했다. 은사 스님들은 작두를 들고 상좌들의 머리를 밀기 시작했다. 검은 머리카락이 낱낱이 모두 바닥에 떨어졌다. 삭발이 그렇게 모두 끝났다. 머리카락이 있다가 한 올도 없으니 찬물을 끼얹은 듯 찬기가 서늘하게 느껴져 왔다.

"행자님들은 법당으로 가서 절을 하고 부처님께 예를 올리시오."

행자들은 두 손을 모아 공손히 합장하고는 숙연한 마음으로 밖으로 나왔다. 파르라니 깎은 머리가 유난히 빛나 보였다. 다들 젊은 나이에 삭발한 그녀들의 모습은 서러울 만치 아름다웠다. 그들은 법당으로 들어가 절을 하면서 부처님께 예를 올렸다. 세 사람은 나란히 절을 하였다. 그러다 정 행자가 소리를 죽여 흐느꼈다. 입산을 결심하기까지 그리고 입산을 하여 고된 행자 생활을 하며 겪었던 수많은 일이 그들의 가슴 속에 스쳐 갔다.

삭발한 행자들은 법당에서 수행자로서 입지를 다지며 절을 하였다. 그리고 삭발削髮한 행자들은 은사들로부터 법명法名을 받게 되었다. 윤 행자의 법명은 은사님의 부탁으로 해인사 큰절 큰스님이 지어 주었는데 혜운이라는 법명을 받게 되었다. 그리고 김 행자는 도일, 정 행자는 명우라는 법명을 각기 그들의 은사님으로부터 받았다.

　발우鉢盂 공양을 하였다. 혜운은 행자 생활을 하면서 스님들이 발우 공양하는 것을 눈여겨보아 왔었다. 발우 공양하는 순서와 예법을 따로 가르쳐 주는 스님들은 없었다. 스스로 보고 익혀 나가야만 하였다. 발우 공양을 할 때의 마음가짐은 수많은 사람의 수고와 공덕을 깊게 생각하고, 음식물을 먹는 것이다. 발우 공양을 할 때면 수저 소리를 내지 않아야 했고, 짜근거리거나 후루룩거리지 말아야 했고, 음식을 떠서 한입에 먹어야 했고, 비벼 먹지 말아야 했고, 두리번거리며 주위를 살펴보지 말아야 했고, 김치 쪽으로 수저와 발우를 깨끗이 씻어 숭늉을 먹어야 했다. 그리고 마늘, 부추, 파, 달래, 홍거라는 오신채 먹지 말아야 하였다. 냄새 나쁜 채소를 먹으면 성내는 마음을 일으키고 음심이 생기기 때문에 먹지 말아야 하였다. 혜운은 처음 발우 공양을 할 때 어색하고 긴장을 하여 이마에 땀이 맺히기도 하였다. 각자의 임의대로 하는 것이 아니라 죽비 소리에 따라 일률적으로 행동해야 하므로 서둘러 발우 공양을 해야 하였다.
　대중 스님들과 함께 공양을 끝내려면 밥과 반찬들을 발우에 조금씩만 덜어 먹어야 했다. 그래서 아침에 발우 공양을 하고 나면 점심 공양 시간이 되기도 전에 배가 고파왔다. 평상시에도 많이 먹지 않던 그녀였지만 발우 공양을 할 때면 긴장이 되어 그 적은 양만큼도 먹을 수가 없었다. 마지막으로 발우를 김치 한 쪽으로 닦아 물로 헹구어 그 김치와 물을 모두 먹어야 했다. 그 물을 절정수情折水라고 하였다.

  혜운은 절정수를 마시고 나면 토할 것 같은 매스꺼움이 목구멍까지 치밀어 올라 참느라고 무척 곤욕을 치르기도 하였다. 쌀 한 톨을 흘리면 천신이 울고 간다고 하였기에 절에서는 마치 그릇을 깨끗이 씻은 것처럼 먹어야 했다. 그렇게 어려움을 겪으면서 차츰 발우 공양에 익숙해져 갔다.

  은사 스님이 화정사에 일을 보러 서울에 가는데 혜운도 함께 올라갔다. 한 달 후에 수계를 받으러 가는 혜운의 승복과 장삼을 맞추기 위해서였다. 해인사와 가까운 대구에도 승복집이 많았지만, 스님이 단골로 다니는 화정사 근방에 있는 승복집이 은사 스님 마음에 들었던 모양이었다. 그 승복집 보살의 바느질 솜씨가 좋다고 칭찬을 아끼지 않았다. 혜운은 승복을 맞춘 후 은사 스님과 수유리에 있는 스님의 도반이 있는 절로 갔다. 스님 혼자 거처하는 조그만 암자였다. 절은 민가에서 숲길을 따라 5분쯤 올라간 곳에 자리 잡고 있었다. 법당과 요사 두 채의 건물이 전부인 작은 절이었다. 주위에 숲이 울창하고 가끔 새소리도 들려와 서울이라 믿기지 않을 정도로 그윽한 느낌이 드는 곳이었다.
"가서 쉬어라."
자리에 앉아 차 한 잔을 마시고 나자 은사 스님이 혜운에게 말했다. 모처럼 서울 나들이를 한 혜운은 몹시 피곤하였다. 스님 역시 눈꺼풀이 쑥 들어간 것이 역시 피곤해 보였다. 두 스님에게 인사를 하고 방으로 건너왔다. 방에 누웠다. 하지만 혜운은 고속버스가 톨게이트를 지나 서울로 들어오는 순간부터 무거워졌던 마음을 가눌 길이 없었다. 시간이 갈수록 마음은 점점 더 무거워져 왔다. 낮에 은사 스님과 승복을 맞추고 화정사에서 일을 보면서도 마음의 한구석은 다른 생각으로 꽉 차 있었다.

출가하기 전까지 줄곧 자신이 살았던 곳. 사랑하는 어머니가 있는 곳. 혜운은 한걸음에 달려가고 싶었다. 길에 나가 택시를 잡아타면 금방 닿는 곳에 어머니가 있는데, 혜운은 한참을 망설이다 전화를 하기로 하였다. 전화는 방 사이 마루에 놓여 있었다. 마루로 나가 전화기를 들고 버튼을 눌렀다. 신호음이 몇 번 가는 소리가 나더니 곧 목소리가 들려왔다.

"여보세요."

어머니 목소리였다. 얼마나 듣고 싶었던 목소리였던가! 또 얼마나 불러 보고 싶었던 이름인가! 목소리가 몹시 힘없이 들려오는 것만 같았다. 어디 아픈 것은 아닌지 아니면 무슨 일이 있는지 걱정이 되었다. 혜운은 삭발도 하였고 한 달 후 수계도 받는다고, 말하고 싶었지만, 입이 열리지 않았다. 그저 가슴만 답답하게 벅차 올라왔다. 혜운은 아무 말 없이 수화기를 들고 있었다.

"여보세요, 여보세요."

목소리가 전화선을 타고 다시 들려왔다. 반응이 없자 잠시 사이를 두고 이내 딸각하는 소리와 함께 전화가 끊겼다. 혜운은 수화기를 내려놓고 방으로 건너왔다. 벽에 기대어 앉았다. 그녀와 서울 하늘 아래 있는데 왜 이렇게 멀게만 느껴지는지, 그러면서도 뼈저리게 보고 싶고 그리운 것이……. 승僧과 속俗이 이런 것인지……. 조금 전에 들었던 어머니의 목소리가 환청처럼 귓가에 맴돌았다. 전화를 다시 걸까 하다가 이미 속세를 떠났는데 하는 생각을 하며 마음을 다잡았다

제2장

인연

겨울을 재촉하는 비였다. 이제 이 비가 그치면 날씨는 더 차가워지고 곧 겨울이 올 것이다. 초저녁부터 제과점 출입문을 통해 비 내리는 가을 밤거리를 물끄러미 바라보았다. 마음 탓일까, 아니면 늦가을 비 때문일까. 우산을 들고 지나가는 사람들의 뒷모습이 왠지 쓸쓸하게만 보이고 몹시도 서두르고 있다는 생각이 들었다. 태숙은 저녁부터 가게를 지키면서 무엇인가를 골똘히 생각하였다. 얼마나 지났을까 벽에 걸려 있는 시계를 쳐다보았다. 10시가 거의 다 되어 가고 있었다. 그녀는 빵이 진열된 쇼케이스 쪽으로 몸을 돌렸다. 가게 문을 닫을 생각에 흩어져 있는 빵을 가지런히 정리하고는 간판의 스위치를 내리려는데 30대 초반의 남자가 문을 밀고 들어섰다. 그녀의 가게에 가끔 들르는 손님이었다. 그는 우산을 접어서 문 옆에 있는 우산꽂이에 꽂았다.

"어서 오세요."

그녀가 의자에서 몸을 일으키며 말했다.

"케이크 하나 주세요. 생일 케이크요."

남자는 케이크가 진열된 쇼케이스 앞으로 다가가며 말했다.

"골라 보세요. 부드러운 맛을 좋아하시면 생크림 케이크도 괜찮은데요."

그는 쇼케이스 앞에서 케이크를 이것저것 살펴보다가는 그중 하나를 손가락으로 가리켰다. 그가 손으로 가리킨 것은 커피 케이크였다. 짙은 밤색 크림을 덮어씌운 위에 다시 여러 가지 색깔의 크림으로 장식을 한 커피 케이크는 아주 먹음직스럽게 보였다. 태숙은 쇼케이스에서 케이크를 꺼내 상자에 넣으며 물었다.

"생일을 맞으신 분이 몇 살입니까?"

"스물아홉입니다."

태숙은 큰 초 두 개와 작은 초 아홉 개 그리고 케이크를 자르는 칼을 작은 비닐봉지에 담은 후 케이크 상자에 밀어 넣었다. 남자는 쇼케이스에서 작은 빵 몇 개를 접시에 담아 계산대 앞으로 가지고 왔다. 태숙은 그가 내민 잔 빵들을 봉투에 넣었다. 남자는 사파리 왼쪽 주머니에서 지갑을 꺼내 십만 원짜리 수표를 내밀었다. 태숙은 손님에게 이름과 전화번호를 물어 수표 뒤에 적은 뒤에 거스름돈을 건네주었다. 그가 나가자 태숙은 가게 문을 닫을 생각으로 간판 등 스위치를 내렸다. 그리고는 창 옆에 세워 놓았던 걸쇠를 들고 나가 셔터문을 잡아 내렸다. 아침저녁으로 한 번씩 듣는 소리지만 오늘따라 그 소리가 귀에 거슬렸다. 민지는 셔터문 내리는 소리를 듣고는 방문을 열었다. 아직 문 닫을 시간이 아닌데 벌써 문을 닫고 있다니 의아한 일이었다. 특별한 일이 없는 한 항상 12시가 다 되어서야 가게 문을 닫던 어머니가 오늘은 두 시간이나 빨리 문을 닫고 있으니 말이다.
"엄마, 오늘 왜 이렇게 일찍 문을 닫으세요?"
"너하고 할 얘기가 좀 있구나……."
말끝을 흐리는 그녀의 표정은 무척 어두워 보였다. 가게 안 정리를 마치고 불을 끈 후 방으로 들어온 태숙은 수건을 들고 욕실로 들어갔다. 민지는 책상 위에 펼쳐 놓은 책들을 정리하고는 장롱에서 이불을 꺼내 방에 깔았다. 세수를 마친 태숙이 욕실에서 나와 화장대로 다가갔다. 민지는 요 위에 앉아 어머니가 로션을 얼굴에 바르는 모습을 바라보며 이불 속으로 들어갔다. 곧바로 태숙이 민지의 옆에 누웠다.
어머니의 어두운 표정 때문인지 민지의 마음마저 어두워지고 무거워지는 것 같았다. 자신에게 할 이야기가 무엇인지 몹시 궁금했다. 평소 같았으면 민지 쪽에서 무슨 일이냐고 먼저 채근을 하였을 터이지만, 태숙의 표정이 평소와는 달리 몹시 심각한 탓에, 민지는 어머니의 눈치만 살피고 있었다. 그러나 한참을 기다려도 태숙은 아무 말도 하지 않고 침묵만 지킬 뿐이었다. 그렇게 한참을 천장만 올려보다 어렵게 입을 열었다.

"민지야."

딸의 이름을 부르는 태숙의 목소리는 가늘게 떨렸다. 그렇게 한 번 딸의 이름을 부르고는 또 침묵이 계속되었다. 한참을 멀거니 천장을 쳐다보던 태숙은 마음을 정했다는 듯이 입술에 침을 묻히며 몸을 일으켜 요 위에 앉았다. 어머니의 기색에 신경을 잔뜩 쏟고 있던 민지도 같이 일어나 태숙을 마주하고 앉았다. 드디어 태숙이 입을 열었다.

"민지야, 믿기지 않더라도 이제부터 엄마가 하는 이야기를 잘 들어. 사실은, 사실은……."

태숙은 말을 잇지 못하고 다시 한숨을 내쉬었다. 어머니가 하고자 하는 얘기가 무엇인지는 몰랐지만, 민지의 가슴이 아려오며 목구멍에 따가운 기운이 느껴졌다. 그녀의 고뇌와 깊이를 말하여 주는 것 같았다.

"지금까지 죽었다고 말했던 네 아버지가 살아 있단다."

태숙의 말끝에 울음이 묻어나며 더 이상 말을 잇지 못했다.
 "엄마, 아버지가 살아 있어요?"
 민지는 놀라 눈을 크게 뜨고는 어머니를 쳐다보았다. 어머니가 무슨 말을 하는지 얼른 그 의미가 와 닿지를 않았다.
 "너에게 무슨 할 말이 있겠니?"
 태숙은 지금까지 혼자 가슴에 묻어 두었던 그 말을 열세 살 어린 딸에게 말하고는 심장이 멎는 듯 마음이 아파져 왔다.
 "내일 아버지를 만나러 가자꾸나."
 민지를 데리고 언제 그 사람을 만나러 갈까 봄부터 고민하던 태숙은 10월 초로 날을 잡았다. 마침 내일 10월 1일은 국군의 날, 10월 2일은 일요일, 그리고 10월 3일은 개천절로 연휴가 되어 있었던 것도 한 가지 이유였다. 초등학교 6학년인 민지는 오늘 수업을 마치고 돌아오는 길에 다시 짧은 방학을 맞는 것 같아 몹시 즐거웠었다. 그런데 그 방학을 맞는다는 기쁜 마음이 어머니의 말 한마디에 순식간에 엉망이 되어버렸다. 태숙은 민지의 손을 꼭 잡았다.
 "민지야, 네 아버지가 여기를 두 번 다녀갔단다. 한번은 네가 6살 때고, 또 한 번은 1학년 때였단다. 기억할 수 있겠니?"
 민지는 어머니의 물음에 기억을 더듬어 보았다. 처음 여섯 살 때의 일은 전혀 기억에 없었다. 그러나 1학년 때의 일이라면

……. 열심히 기억의 책장을 뒤져보았다.
"제가 1학년 어느 날인가 학교에서 수업을 마치고 집으로 돌아왔을 때, 어떤 낯선 아저씨가 저에게 상당히 많은 돈을 손에 쥐여 주셨는데 혹시 그분 아니에요?"
"그래 그분이 네 아버지란다."
태숙은 답답한 심정을 억누르기 힘든지 목소리가 떨려왔다.
"그날 저녁 네가 누구냐고 물어서 친척 아저씨라고 했었지. 얼굴을 기억할 수 있겠니?"
"아니요. 얼굴은 전혀 생각나지 않아요. 그때의 일들만 어렴풋이 아주 희미하게 기억이 나요."
태숙의 말처럼 민지 아버지는 그녀를 두 번 찾아왔었다. 하지만 태숙은 그를 매몰차고 냉정하게 돌려보냈다. 아니 돌려보낼 수밖에 없었다. 그리고 자신의 운명을 한탄하면서 지금까지 어린 딸과 함께 살아온 것이다.
"너에게 용돈을 쥐여 주면서 고사리 같은 네 손을 잡고 한참을 유심히 바라보았었지."
그녀는 순간 민지를 껴안았다.
"그분도 떳떳하게 아버지라고 말할 수 없었던 그 심정이 오죽했겠니? 딸을 앞에 두고 '내가 네 아버지다.'라고 말을 할 수 없었으니. 너에게 평생 멍에를 지고 살아가게 한다는 생각에 아마 몹시 안타까웠을 거야. 네 아버지는 아마 이 세상에서 너를 누구보다 더 사랑하고 계실 거야."

그녀는 자신의 팔에 힘을 주어 딸을 더욱더 세게 껴안고는 한참을 그렇게 있었다.

"두 번째로 네 아버지가 여기를 찾아왔을 때 엄마와 약속을 했었다. 중학교에 입학하면 그때부터는 너의 모든 문제를 책임지겠다고, 그리고 중학교에 들어가기 전에 서로 만나 그 문제를 상의하자고……."

그녀는 말끝을 흐렸다. 그리고 자신의 품에 안은 딸의 머리를 쓰다듬으며 당시의 일을 돌이켜보았다. 처음에는 민지 아버지의 제의를 거절하고 싶었다. 그냥 모녀 둘이서만 오붓하게 살아갈 생각을 하였다. 하지만 아비를 버젓이 두고도 아비 없는 자식을 만들지 않기 위해 못 이기는 척 그의 말을 수락하였었다.

"일주일 전에 연락이 왔더라, 너하고 함께 자기에게 한번 다녀가라고 그 사람 지금 대전에 살고 있단다. 그곳에서 만나기로 했다. 사는 집에도 데리고 갈 모양인데 그동안 엄마는 다른 데서 기다리고 있기로 했다."

민지는 묵묵히 듣고만 있었다.

"그곳에 가면 아마 네 형제도 있을 거야."

어머니는 조심스럽게 민지의 표정을 살폈다.

"나도 그쪽 사람들은 한 번도 보지는 못했단다."

창문을 통하여 비 내리는 소리가 더욱더 세차게 들려왔다. 잠시 모녀는 비 내리는 소리를 들으며 그저 묵묵히 앉아 있었다.

"내일 대전까지 가려면 피곤할 텐데 이제, 그만 자자."

어머니는 이불을 끌어당기며 누웠다.

"네."

민지도 이불을 덮으며 누웠다. 하지만 모녀는 잠이 오지 않았다.

"자니?"

"아니요, 잠이 안 와요."

태숙은 민지의 얼굴을 쓰다듬었다. 볼에 와 닿는 엄마의 손길이 다른 때보다 더 부드럽고 따뜻하게 느껴졌다.

"눈을 감고 잠을 청해 봐."

그렇게 말하며 태숙은 눈을 감았다. 민지는 고개를 반쯤 돌려 눈을 감은 어머니의 모습을 확인하고는 자신도 눈을 감고 잠을 청하였다. 그러나 어린 민지의 머릿속은 여러 가지 생각들로 가득 차서 잠이 오기는커녕 정신이 더 말똥말똥해질 뿐이었다. 죽었다던 아버지가 살아 있다니. 어머니의 얘기를 듣기는 하였지만, 무엇이 어떻게 된 것인지 몹시 혼란스러웠다. 기쁘다고 해야 할지, 슬프다고 해야 할지, 도대체 무어라 표현할 수 없는 묘한 기분이었다. 그러면서 1학년 때 한번 스치듯 본 그 남자의 모습을 애써 떠올려 보았다. 얼굴도 생각나지 않는 그 사람이 아버지라고……? 민지는 그동안 죽은 줄만 알았던 아버지가 살아 있다는 사실이 믿기지 않았다. 또한, 죽은 줄만 알았던 아버지를 만나러 간다는 사실은 더욱 믿기지를 않았다. 그러나 믿고 싶지 않더라도 내일은 그를 보러 간다, 그를 만나러 간다. 자주는 아니었지만 어쩌다 '내 아버지는 어떤 사람이었을까, 어떻게 생긴 분이었을까.' 하는 생각을 하며 한 번만 볼 수 있었으면 하고 바랐던 아버지를 만나러 간다.

이런 생각, 저런 생각을 하다 언제 잠이 들었던 것일까, 민지는 달그락거리는 소리에 잠이 깨었다. 눈을 떴을 때 어머니는 주방에서 아침 준비를 하고 있었다. 아마 어머니는 한숨도 자지 못했을 것이다. 자신이 잠이 들 때까지 어머니는 이리 뒤척 저리 뒤척 잠을 못 이루고 있었다. 민지는 아무 말 없이 잠자리에서 일어나 이부자리를 갰다. 민지가 일어난 기척을 알고도 태숙은 아무 말 없이 하던 일만 계속하고 있었다. 여느 때 같으면 잠자리에서 일어나는 딸에게 먼저 "잘 잤니?"라고 인사를 했을 테지만, 딸이 일어난 기척을 느끼고도 오늘 아침은 아무 말도 하지 않고 있었다. 태숙은 애써 하던 일에만 열중하고 있었다. 열세 살 어린것이 얼마나 놀랍고 마음이 아플까, 새삼 딸에게 죄를 지었다는 생각에 가슴을 조여 왔다.

　밤새도록 내리던 비는 아침이 되어서야 그쳤다. 모녀는 간단히 여장을 챙겼다. 그리고 아침을 먹는 둥 마는 둥 겨우 몇 숟가락을 뜨고서 집을 나왔다. 서울역으로 향하였다. 서울역은 여느 때와 다를 바 없이 많은 인파로 붐비고 있었다. 대전행 차표를 끊고서 개찰을 한 다음 계단을 따라 올라갔다가 다시 내려가 플랫트 홈에 이르렀다. 모녀는 기차에 올라탔다. 6호차 좌석은 5, 6호석이었다. 모녀가 자리를 찾아 앉은 후 5분쯤 지나자 기차는 기적 소리를 내며 출발하였다. 창밖으로 보이는 건물들이 빠르게 뒤로 밀려나고 있었다. 민지는 속이 조금 울렁거리며 약간의 어지러움이 느껴졌다. 눈을 들어 시선을 하늘로 향했다. 잿빛 하늘이었다. 그러자 속은 좀 편해졌다. 민지와 어머니는 아무런 말도 하지 않았다. 아니 할 말이 없었다. 무슨 말을 할 것인가. 기차는 어느덧 평택과 천안을 지나 계속 나아가고 있었다. 천안을 지나자 호두과자를 파는 아저씨의 소리가 들려왔다.

　"호두과자 있습니다, 천안의 명물 호두과자 있습니다."

　그 아저씨는 한 번 지나가더니 한참 있다 같은 소리를 외치며 다시 돌아왔다.

　민지는 호두과자 있습니다. 말하는 아저씨의 소리가 마치 대전이 다 와 갑니다. 하는 소리처럼 들렸다. 가슴이 두근거리며 답답해지는 것을 느꼈다. 자신도 모르는 사이 두 손에 힘이 들어가며 꼭 움켜쥐었다. 아버지를 만나러 간다는 사실이 기대되면서도 한편 몹시 긴장되는 일이기도 하였다.

태숙도 대전이 가까워져 오자 마음이 착잡한지 자주 고개를 돌려 차창 밖을 내다보았다. 그렇게 두 사람이 각각 스스로 생각에 잠겨 있는데, 누군가가 그녀들 옆을 지나가려다 걸음을 멈추고 다가왔다. 기분 나쁠 정도로 빤히 태숙의 얼굴을 살펴보았다. 그러나 태숙은 차창 밖을 바라보고 있던 터라 자신을 살피고 있는 남자의 존재를 알아채지 못하였다.

"저 혹시 윤 선생님 아니신지요?"

느닷없이 들려오는 소리에 창밖을 바라보고 있던 태숙은 고개를 돌려 남자를 쳐다보았다. 20년 전의 자기의 신분을 아는 사람이 누구일까, 순간 태숙은 바짝 긴장되었다.

"누구신지요?"

태숙은 기억을 더듬어 가며 말을 걸어 온 남자를 유심히 쳐다보았다. 그녀는 곧 그가 누구인지 기억이 났다.

"저를 기억하실 수 있겠어요?"

남자가 다시 물었다.

"예."

민지 아버지와 먼 친척이 된다는 이 남자, 민지가 1학년 되던 해 두 번째로 자신을 찾아왔을 때 함께 왔었던 남자였다. 남자는 민지를 쳐다보았다. 먼 친척 된다는 남자였다.

"많이 컸구나."

남자가 민지를 건너다보며 대견스럽다는 표정으로 말했다. 민지는 고개를 치켜들어 남자의 얼굴을 바라보았다. 문득 남자가 5학년 때 담임선생과 많이 닮았다고 생각했다. 남자가 태숙에게 말했다.

"저하고 잠시 얘기 좀 할까요?"

"그러지요."

태숙은 자리에서 일어나며 민지를 돌아보고 말했다.

"아저씨하고 잠깐 얘기하고 금방 올 테니 잠시 혼자 있어라."

민지는 그 남자가 누굴까 몹시 궁금했다. 자신을 보고 많이 컸다고 말하는 그가 누군지 전혀 기억이 나지 않았다. 그때 김밥을 파는 아저씨가 민지의 곁을 지나갔다.

"점심 대용 김밥 있습니다."

조금 전 호두과자 파는 아저씨의 굵은 목소리와는 달리 간드러진 코맹맹이 소리였다. 민지는 모르는 아저씨를 따라간 엄마가 걱정되면서도 김밥 파는 아저씨의 목소리가 우스워 피식 웃음을 짓고 말았다. 태숙은 그 남자를 따라갔다. 그는 모녀가 타고 있는 열차의 다음 칸인 7호 차에 타고 있었다. 그의 일행은 그를 포함하여 모두 네 명이었다. 그곳에 앉아 있던 사람들은 모두 태숙이 처음 보는 사람들이었다. 남자는 그들 모두가 민지 아버지의 먼 친척뻘 되는 사람들이라고 간단히 소개하였다. 태숙이 그들에게 가볍게 고개를 숙여 목례를 하자, 모두 자리에서 반쯤 몸을 일으켜 그녀에게 인사를 하였다. 그중 한 사람이 자리를 내주며 통로로 비켜섰다. 태숙은 처음 보는 남자들 사이에 끼어 앉는 것이 탐탁지 않게 느껴졌지만, 여기까지 데려온 일이 매우 궁금하여 어색한 자세로 자리를 차지하고 앉았다. 자리에 앉자 같이 왔던 남자도 태숙의 건너편에 앉았다.

"소식을 전해 듣고 가시는 길이지요?"

그녀를 데려온 남자가 물었다.

"무슨 소식이요?"

태숙은 의아하여 되물었다.

"그동안 연락하고 지내시지 않았나요?"

"그 사람이 얘기하지 않던가요? 5년 전 함께 오셨을 때 그가 이제부터는 자주 연락하고 지내자고 하는 것을 제가 거절했습니다."

"……."

그는 고개만 몇 번 끄덕였다.

"다만 민지가 계속 저와 사는 것이 옳지 않다고 생각되어서, 중학교에 입학하면 그 사람에게 데려다주겠다고 약속을 했었지요. 그때 이후로 일 년에 한두 번 그 사람이 우리 사는 곳이 바뀌지 않았나, 확인하는 전화만 해 왔을 뿐 별다른 연락 없이 지냈습니다. 그런데 일주일 전쯤 그 사람한테서 전화가 왔더군요. 민지 장래 문제를 상의하고 싶으니 데리고 한 번 내려오라고요. 그래서 오늘 그 사람을 만나러 가는 길입니다."

민지 어머니는 길게 숨을 내쉬었다.

"왜 무슨 일이 있습니까?"

"그러셨군요. 그런데……."

남자는 안타까운 표정으로 태숙을 쳐다보았다.

"어제저녁 집에 들어가 보니 연락이 와 있더군요. 낮에 돌아가셨다고 하는데 멀쩡하던 양반이 갑자기 무슨 일인지 모르겠습니다. 밤이 늦었던 터라 어제 가지 못하고 연락 닿는 대로 이렇게 모여 대전으로 문상을 하러 가는 길입니다."

태숙은 순간 하늘이 무너지는 것처럼 눈앞이 캄캄해져 왔다. 이것이 무슨 일이란 말인가……. 이럴 수가 어떻게 이럴 수가 있단 말인가……. 지금까지 아버지가 죽었다고 알고 있던 딸이, 아버지가 누구인지도 모르고 자란 딸이, 이제 아버지를 만나러 가는 길인데 그 아버지가 죽다니, 딸은 저쪽에서 무슨 일인가

하고 엄마를 기다리고 있는데, 딸에게 전해야 할 말이 '아버지가 죽었단다. 지금 만나러 가는 그분이 돌아가셨단다.' 어떻게 어린 딸에게 이 말을 전해야 할 것인가.

　태숙은 너무나 어처구니가 없었다. 기가 막혔다. 가슴이 조여들고 숨이 막혀 와 금방 까무러칠 것만 같았다. 저 가슴 밑에서부터 치밀어 오르는 것을 누르며, 두 눈을 감고 한참을 미동도 하지 않은 채 자리에 앉아 있었다. 그녀를 둘러싸고 있는 네 사람도 그녀의 안타까운 모습을 차마 볼 수가 없었던지 다들 오열을 한 채 말이 없었다. 그녀가 눈을 뜨자 남자가 조심스럽게 물었다.

　"괜찮으세요?"

　"네."

　태숙이 숨을 고르며 대답을 했다.

　"저는 괜찮습니다만 딸아이 때문에, 어린것이……."

　한탄 같은 말을 겨우 뱉어낸 태숙은 다시 눈을 감았다. 얼마나 그렇게 앉아 있었을까. 눈을 뜨고 말없이 몸을 일으켰다.

　"그래도 가보셔야 하지 않겠습니까?"

　태숙을 데려왔던 남자가 다급한 어조로 말했다.

　"글쎄요……."

　"함께 가시지요."

　남자가 죄지은 사람이라도 되는 것처럼 어렵게 말을 건네 왔다. 하지만 태숙은 아무 말도 하지 않은 채 가볍게 묵례한 후 그들에게서 몸을 돌렸다. 어떻게 무어라고 딸에게 말을 할 것인가, 열세 살 어린 딸에게 지금까지 아버지가 죽었다고 말했다가, 살아 있으니 만나게 해주겠다고 데리고 가는 이 길에, 또다시 아버지가 죽었다고, 이제는 거짓말이 아니고 진짜 아버지가 죽었다고 말을 해야 하다니, 생각할수록 숨이 막힐 것 같았다. 어떻게 딸이 있는 자리까지 왔는지 태숙은 온몸에 기운이 쭉 빠져 딸 옆에 무너지듯 몸을 내려놓았다.

민지는 자리에 앉는 엄마의 얼굴을 걱정스럽게 쳐다보았다. 갑자기 어떤 아저씨가 나타나 엄마를 데리고 가더니, 그 아저씨를 만나고 돌아온 엄마의 모습이 말이 아니었다. 무슨 일일까. 조금 전 그 아저씨가 누구이며 또 무슨 일인데 저렇게 힘이 하나도 없이 넋이 나간 모습으로 돌아온 것일까. 걱정스럽게 엄마의 표정을 살피며 망설이고 있던 민지는 더는 참을 수가 없어 눈치를 보며 조심스럽게 물었다.

"아까 그 아저씨 누구예요?"

그러나 태숙은 민지의 묻는 말이 들리지 않는지 초점이 없는 눈을 하고는 멍하니 앉아 있을 뿐이었다.

"엄마, 아까 그 아저씨 누구예요?"

이번에는 엄마의 얼굴을 똑바로 바라보며 조금 큰 소리로 물었다. 그제야 딸이 묻는 말이 귀에 들어오는지 태숙이 민지의 얼굴로 시선을 돌리며 대답했다.

"네 아버지 먼 친척이란다."

그러나 대답을 하는 태숙의 얼굴이 너무나 무겁고 창백하여 민지는 더는 물어볼 엄두가 나지를 않았다.

"민지야."

태숙은 겨우 딸의 이름을 불러 놓고는 차창 밖을 물끄러미 내다보았다. 그러다가 다시 "민지야." 하고 딸의 이름을 힘없이 불렀다.

"아버지가 어제 돌아가셨다고 하는구나."

그녀는 뱉어버리듯 말을 한 후 길게 숨을 내쉬며 딸의 얼굴을 바라보았다.

"이 일을 어떡하니."

그런데 뜻밖에도 민지에게는 그 말이 무덤덤하게 들려왔다. 그렇게까지 그리워했던 아버지였건만 어제저녁까지만 해도 단한 번만이라도 만나보고 싶었건만 아무런 느낌이 없었다. 민지에게 있어서 아버지라는 존재는 단지 그리움의 대상 그리고 동경의 대상이었을 뿐이었다. 함께 생활하고 웃고 슬퍼하지 못한 존재였으며, 그와 함께 있었던 시간도 없고 함께 만든 추억도 없었기에 남들이 가질 수 있는 구체적인 느낌이 없었다. 단지 하나의 추상

적 개념이었을 뿐 현실적 실체는 아니었다. 실질적인 슬픔이 솟아나지 않았다. 단지 그가 자신을 낳아 주었다는 것뿐 이 세상에 태어났다는 것뿐 그 이상의 다른 의미는 없었다.

"승객 여러분, 다음 정차할 역은 대전역입니다. 내리실 분은 미리 짐을 챙기신 후 잃으신 물건 없이 목적지까지 안녕히 가십시오."

대전역 도착을 알리는 방송이 들려왔다. 어머니는 민지에게 물었다.

"빈소에를 갔다 갈래? 아니면 그냥 서울로 올라갈래?"

민지에게 빈소라는 단어는 처음 듣는 말이었지만 그 단어가 의미하는 바는 쉽게 이해가 되었다.

"빈소에 갔다 갈래요."

민지는 망설임 없이 분명하고 야무지게 말하였다. 하지만 그의 빈소에 왜 가려고 하는지 자신도 알 수가 없었다. 어머니가 묻는 말에 그렇게 대답이 나왔을 뿐이었다. 그냥 가보아야겠다는 생각이 들었다.

"그래 가자, 가는 것이 도리이기도 할 것이고……."

태숙이 뭐라고 더 말을 이어 갔지만 민지의 귀에는 확실히 들리지 않았다. 태숙은 문득 일주일 전 그와 전화 통화한 것이 생각났다. 죽기 전에 딸이 보고 싶었던가, 그렇게 간절히 한 번 왔다가 가라고 말하던 그의 목소리가 귓전에 다시 들려오는 것만 같았다. 천륜이라는 것이 끊으려야 끊을 수 없는 것인가. 그렇다면 죽지 말고 살아 있는 모습으로 딸을 만나 볼 것이지. 기차는 어느덧 대전역에 멈추어 섰다. 모녀는 자리에서 일어나 기차에서 내렸다. 남자들은 벌써 플랫트 홈에 서서 모녀를 기다리고 있었다. 그들은 모녀를 보고서는 태숙과 민지에게로 다가왔다.
"함께 가시지요."
"예."
그들은 역을 빠져나와 택시 승차장으로 갔다. 남자들 세 명은 앞 차에 먼저 타고 나머지 한 사람이 모녀와 다음 차를 타고 그 뒤를 따라갔다. 태숙이 알기로는 민지 아버지 식구 중 누구도 태숙과 민지의 존재를 알지 못하고 있었다. 그런데 이제 민지 아버지가 죽은 마당에 새삼스럽게 그들 앞에 모습을 드러낼 필요가 있을까? 자신과 딸아이를 그 집 식구들이 과연 어떤 식으로 대할 것인가? 태숙은 문득 차를 돌려 서울로 그냥 올라가 버릴까 하는 생각이 들었다. 그러나 그렇게 하면 자신은 죽는 날까지 후회를 계속할 것이란 생각이 들었다.
가자, 가서 그 사람과 마지막 작별 인사를 하자. 그리고 민지에게도 아버지라고 불러 볼 기회를 주자. 죽은 사람이긴 하지만 두 부녀가 만나도록 해주자. 태숙은 아랫입술을 윗니로 지그시 깨물었다. 얼마나 달렸을까. 택시는 간선도로 뒤쪽에 있는 한 주택가에 멈추어 섰다. 택시에서 내리자 장의사에서 내건 표지등이 걸려 있는 집이 눈에 들어왔다. 순간 다시 뒷걸음치고 싶은 마음이 생겨났다. 차비를 내고 돌아서던 남자가 태숙의 머뭇거리는 모습을 보고는 말했다.

"모두 이해하실 것입니다."

그는 앞장서서 대문 안으로 들어섰다. 넓은 정원에는 차일이 쳐 있었고 많은 사람이 웅성거리고 있었다. 일행은 정원을 지나 집 안으로 들어섰다. 빈소는 거실에 차려져 있었다. 빈소 앞에는 상복을 입은 여인과 자식들이 나란히 서 있었다. 일견 망자의 부인과 자녀들인 모양이었다. 상복을 입은 그들의 모습이 창백해 보였다. 태숙 모녀와 함께 온 남자는 상복을 입은 여인에게 다가가 뭐라고 속삭였다. 그의 말을 몇 마디 들은 후 그녀는 고개를 돌려 모녀를 한 번 쳐다보았다. 말을 마친 남자가 모녀에게 다가와 말했다.

"조문하시지요."

남자는 태숙에게만 들릴 정도의 작은 소리로 말을 하고는 저만큼 물러섰다. 태숙은 보일 듯 말 듯 상주들 쪽을 향해 묵례한 후 빈소에 다가가 향을 켜고 절을 하였다. 민지도 어머니와 함께 절을 하였다. 태숙은 망자의 사진을 지그시 건너다보았다. 수많은 생각이 머릿속으로 밀려 들어왔다. 눈을 감으며 입술을 아프도록 깨물었다. 그리고 고개를 숙였다.

'짧은 만남이었습니다. 당신과 헤어져 아이를 낳고 혼자서 살았지만, 당신과의 일은 이 세상에서 가장 소중한 일이었습니다. 이 자리에서 소리쳐 불러 보고 싶고 목 놓아 울고 싶습니다. 하지만 당신을 소리쳐 불러 볼 수도 없고 목 놓아 울 수도 없습니다. 나의 마음을 당신은 알고 마지막 길을 가겠지요. 민지와 나만 이 세상에 남겨두고 어찌 그 먼 길을 이렇게 가버립니까……?'

태숙은 빈소 앞에서 눈을 감고 고개를 숙인 채 그에게 하고 싶은 말을 마음속으로 새겨 내고 있었다. 조문을 마친 태숙은 민지의 손을 잡고 상주들 앞으로 다가가 다시 묵례를 하였다. 그러자 여인이 민지 어머니에게 말을 건네 왔다.

"이 아이인가요?"

"무슨 할 말이 있겠습니까."

태숙은 그녀 앞에서 고개를 숙였다.

"며칠 전 이 아이 얘기를 남편에게 처음으로 들었습니다."

그녀의 목소리도 가늘게 떨려 나왔다. 어색한 만남이었다. 서로 만나지 않아야 할 사람끼리 가장 슬픈 장소에서 얼굴을 마주보고 있어야 하였다. 서로 불편하여 마주 서 있는 것조차 힘들었다. 여인은 민지의 얼굴을 유심히 쳐다보았다. 옆에 서 있던 그녀의 자식들도 계속하여 두 모녀에게 시선을 주고 있었다. 말 한마디 없는 가운데 어색한 분위기가 실내를 감돌았다. 그때 새로운 문상객이 들어왔다. 모녀는 그곳에 더 있기가 계면쩍어 밖으로 나왔다. 밖에 나와서도 모녀는 어디에 몸을 두어야 할지 곤혹스럽기는 마찬가지였다. 차일 밑에는 많은 사람이 이리저리 모여 있었지만, 정원 한쪽에 서 있을 수밖에 없었다. 얼마나 그렇게 하고 있었을까. 같이 기차를 타고 왔던 남자가 쉰 중반으로 보이는 여자 한 사람을 데리고 모녀 앞에 나타났다.

"너였구나, 아버지를 많이 닮았어."

이렇게 말하며 새로 나타난 여자가 민지를 덥석 꼭 껴안았다.

"나를 만날 때마다 너희 모녀 얘기를 하며 큰 죄를 짓고 있다고 말을 하였는데……."

손수건을 쥔 손으로는 눈물을 닦으며 또 한 손으로는 민지의 볼을 쓰다듬었다.

"내가 이 아이 고모 되는 사람이네."

민지 어머니는 그녀에게 고개를 숙였다. 그녀의 모습에서 민지 아버지의 모습을 엿볼 수 있었다. 닮았다. 짙은 눈썹과 선하게 보이는 눈이 무엇보다 많이 닮았다.

"며칠 전 동생을 만났을 때 자네와 이 아이가 곧 내려올 거란 얘기를 했네. 그래서 잘했다고 했지. 앞으로는 두 모녀를 돌보고 살아야겠다고 하며 이제는 마음 편히 잠을 자며 살 수 있게 되었다고 그리도 기뻐하더니……. 사람의 일이란 한 치 앞도 알 수 없다고 하더니……. 이렇게 될 줄 알았으면 이 아이 앞으로 무슨 대책을 세워 놓았을 것이 아닌가! 그렇게 건강하던 동생이 갑자기 죽을 줄이야 누가 알았겠는가?"

그녀는 흑흑 소리를 내며 흐느꼈다. 태숙도 그때까지 참았던 슬픔이 치밀어 오르는지 손수건으로 입을 가리고 터져 나오려는 울음을 애써 참았다.

"갑작스러운 죽음이었기에 이 아이 앞으로 대책을 세워 놓지 못했어. 하지만 아마 집 안에서 자네 모녀를 모른 척하지는 않을 걸세."

그녀는 무엇보다 조카가 되는 민지의 앞날이 염려스러웠던 모양이다. 하지만 태숙에게는 그녀의 말이 부담스럽게만 들렸다. 마음 씀씀이가 고마우면서도 동정을 받아야만 하는 자신 처지가 더없이 초라하게 느껴졌다.

"이런 모습으로 있을 수는 없지 않겠는가. 상복으로 갈아입어야지."

그녀는 모녀의 옷차림을 보면서 말했다.

"너는 아저씨하고 여기 잠시 있을래?"

민지의 고모는 민지에게 말을 하고는 태숙을 데리고 방으로 들어갔다. 잠시 후 태숙은 상복을 입고 밖으로 나왔다. 그리고 그녀는 어린 민지에게 상복을 입혀 주기에는 마음이 아팠는지 삼베로 된 하얀 띠를 허리에 묶어 주었다. 아마도 남들이 보았을 때 죽은 고인의 가족임을 말해 주는 뜻 같았다.

밤이 찾아왔다. 밤은 깊어 가지만, 초상집은 대낮처럼 밝았다. 많은 문상객으로 북적거렸다. 하지만 대낮처럼 환하게 비치는 불빛도 민지에게는 무척이나 어둡게 느껴졌다. 또 더없이 쓸쓸하게 느껴졌다. 왜 저렇게 불빛이 쓸쓸할까? 민지 머릿속으로 문득 사람이 왜 태어나서 왜 죽을까 하는 생각이 스쳐 지나갔다. 알 수 없는 슬픔이 가슴 깊은 곳으로부터 샘물처럼 솟아 올라왔다.

다음 날 아침을 맞았다. 무척이나 낯설었던 그곳에서 하룻밤을 지낸 모녀는 이튿날에는 한시름 놓을 수 있었다. 사람들이 모녀를 대하는 태도가 부드러워 이전부터 알고 있던 사람들 사이에 있다는 느낌을 받을 정도로 편안한 분위기였다. 특히 아버지의 친구분 중 한 명이 모녀 가까이에 있으면서 여러모로 돌보아 주었다. 아마 자기들끼리 그렇게 하도록 얘기가 되었던 모양이었다. 드러나지 않는 가운데 세심하게 배려를 하고 있었다. 민지의 눈에도 그가 무척 정이 많은 아저씨처럼 보였다. 몇 학년인지, 몇 살이지, 어느 곳에 살고 있는지, 공부는 잘하는지, 그는 다정한 말투로 민지에게 여러 가지를 물어보았다. 그리고 그는 아버지가 딸을 안 듯 따뜻하게 안아 주기까지 하였다. 그의 따뜻한 마음이 가슴 가득 전해져 오는 것 같았다. 어제저녁 그가 태숙을 발견하고는 그녀에게 다가와 말을 건넸다.

"저를 기억하시겠어요?"

"예."

태숙은 어제저녁 그가 처음 나타났을 때 먼발치에서 그를 보고 첫눈에 그라는 것을 알아보았다. 지난날 민지 아버지를 만날 때 몇 번 자리를 함께했던 남자였다. 민지 아버지가 그를 자신의 죽마고우라고 소개해 주었었다. 세월이 흘러 나이는 먹었어도 그때의 모습을 간직하고 있었다. 마치 그를 통해 민지 아버지를 만난 것 같아 내심 반가웠다.

"저를 알아보시니 무척 기쁘네요. 뭐라고 위로의 말을 드려야 할지……. 친구가 태숙 씨 생각 많이 했습니다. 따님과 태숙 씨에게 못할 일을 했다면서 항상 죄스러워했지요."

말을 하는 사이 그의 눈가가 촉촉이 젖어 들었다. 잠시 침묵이 흘렀다. 그는 지갑에서 명함 한 장을 건네주며 조심스럽게 말을 이었다.

"부탁입니다. 부담 갖지 마시고 어려운 일 있으면 연락하십시오."

"예."

그녀는 작은 목소리로 대답하며 명함을 받아 손에 쥐었다.
"제가 죽지 않는 한 언제든 이곳으로 연락하면 저와 연결이 될 겁니다."

그는 태숙이 쉽게 연락하지 않을 것을 생각했는지 말을 덧붙였다. 사려가 깊은 사람이었다. 정원 한쪽 귀퉁이에 서서 얘기하는 그들 옆으로 문상객들이 지나가며 그에게 알은 체를 했다.

"다음에 얘기하지요."

그는 태숙에게 가볍게 고개를 숙여 보이며 그들을 뒤따라갔다.

모녀가 그곳에 도착한 후 사흘이 지나갔다. 아침 일찍 영구차가 대문 앞에 도착하였다. 산소로 갈 채비를 하고 있었다. 제를 지내고 드디어 병풍 뒤에 안치되어 있던 관을 사람들이 들고 나오자 가족들은 울음을 토해냈다. 영구차가 산소로 출발하였다. 그리고 승용차 몇 대가 영구차 뒤를 따랐다. 모녀는 아버지 친구라는 사람의 차에 탔다. 세 사람은 아무런 말도 하지 않았다. 모녀는 그저 창밖만을 바라보았고, 그도 묵묵히 운전만 할 뿐이었다. 대전 시내를 벗어나 외곽으로 한 시간 정도 나갔을까. 영구차가 한적한 시골길에서 멈추어 섰다. 뒤따라오던 검은 승용차들도 길 한쪽에 줄을 지어 멈추어 섰다.

가을 하늘은 더없이 맑았고 뭉게구름 몇 조각이 유유히 흘러가고 있었다. 먼저 운구행렬이 산을 오르고 그 뒤를 사람들이 따라 올랐다. 산을 오르는 그들의 발걸음은 무거웠다. 얘기를 나누는 사람은 아무도 없었다. 모두 침묵을 지키며 걸음을 옮겨 놓았다. 드디어 장지에 도착하였다. 그 집안의 선산인 모양으로 몇 개의 봉분이 각각 제 자리를 차지하고 앉아 새로이 그들의 세계에 편입한 망자를 기다리고 있었다. 미리 파 놓은 묘 터에 관을 안치하였다. 산일을 주재하는 사람이 삽자루 몇 개를 가족들에게 나누어 주고 흙을 관 위에 뿌리게 했다. 부인과 그의 자녀들은 차례대로 흙을 한 삽씩 퍼 관 위에 뿌렸다. 그러자 한 남자와 여자가 그녀를 부축하여 저만큼 데리고 갔다. 다른 가족들도 번갈아 삽을 잡고 관 위에 흙을 뿌렸다. 이제는 관이 흙에 완전히 덮여 그 모습이 보이지 않게 되었다.

 끝으로 태숙 모녀의 차례가 되었다. 민지와 태숙도 흙을 한 삽씩 퍼 관 위에 뿌렸다. 태숙은 입술을 힘주어 깨물었다. 남들이 보는 앞에서는 감정을 숨기려고 피가 나도록 입술을 깨물었다. 이렇게 죽은 그가 원망스럽기도 하고 야속하기도 하였다. 오열을 참아 내려는 그녀의 노력도 소용없었던 것이, 그녀의 옆에서 역시 울음을 참고 있던 민지가 한순간 땅바닥에 무릎을 꿇으며 엎어졌다.

 "아빠."

얼마나 불러 보고 싶었던 이름인가. 아버지가 죽었다는 소식을 들었을 때만 해도 민지는 별다른 감정도 없었다. 단지 추상적인 개념으로만 느껴졌던 아버지였다. 민지는 다른 친구들이 아버지와 다정하게 지내는 모습을 봐도 그저 그런 느낌이었다. 그러면서도 가슴 깊이 아버지에 대한 그리움이 쌓여 갔던 모양이었다. 그 모습을 본 태숙도 같은 모습이 되며 참고 참았던 울음을 토해내고 말았다. 지금까지 그녀의 감정을 억제하고 있던 체면이라든지 처지라든지 하는 여러 가지 생각들이 모두 하얗게 지워지며 그 기능을 상실하고 말았다.

"민지야."

"엄마."

두 모녀는 누가 먼저랄 것도 없이 서로를 껴안았다. 그런 모습을 바라보고 있던 사람 중에는 차마 그 모습을 볼 수 없다는 듯 뒤돌아 눈물을 닦는 이들도 있었다. 그러나 퍼뜩 정신을 차린 태숙은 아직도 엎드려 울고 있는 민지를 안아 일으켜 세워 무덤 사람들 뒤쪽으로 물러 나왔다. 슬픔조차도 그들이 차지할 수 있는 몫은 없었다. 장지에서 돌아온 모녀는 서둘러 대전을 떠났다. 민지의 고모 되는 이는 하루쯤 더 있다 가라고 붙들었지만, 태숙은 고맙다는 말만 하였다. 그 집 대문을 나서며 태숙은 가슴을 쓸어내렸다.

대전을 다녀온 후 전과 특별히 달라진 것은 아무것도 없었다. 태숙은 제과점에서 빵을 팔았고 민지는 착실히 학교에 다녔다. 죽었다던 아버지가 살아 있다는 얘기를 듣고 얼마나 가슴 설렜던가. 만날 수 있다는 사실이, 만나러 간다는 사실이 정말 그대로 꿈만 같았다. 하지만 만나러 가는 길에 그가 죽었다는 소식을 듣게 되었고, 그리고 그의 집에서 죽은 아버지를 만나게 되었다.

결국, 민지에게 살아 있는 아버지는 한순간도 존재하지 않았다. 어린 가슴에 그녀에게도 아버지가 있었다는 혼란스러움만 더하여졌을 뿐, 태어나면서부터 민지에게는 이 세상에 아버지란 존재하지 않았다. 달라진 것이라고는 문득문득 뭐라고 말하기 어려운 슬픔이 민지를 우울하게 하는 것이었다. 이제야 어머니가 지금까지 자신에게 거짓말을 하였다는 것을 알 수 있었다. 왜 지금까지 그렇게 거짓말을 했느냐고 물어보고 싶었다. 그러나 어린 마음에도 그게 이제는 전혀 부질없는 말이라는 것을 절실히 느끼고 있었다. 또 그러한 물음이 엄마와 자신에게 슬픔만 더해 주리라는 것을 잘 알고 있었다.

대부분 사람이 그렇겠지만 민지에게 있어서 아버지의 죽음은 큰 충격이었다. 그것도 죽은 아버지가 살아 있다는 얘기를 듣고, 그를 만나러 가던 날 죽은 아버지를 만나게 된 민지로서는 더더욱 그러했다. 그런 후 민지는 문득문득 삶과 죽음에 대해 막연한

의문이 마음속에 피어올랐다. 그 나이 정도의 또래들이 가끔 피상적으로 생각하는 것과는 달랐다. 그럴 때마다 민지는 엄마인 태숙과 다니던 절을 혼자서 찾아갔다. 절에 올라가 도량을 이리저리 둘러보기도 하고 법당에 들어가 한참을 앉아 있다 오고는 하였다.

  북한산 서쪽 자락에 있는 정소사는 그녀가 사는 동네에서 멀지 않은 곳에 있었다. 태숙은 제과점을 쉬는 날이나 초파일 등, 절에 행사가 있는 날이면 민지를 데리고 그 절을 자주 찾았다. 모녀에게 절에 가는 것은 마음의 위안이자 거의 유일한 나들이가 되었다. 민지는 주말이나, 엄마가 절에 같이 못 오는 날에는 혼자서도 절을 자주 찾아 한참을 머물다 가고는 하였다. 소나무가 빽빽하게 둘러싸고 있는 그 절은 이곳이 서울의 한구석이라는 사실을 잊게 할 정도로 한적하고 그윽한 분위기를 자아내고 있었다. 절 주위로는 길들이 잘 나 있어 가까이 혹은 멀리 마음 내키는 대로 발길을 옮겨 놓을 수도 있었다. 멀리 가는 것은 겁이 나서 큰소리로 외치면 절에서 들을 수 있는 정도의 거리까지만 산책하였다. 절에 올라 절집 안팎으로 이리저리 거니는 것이 너무도 좋았다.
  오늘도 민지는 학교가 끝난 후 집에 들러 엄마가 차려 주는 점심을 먹자마자 정소사로 향했다. 여느 때와 같이 절간은 정적에 싸여 있었다. 민지는 법당으로 들어왔다. 부처님 앞에만 서면 무엇보다 마음이 편안해져 왔다. 정성을 다하여 삼배를 올린 후 무릎을 꿇고 앉았다. 상체를 곧추세우고 고개를 들어 한참 동안 부처님을 올려다보았다. 얼마나 그런 모양으로 앉아 있었을까? 저 마음속 깊은 곳으로부터 치밀어 오르는 이유를 알 수 없는 슬픔이 밀려 들어왔다. 어느 정도 시간이 흐르자 슬픈 마음이 잦아들었다. 그리고는 마음을 다시 다잡고 처음의 자세로 부처님을 올려다보았다. 그녀가 부처님을 올려다보는 순간 부처님은 민지를 향해 살포시 미소를 짓고 있었다. 그 미소는 마치 민지를 달래는 것 같았다. 마음이 편해지는 것을 느꼈다. 그렇게 정소사를 다니면서 스님들의 모습이, 그들의 삶이 친근하고 아름답게 느껴졌다. 그들의 생활을 막연하게나마 동경하게 되었다. 그리고 자신도 그렇게 머리를 깎고 스님이 되고 싶다는 생각이 마음속에 커나가기 시작했다.

가끔 거울 앞에 앉아 파르라니 깎은 머리에 잿빛 승복을 입고 하얀 고무신을 신은 자신의 모습을 상상해 보았다. 그리고 계절 따라 변하는 산사의 모습도 그려보았다. 그중 민지가 가장 좋아하는 것은 겨울 산사의 모습이었다. 깊은 산속 여기저기 수북이 쌓여 있는 하얀 눈, 앙상한 나뭇가지들, 대웅전 밑에 고드름과 함께 달린 풍경, 계곡 바위 옆으로 붙어 있는 살얼음, 그리고 겨울 산사 눈 쌓인 마당에 서 있는 자신의 모습을 그려보며 마음속으로 말하고는 하였다.

'부처님처럼 큰사람이 될 거야! 그러면 가슴 밑바닥 가득 고여 있는 아픔과 슬픔, 한순간 모두 없어질 것 같아. 마음이 가련한 이들……! 이 세상에 또 있을 거야. 그들과 같이 울고 웃으며 살고 싶어.'

제3장

구름 몇 조각

민지는 친구들과 여행을 떠나기로 하였다. 일행은 민지까지 모두 네 명이었으며 목적지는 서해안 변산반도 쪽으로 정하였다. 해수욕장에 가서 수영도 하고 근처에 있는 사찰도 둘러볼 생각이었다. 여름 방학을 맞게 된 민지는 아침 일찍 배낭을 꾸리고 약속 장소인 서울역으로 향했다. 표를 끊고 개찰구로 들어갔다. 철길에서 훅훅 열기가 뿜어져 올라와 더 더운 것 같았다. 목적지로 가기 위해서는 전주에서 기차를 내려 버스를 갈아타야 하였다. 그들은 전주역에서 내려 버스터미널로가 다시 변산행 버스에 올라탔다.

버스는 김제를 지나 부안읍을 들른 다음 다시 내달렸다. 김제와 부안에서 내린 사람보다 더 많은 사람이 올라타 버스 안은 통로까지 꽉 차 있었다. 복잡하고 더웠지만 대부분 휴가를 떠나온 사람들인지 짜증 난 표정은 볼 수가 없었다. 얼마를 더 달리자 비릿한 갯냄새가 코끝에 와 닿더니 드디어 버스는 해변으로 난 길을 바다와 나란히 달리기 시작했다. 몇 사람의 입에서 자그마한 탄성이 터져 나왔다. 썰물 때인지 갯벌이 멀리까지 넓게 드러나 보였다.

  드디어 변산 해수욕장에 도착했다. 상가에서 틀어 놓은 유행가는 소음에 가까울 정도로 시끄럽게 들려왔고, 바닷가 작은 마을은 휴가 온 사람들로 북적거렸다. 마치 도회의 시장 한구석을 떼어다 놓은 것 같았다. 일행은 예상보다 많은 인파에 놀라 우선 민박집을 알아보았다. 다행히 해변에서 멀지 않은 곳에 마음에 드는 민박집이 있어 그곳으로 숙소를 정하였다. 짐을 푼 다음 얼른 라면을 한 그릇씩 해치웠다. 그다음 설거지는 나 몰라라 하고 수영복을 갈아입기 시작하였다. 모두 웬만한 몸들을 하고 있었다. 그중 숙희의 몸매가 가장 돋보였다. 수영복을 다 갈아입은 그들은 경쟁하듯이 한달음에 내달려 바닷물로 뛰어들었다. 서로 물을 끼얹으며 장난을 치고 좋아하였다. 널따란 백사장을 파도가 밀려와 하얀 물거품을 일으키며 한낮의 열기를 식혀 주고 있었고, 끝 간 데 없이 펼쳐져 있는 바다 위로는 고깃배 몇 척이 줄듯이 지나가고 있었다. 이윽고 저녁을 마친 그들은 모래가 끝없이 펼쳐진 백사장을 거닐었다. 밀물 때가 되었는지 바다는 훨씬 더 가까이 다가와 있었고 모래 위로 파도가 구르는 소리가 기분 좋게 들려왔다. 서로 몸을 맞대고 걷는 남녀도 가끔 눈에 띄었고 해변에 둘러앉아 노래를 흥얼거리는 사람들도 여럿 보였다. 변산반도에서 이틀, 그리고 격포에서 하루 이렇게 하여 사흘을 보낸 일행들은 도운사에 가보기로 하였다.

아침에 일어나 보니 잔뜩 흐려 있었다. 금방이라도 비가 내릴 것 같은 날씨였다. 하지만 빗속이라도 차라리 사찰 구경이 낫겠다 싶어 도운사로 출발하기로 하였다. 도운사 주차장에 도착할 즈음 기어코 부슬부슬 비가 내리기 시작했다. 많은 비는 아니었다. 비 오는 날이라서 그런지 절로 올라가는 사람은 몇 되지 않았다. 네 사람은 여기저기 기웃거리며 주변을 구경하면서 걸었다. 서두를 것이 전혀 없는 그들이었다. 그들은 천왕문을 지나 경내로 들어섰다. 제일 먼저 동백나무숲을 찾았다. 동백나무는 큰 법당 뒤쪽에 꽤 넓은 숲을 이루고 있었다. 하지만 여름이라 도운사 동백꽃은 볼 수 없었다. 동백꽃은 다른 꽃들과는 달리 꽃잎이 말라서 떨어지는 것이 아니라 개화의 절정에 그 붉은 빛과 모양을 그대로 간직한 채 한순간 뚝 떨어져 정열을 상징한다고 하였던가. 민지는 어디선가 읽었던 내용이 생각났다. 그들은 도운사 뒷산을 온통 붉게 만든다는 동백꽃을 마음속에 그려보며 아쉬움을 달랬다. 그리고 동백꽃이 피어 있는 어느 날 다시 한번 오자고 약속을 하였다. 법당에 들어가 부처님을 뵙고 나오자 이제는 빗방울이 제법 굵어져 있었다. 우산 없이는 금방 몸이 흠뻑 젖을 정도였다. 네 사람은 처마 밑으로 비를 피하며 경내를 둘러보았다. 그때 젊은 스님 한 분이 그들 옆을 지나갔다.

"스님, 안녕하세요?"

수정이 기세 좋게 스님 옆으로 다가가 합장을 하며 말을 걸었다. 그녀가 무엇을 길게 물어볼 것으로 짐작했던지 스님은 수정을 쳐다보며 말했다.

"비가 와서 비닐하우스를 살펴보러 가야 하거든 물어볼 말이 있으면 나중에 물어봐요."

스님은 승복 자락을 펄럭이며 걸음을 재촉하였다.

"저희도 함께 가보아도 되지요?"

수정, 숙희, 미정이가 스님 뒤를 따라가며 말을 건넸다.

"재미있는 학생들이구먼."

스님은 웃으며 말했다. 민지는 친구들과 함께 갈까 하다가 그냥 남아 있기로 하였다. 세 사람은 재잘거리며 스님의 뒤를 따라갔다.

그들이 사라지고 나자 대웅전 앞에 우두커니 서서 내리는 비를 바라보고 있었다. 비가 와서 그런지 경내에는 오가는 사람이 거의 보이지 않았다. 처마 끝에서 떨어지는 낙숫물이 토닥이며 떨어지는 소리가 들릴 뿐 경내는 적요가 감돌았다. 빗줄기 속으로 우뚝 솟아 있는 건너편 산봉우리를 바라보았다. 마치 자신이 비를 맞으며 그 자리에 서 있는 것만 같았다. 산사에 내리는 비는 가슴을 아릿하게 저려오게 하였다.

법당 앞에 서서 비 내리는 산사의 풍경에 마음을 빼앗기고 있었다. 그때 법당 맞은편 쪽으로부터 옅은 잿빛 승복을 입은 스님 한 분이 민지가 서 있는 쪽으로 걸어오고 있었다. 삭발한 머리가 유난히 빛나 보였고, 하얀 고무신을 신고 있었다. 민지는 문득 목이 긴 학 한 마리가 땅 위에 사뿐히 내려앉는 모습을 떠올렸다. 나이가 지긋이 든 노스님이었다. 민지는 노스님이 가까이 다가오자 두 손을 모아 공손히 합장하였다. 노스님도 같이 합장을 하며 인자한 미소를 지었다.

"어디서 왔니?"

노스님이 인자한 음성으로 물었다.

"예, 서울서 왔습니다."

"혼자 왔어?"

"아니요, 친구들과 함께 왔는데 비닐하우스를 살펴보러 간다는 스님 따라 저쪽으로 갔습니다."

민지는 일행이 간 곳을 손가락으로 가리켰다.

"그래, 그럼 친구들을 기다려야겠구먼. 비가 더 올 것 같은데 빨리 내려가야지."

스님은 하늘을 쳐다보았다.

"예."

민지도 하늘을 쳐다보았다. 먹구름이 잔뜩 끼어 있었다. 노스님은 고개를 돌려 민지의 얼굴을 찬찬히 쳐다보았다.

"이름이 뭐니?"

정이 잔뜩 느껴지는 목소리였다.

"윤민지라고 합니다."

"민지……. 학생인가 보군."

노스님은 무엇인가를 생각하는 듯 고개를 끄덕였다.

"공부 열심히 하고. 그럼 조심해서 내려가거라."

그 말을 하고는 노스님은 법당 뒤쪽으로 걸어갔다. 그리고는 어디로 갔는지 이내 민지의 시야에서 사라졌다. 민지는 노스님이 사라진 법당 뒤쪽을 바라보며 멍하니 서 있었다. 노스님의 고고한 모습이 뇌리에서 사라지지를 않았다. 무어라 표현할 수 없는 향기가 가슴에 전해져 오는 것만 같았다. 언제인지는 알 수 없지만, 자신이 이곳에서 살았던 것 같은 묘한 느낌이 들었다. 그녀는 이리저리 시선을 돌려 유심히 산사의 모습을 살펴보았다.
 "민지야!"
 뒤에서 자신의 이름을 부르는 소리가 들려왔다. 젊은 스님을 따라갔던 친구들이었다.
 "무슨 생각 하느라 부르는데 듣지도 못해? 몇 번이나 불렀는지 알아? 멍청이 같네?"
 놀리듯이 한마디씩 하였다. 넋 나간 사람처럼 우뚝하니 서 있는 민지가 재미있다는 듯이 그들은 깔깔거리고 웃었다. 네 사람은 우산도 없이 비를 맞으며 경내를 빠져나왔다. 물에 빠진 생쥐 꼴을 한 자신들의 모습을 서로 쳐다보며 낄낄거렸다.
 주차장에 도착한 그들은 가게에 맡겨놓았던 배낭을 찾아 수건으로 대충 머리와 몸을 닦았다. 건물 처마 밑에 앉아 자판기에서 뽑아 온 커피를 마셨다. 비를 맞아 한기를 느끼던 터라 뜨거운 커피 기운이 몸속까지 퍼지는 것 같았다. 커피를 마시면서도 민지는 아까 절에서 뵌 노스님의 모습이 자꾸만 떠올랐다. 노스님의 법명이라도 알아 가지고 와야겠다는 생각을 떨쳐버릴 수가 없었다. 커피를 다 마신 민지는 종이컵을 휴지통에 넣으며 친구들에게 말했다.
 "나 절에 다시 갔다 올게. 잠시만 기다려 줄래?"
 "왜 뭐 잃어버린 것 있어?"

수정이 눈을 동그랗게 뜨고는 물었다.

"아니, 그런 것은 아니고, 하여간 잠시만 기다려 줘."

민지의 말에 영문을 모르는 그들은 어리둥절한 표정을 지었다.

"그럼 내가 함께 가 줄게."

수정이 따라나서며 말했다.

"아니 그럴 것까지는 없어."

그러는 사이, 비가 서서히 그치고 있었다. 그러나 하늘은 아직 잔뜩 흐려 있어서 언제 다시 빗줄기가 굵어질지 알 수 없는 일이었다. 민지는 그들에게 기다려 달라는 말을 하고는 절로 향했다. 잰걸음으로 한달음에 절에 도착했다. 가쁜 숨을 내쉬며 호흡을 가다듬고 있는데 아까 비닐하우스를 살펴본다며 지나가던 젊은 스님이 법당에서 나왔다. 민지는 얼른 다가가 노스님의 모습을 얘기하며 만나 뵙기를 원했다.

"큰스님은 잠시 전 대원암으로 올라가셨는데요."

스님은 민지의 얼굴을 유심히 쳐다보았다. 젊은 스님이 노스님을 큰스님이라고 부르고 있는 것으로 보아 덕 높으신 어른 스님이라는 것을 짐작할 수 있었다.

"그럼 어떡하지……."

혼잣말하며 잠시 머뭇거렸다.

"조금 전 비닐하우스까지 따라서 왔던 그 학생들과 같은 일행인가요?"

"예."

"왜 큰스님께 무슨 볼일이 있어요?"

"잠시 뵈었으면 해서요."

"그럼 나를 따라와 봐요."

"스님, 저 때문에 일부러 가시는 건가요? 길만 가르쳐 주면 되는데요."

"아니요. 마침 어디로 산책이나 좀 갈려고 했는데 겸사겸사 대원암에나 갔다 오려고요."

스님은 민지를 쳐다보며 싱그러운 미소를 지었다. 젊은 스님은 절 문을 나와 우측으로 나 있는 길로 걸어갔다. 길은 계곡을 왼쪽에 두고 평탄하게 나 있었으며, 제법 둥치가 굵은 나무들이 하늘을 가리고 있었다. 배낭을 멘 등산객 몇 사람이 알 듯 모를 듯 목례를 하며 지나쳐갔다.

스님은 묵묵히 앞장서 걷기만 하였다. 민지는 스님을 따라잡기 위해 종종걸음을 쳤다. 큰절을 나선 지 오래지 않아 노스님이 머문다는 대원암에 도착하였다. 암자 가까이 가자, 길 양쪽으로 대나무가 숲을 이루고 있었다. 길에는 돌을 깔아 놓았는데 이끼가 끼어 있었다. 길이 끝나자 바로 대원암이었다. 문도 없이 돌로 담장을 친 입구를 들어서자 경내가 한눈에 들어왔다. 암자는 전

면을 제외한 삼면을 울창한 대나무 숲이 둘러싸고 있었다. 또 키 큰 소나무와 동백나무 몇 그루가 마당가에 심어있었다. 푸근하고 깔끔한 분위기였다. 스님은 법당 뒤쪽으로 안내하였다. 그곳에는 낡은 기와집 한 채가 있었다. 그 한쪽 모퉁이에는 돌로 쌓아 만든 우물이 있었는데 마침 노스님이 우물가에서 양말을 손으로 빨고 있었다.

"스님."

민지가 다가가 부르자, 노스님은 빨던 양말을 손에 쥔 채 고개를 돌렸다.

"스님, 저 기억하시겠어요?"

"그래, 아까 큰절에서 보았었지."

노스님은 양말을 돌 위에 놓고 비누칠을 하더니 두 손으로 비볐다. 하얀 거품이 일어났다.

"이름이 민지라고 했지?"

노스님은 큰절 법당 앞에서 들었던 민지의 이름을 기억하고 있었다.

"그래, 내려가라고 했더니 왜 올라왔는가?"

노스님은 돌에 양말을 대고 비볐다.

"스님 법명을 알고 싶어서 왔습니다."

민지가 공손히 묻자 노스님은 빙그레 미소를 지으며 말했다.

"산사의 나그네 이름은 알아서 무얼 하려고……. 이곳에서는 가장 오래 머문 스님이라면 다 안다."

노스님은 민지를 물끄러미 바라보며 고개를 몇 번 끄덕였다. 그의 눈은 맑고 무척이나 깊어 보였다. 민지는 무엇을 더 여쭈어본다는 것이 예의에 어긋나는 것 같아 합장하고는 발걸음을 돌렸다. 그녀를 안내해주었던 스님의 모습은 보이지 않았다. 비에 젖은 산길을 홀로 걸어오다 민지는 문득 친구들이 생각났다. 자신을 기다리고 있을 친구들에게 미안한 생각이 들었다. 그녀는 힘껏 뛰기 시작했다. 길바닥에 고여 있던 물이 종아리에 튀어 올랐다. 도운사 일주문 앞에 이르자 수정이 거기까지 와서 민지를 기다리고 있었다. 민지는 가쁜 숨 몰아쉬며 수정을 바라보았다.

"절에는 왜 다시 갔다 왔니?"

뾰로통하게 민지가 얄밉다는 투로 물었다.

"노스님 만나 보려고. 그런데 너는 여기까지 왜 왔니?"

"계집애, 네 걱정이 돼서 그렇지."

"별걱정을 다 해. 빨리 내려가 숙희하고 미정이 기다리겠다."

두 사람은 빠른 걸음으로 주차장을 향해 걷기 시작했다. 민지와 수정은 여고 시절부터 단짝이었다. 가장 친한 사이였다. 두 사람은 늘 함께 다니는 그림자 같은 사이였다. 서로의 마음을 그 누구보다 잘 이해하고 감싸줄 수 있는 친구였다.

도운사에 다녀온 후 민지는 그곳에서 묵직한 숙제 한 가지를 받아 온 것 같은 생각이 들었다. 도운사와 그 주변의 경관, 그리고 절에서 만났던 노스님의 모습이 마음속에서 영 지워지지 않았다. 비 내리는 도량에서 처음 노스님을 만났던 일, 우물가에서 양말을 빨고 있던 모습, 그리고 저절로 느껴지던 그윽한 기품. 민지는 지나가는 말 몇 마디를 나눈 노스님에게 쏠리는 자신의 마음이 스스로도 이해가 되지 않았다. 처음 가본 도운사 일대의 모습이 오래 보아 왔던 것처럼 익숙하게 느껴지고, 심지어는 그곳에서 산 적이 있는 것 같은 생각이 들다니⋯⋯. 민지는 노스님과 도운사서의 생각을 떨쳐버릴 수가 없었다. 도운사를 다시 다녀올까 생각하였지만 이미 여름 방학이 끝나고 가을 학기가 시작되었다. 어떻게 할까 생각하던 그녀는 어느 날 큰스님과 나누었던 대화를 한마디 한 마디 되새겨 보았다.

"스님 법명을 알고 싶습니다."

"산사의 나그네 이름은 알아서 무얼 하려고⋯⋯. 아마 가장 오래 머문 스님이라며 다 안다."

민지는 가장 오래 머문 스님이라고 한 노스님의 말을 생각하며 편지를 쓰기로 마음먹었다. 그동안 생각해 왔던 삶의 여러 가지 의문들에 대해 질문을 하고, 또 어릴 때부터 스님이 되고 싶었기 때문에 출가하고 싶다는 생각을 편지지에 정성스럽게 적었다. 쓰고 나서 읽어 보면 마음에 들지 않아 몇 번을 찢어버리고 다시 썼다. 9시 뉴스를 보고 나서 쓰기 시작한 것이 밤 한 시가 되어서야 겨우 마칠 수 있었다. 노스님한테 이러한 질문들을 하면 속 시원히 대답해 줄 것만 같았다. 혹시 스님이 자신을 기억하지 못할까 염려가 되어 방학 때 친구들과 찍은 사진 한 장을 편지와 함께 봉투 속에 넣었다.

다음날 민지는 우체국으로 갔다. 도운사 주소도 모르는 그녀는 창구에 놓여 있는 전화번호부를 찾았다. 한참을 여기저기 찾은 후에 겨우 대원암 주소를 알아낼 수 있었다. 받는 사람을 쓰는 곳에는 가장 오래 계신 스님이라고 크게 적었다. 마음 한편에는 과연 이렇게 적어 보낸 편지를 큰스님이 받아 볼 수 있을까 하는 의구심이 일었으나, 두 사람 사이에 피치 못할 인연이 있다면 큰스님이 편지를 받아보리라는 확신이 들었다. 그냥 보통우편으로 부치려던 민지는 생각을 바꿔 등기우편 창구로 다가갔다.

"아저씨, 이거 등기로 보내려고 하는데요."

우체국 직원이 편지를 저울 위에 올려 무게를 재더니 우표 한 장을 내주었다. 그녀는 우표에 풀칠해서 봉투에 붙이고는 직원에게 편지를 내밀었다. 편지를 보내고 난 며칠 후부터 민지는 이제 나저제나 하고 큰스님한테서 편지가 오기를 기다렸다. 하지만 이 주일이 지나도 답장은 오지 않았다. 혹시 큰스님께서 편지를 받지 못했을까, 아니면 받고도 그냥 귀찮아 답장하지 않는 것인가 하고 여러 가지로 생각을 해 보았다. 아쉬움이 남았지만 단념하기로 하였다. 시간이 있을 때 큰스님을 직접 찾아가 보아야겠다는 생각으로 위안을 삼았다. 그런데 편지를 보내고 거의 한 달이 되어 가던 어느 날 학교에서 돌아온 민지에게 어머니는 편지 한 장을 내밀었다.

"웬 스님한테서 편지가 왔다. 그것도 등기로 편지가 왔어."

어머니는 의아하다는 듯 편지를 건네며 말했다. 민지는 무척 기뻤다. 수행자가 속세에 있는 사람에게 편지를 보내기가 쉬운 일은 아닐 텐데……. 큰스님에 대한 고마운 마음이 저절로 우러났다. 편지를 받아 쥔 그녀의 손이 가늘게 떨렸다. 편지는 붓으로 쓰여 있었다. 봉투를 뜯고 편지지를 펼치자 진한 묵향이 코끝으로 스며들었다. 출가해보겠다는 생각은 좀 더 시간을 가지고 생각하기를 바란다고 하였다. 그리고 어느 절이든 찾아가 백팔배 절을 해 보라고 하였다.

하늘이 맑게, 밝게, 푸르게, 때로는 먹창같이 보일지라도……. 본래 하늘은 아무런 모습을 하지 않았고, 하늘은 그저 하늘일 뿐이라고 하였다. 모든 것은 한 생각이라는 간단한 내용이었다.

민지는 큰스님의 법명이 대인이라는 것을 알 수 있었다. 하지만 그녀는 큰스님의 간단한 편지에 일말의 실망감을 감출 수가 없었다. 오랫동안 의문을 가져오던 것들에 대해 답을 해주기를 기대했었다. 삶과 죽음, 사랑과 이별, 슬픔과 희망 등 스스로 답을 구하기 어려운 문제들이 수없이 많았다. 그러나 편지에는 그런 것에 대한 언급은 전혀 없었다. 대신 민지로서는 이해하기 어려운 묘한 얘기만 적어 놓고 있었다. 하늘은 본래 아무런 모습을 하지 않았고 그저 하늘은 하늘일 뿐이라는 큰스님의 말씀에 당혹감을 느낄 뿐이었다. 그 후 큰스님에게서는 한 번 더 답장이 왔을 뿐이었다. 그 편지에서 열심히 학업에 정진하라는 당부와 함께 시간이 있을 때 다시 한번 산사를 찾아오라는 말을 하였다. 민지는 몇 차례 더 편지하였으나 대인 큰스님으로부터 더는 답장은 오지 않았다.

졸업이 가까워져 올 무렵 민지는 확실하게 입산의 뜻을 굳혔다. 그리고 자신의 뿌리가 어디인지 마지막으로 알고 싶었다. 어느 날 민지는 잠자리에 들기 전 어머니에게 조심스럽게 말을 꺼냈다.

"지난 아픈 과거를 생각하고 싶지 않으시겠지만 제 출생에 대해 모든 것을 얘기해 주었으면 해요."

"그래, 이제나저제나 하고 지금까지 왔다마는 더구나 이제는 성인이 되었으니, 언젠가 그 얘기를 너에게 해주려고 했었다……."

딸과 마주 앉은 태숙은 마음을 추스르는 듯 한참 말이 없더니 어렵게 말을 이어갔다.

"내가 너에게는 평생 못 할 일을 한 것 같다."

태숙은 다시 감정이 복받치는지 또 말을 끊었다. 민지는 그런 엄마의 모습을 안타까운 마음으로 바라보았다. 태숙은 결심이 섰다는 듯이 입술에 침을 한번 바르고는 이야기를 시작했다.

"사범학교를 졸업하고 두 번째로 부임한 곳이 바로 너희 아버지를 만난 곳이다. 충청도 시골에 있는 작은 학교였지. 그 당시 나는 교육자로서의 사명감과 열의에 불타고 있었다. 부임한 첫해 2학년 담임을 맡았는데, 다음 해에는 1학년 담임을 맡게 되었지. 학교와 학생 모두에게 깊은 애정을 가지고 열심히 생활했었지. 보람되고 즐거운 나날들이었어. 하루는 여자아이 하나가 급하게 교실로 달려왔는데, 우리 반의 정수라는 아이가 연못에 빠졌다는 것이었어. 그 학교에는 우리나라 지도를 본뜬 작은 연못이 하나 있었는데 거기에 빠진 거였지. 그 여자아이와 함께 정신없이 그곳으로 뛰어가 정수를 연못에서 건져 올렸지. 다행히 물이 그리 깊지 않아 큰일은 없었지만, 너무 놀란 정수는 입술이 파래졌고 온몸을 떨며 울었어. 그만하기가 천만다행이었지 추울 때가 아니었기 망정이지……. 아이를 교실로 데려와 몸을 닦아 주고 안정을 시킨 다음 집에 전화했지. 마침 그 아이 삼촌이라는 분이 전화를 받았어. 그 아이 삼촌은 학교로 와 고맙다는 인사를 하고는 정수를 데리고 갔지. 다음날 그 남자한테서 조카를 보살펴 준 답례로 식사대접을 하겠다고 연락이 왔어. 처음에는 사양했지만 결국 읍내에 나가 저녁을 같이하게 되었지. 그런데 그 후 그는 적극적으로 나에게 접근을 해 왔고, 결국에 우리는 사랑하는 사이가 되었지. 그 남자가 바로 너의 아버지였단다. 시간이 흐를수록 우리의 사랑은 깊어만 갔다. 그는 모든 면에서 신사적이었고 더없이 잘해주었지. 정수 할아버지가 오랫동안 국회의원을 지낸 분이었기에 그의 신분에 대해 별다른 생각을 하지 않았어. 그는 사업을 하였지만, 학식도 갖추고 있었지. 그런데 나중에 그가 유부남이라는 사실을 알게 되었어. 그가 유부남이라는 사실을 알았을 때 이미 나는 너를 가졌단다. 학교에 있을 수가 없었지. 네 아버지가 총각이었다면 부끄러움을 참는 정도로 끝날 수도 있는 일이었지만……. 엄마는 몹시 괴로웠단다. 누구에게 하소연할 수도 없는 일이고, 네 아버지가 밉고 원망스러웠다. 그 사람은 독자였어. 집안의 대를 이어야 한다는 얘기를 자주 했지. 나를 사랑하기도 하였고 아들을 가지고 싶은 욕심도 있었던 것 같아. 그런데 그 사람에게 너를 가졌다고 얘기하지 않았어. 말한들 무슨 소용이 있을까 하는 생각이 들었던 거야. 몇 번이나 말을 해야겠다고 생각했지만, 그렇게 해봐야 문제만 여러 가지로 복잡해질 뿐 누구에게도 이로울 게 없다는 생각을 한 거야. 그래서 너를 혼자 낳아 기르기로 하고 학교에 사직서를 내고는 서울로 올라왔다. 아마 네가 아들이었다면 나 역시 생각이 바뀔 수도 있었겠지. 권세와 재력이 있는 집안이었으니……. 하지만 잘 자라 훌륭한 사람이 되게 해달라고 간절히 기도하면서 너를 키웠단다."

태숙의 눈에는 어느새 눈물이 가득 고여 있었다. 그녀의 가슴속에는 지난날에 대한 회한이 넘쳐나는 것 같았다. 가엾은 여인! 민지는 자신만을 바라보고 사는 그녀가 너무나 안타까웠다. 한때의 사랑으로 힘들고 외로운 삶을 살아가고 있는 어머니가 바보스럽게 느껴지기까지 했다.

아버지를 향한 어머니의 마음은 어떤 것이었을까? 함께할 수 없었던 사랑, 이룰 수 없었던 사랑, 그렇기에 미워할 수밖에, 그렇기에 더더욱 사랑이 절실할 수밖에, 사랑과 미움이 끈끈히 한 덩어리가 된 아픔이었을 것이다. 검고 윤기 있는 파마머리에 그려 놓은 듯 선명한 팔자 눈썹, 그윽하면서도 조금은 날카로워 보이는 눈, 오뚝하지만 끝이 뾰족하지 않아 넉넉한 인상을 주는 코, 도톰한 붉은 입술, 이렇게 이목구비가 선명하고 보통 체구에 가냘픈 모습을 한 어머니. 왜 홀로 이렇게 살아가야 할까. 민지는 어머니에 대한 동정이 마음속 가득 일어나는 것을 느꼈다. 어떠한 말로도 그녀를 위로해 줄 수 없었다. 가슴이 아련히 저렸다.

민지는 생각했다. 그래 주어진 모든 것을, 그래 주어진 현실을 그대로 받아들이자.

민지로부터 입산하겠다는 말을 들은 날부터 태숙은 그냥 넋이 나간 것 같았다. 보이는 것 들리는 것 모두 멍하여 현실 같지가 않았고, 살아 숨 쉬는 것 자체가 꿈속의 일만 같았다. 애써 마음을 추슬러 보려 했으나 가슴이 뛰어 한 곳에 가만히 앉아 있기조차 힘들었다. 일없이 가게와 안방을 왔다 갔다 하기도 하고 쓸데없이 가게 앞에 나가 한참을 서 있다 들어오기도 하였다.

태숙은 어떻게든 딸의 출가를 막고 싶었다. 어떤 말로 딸을 설득하여 입산을 막을 수 있을까, 민지의 생각을 어떻게 바꿀 수 있을까 고심했다. 그녀는 정녕 딸을 절로 보내고 싶지 않았다.

"나 또한 불자라서 부처님 말씀이 진리인 줄은 알지만, 그동안 너만 믿고 의지하며 살았는데 그 험난한 길을 간다는데……. 좀 더 시간을 갖고 생각해 보자."

그녀는 목이 메어 오는지 겨우 말을 마쳤다.

"많은 시간 생각하고 결정한 것이에요."

민지가 단호하게 말하였다.

"이 세상에 태어나 원이 있다면 사랑하는 내 딸이 사회적으로 성공하고, 여자로서 행복하게 사는 것이란다."

그녀는 목이 메어 제대로 말을 이어가지 못했다.

"네가 행복하게 잘 살아야 죽어도 내가 눈을 감고 죽지 않겠니?"

어머니의 절절한 얘기를 듣고 있으려니 다짐하고 다짐했던 입산의 생각이 무너질 것만 같았다. 이 가엾은 여인을 위해서라도 입산을 하지 말까, 어머니의 유언 같은 말에 가슴이 찢어지는 것 같았다. 민지는 얼른 말머리를 돌려 큰스님 얘기를 꺼냈다. 그동안 한번 찾아보고 싶었는데 이번에 도운사에 다녀오겠다고 말했다.

"지난번 편지 주고받았던 그 스님 말이냐?"

"예."

순간 태숙은 풀뿌리에라도 매달린다는 심정으로 어쩌면 큰스님이 딸의 입산을 만류할지도 모른다는 막연한 기대를 하며 다녀오라고 허락하였다. 이런 태숙의 마음과는 달리 민지는 올라오는 길에 아버지 산소에 들러오겠다고 하였다. 입산하기 전 마지막으로 산소에 가보고 싶다고 하였다. 태숙은 억장이 무너지는 것 같았다. 하지만 성인이 된 딸이 자신 아버지의 산소를 가겠다고 말하는데, 가지 말라고 할 수도 없는 일 머지않아 딸마저 먼 곳으로 보내야 한다는 생각에 아픔이 저 깊은 곳으로부터 솟구쳐 올랐다.

태숙은 애써 태연함을 가장하며 입술을 지그시 깨물었다.
"초상 때 한 번 가보고 그곳을 찾아갈 수 있겠니?"
"예."
딸의 자신 있는 대답에도 태숙은 걱정이 되는지 다시 물었다.
"아주 오래전 일인데 정말 그곳을 찾아갈 수 있겠어?"
"예."
민지의 대답은 분명했다.
"너도 초상 때 그분을 보아서 알겠지. 그러면 아버지 친구분을 찾아가라."
민지는 초상 때의 일이 떠올랐다. 아버지 친구 된다는 그 아저씨, 누구보다 어머니와 자신에게 친절하게 대해 주었던 그분을 민지는 기억하고 있었다. 어머니는 서랍에서 오래돼서 빛이 바랜 명함 한 장을 꺼내 주었다. 다음날 민지는 대원암에 가기 전에 큰스님이 아직도 그곳에 계신지 확인해보기로 하였다. 큰스님이 다른 사찰로 옮겨 갔든지 아니면 어디 먼 곳에 나가 있을지도 모를 일이었다. 전화번호를 확인한 다음 버튼을 눌렀다. 신호음이 두 번 울린 후 남자의 목소리가 들려왔다.
"여보세요."
"여보세요. 거기가 대원암인가요?"
"예."

"저 여기 서울인데요. 대인 큰스님 계십니까?"

잠시 뜸을 들이더니 두고 말소리가 들려왔다.

"큰스님께서 지금 법당에 계시는데 한 20분 후에 다시 걸어주시겠어요?"

"예."

"어떻게 전해 드릴까요?"

"서울서 윤민지 학생한테서 전화 왔다고 전해주세요."

민지는 수화기를 내려놓고 시간이 빨리 가기를 기다렸다. 20분이라는 시간이 왜 이리 길게 느껴지는지, 자꾸만 시계로 시선이 가는 자신이 우스워 피식 웃음을 터뜨렸다. 다시 전화기를 들고 버튼을 눌렀다.

"여보세요. 여기 서울인데요, 대인 큰스님 계십니까?"

"예, 접니다."

민지는 큰스님의 목소리를 듣자 무척 반가웠다.

"스님 저 기억하시겠습니까? 지난번에 편지 보냈던 윤민지라고 합니다."

"윤민지……."

큰스님은 안다 모른다는 말은 없이 잠시 말끝을 흐리더니 질문을 던져왔다.

"그래 어디냐?"

큰스님의 목소리가 민지를 기억하는 것 같았다. 스님이 자신을 잊지 않고 기억하고 있다는 사실에 마음이 흐뭇하였다.

"시간도 있고 해서 큰스님 한번 찾아가 만나 뵈었으면 해서요. 찾아가도 되겠습니까?"

"그래, 언제 올래?"

"내일 찾아가 뵙고 싶은데요."

"알았다. 그럼 내일 보자꾸나."

민지는 공손히 인사를 하고 수화기를 내려놓았다.

다음날 간단히 소지품 몇 가지를 챙겨 집을 나섰다. 도운사 대원암으로 향하는 동안 지난날 친구들과 여행했던 일이 생생하게 떠올랐다. 그리고 입산을 앞두고 있어서인지 많은 생각이 머릿속을 쉴 새 없이 휘저었다. 대원암에 도착한 민지는 감회가 새로웠다. 처음 이곳에 왔던 게 바로 어제 같기도 하고 아주 오랜 세월이 흐른 것 같기도 하였다. 도량 왼편 모퉁이에서 스님 한 명이 장작을 패고 있었다. 스님에게로 다가가 합장을 하고 대인 큰스님을 뵈러 왔다고 하자 스님은 도끼를 나무 위에 내려놓고 수건으로 땀을 훔치며 말했다.

"저를 따라오세요."

스님은 민지를 큰스님 방으로 안내하였다.

"스님, 손님께서 오셨는데요."

그는 댓돌 위에 올라서서 방문을 향해 나지막이 말했다. 이내 문고리가 달그락거리는 소리가 나더니 방문이 열렸다. 큰스님은 툇마루로 나와 민지를 쳐다보았다. 안내해 준 스님은 큰스님께 합장하고는 조금 전 장작을 패던 곳으로 돌아갔다.

"들어오너라."

민지는 큰스님을 따라 방으로 들어갔다. 방안으로 들어서자 향냄새가 코끝으로 전해져 왔다. 지난날 큰스님의 편지를 받았을 때 편지지에 배어 있던 그 향냄새인 것도 같았다. 나무로 짠 앉은뱅이책상 위에는 몇 권의 경책과 죽비가 그리고 책상 옆에 있는 찻상 위에는 다기와 보온병이 놓여 있었다. 그것이 전부였다. 방안에서 다른 것은 전혀 찾아볼 수 없었다. 스님들의 삶이 무소유의 삶이라고 했던가, 큰스님의 방에서는 그런 삶의 일부분을 엿볼 수 있었다. 민지는 큰스님께 삼배를 하고는 자리에 앉았다.

"멀리서 왔구나. 편지 받고 누군가 한 번 더 만나 봐야지 생각했다."

큰 스님은 염주를 천천히 돌렸다.

"언제 여기를 왔다 갔냐?"

"저 작년 여름에 친구들과 함께 이곳을 다녀갔어요."

큰스님은 유심히 민지의 얼굴을 바라보았다.

"이렇게 가까이서 얼굴을 자세히 보니 기억이 난다. 비 오던 날 큰절 법당 앞에서 처음 보았었지? 여기까지 올라왔다 가지 않았나?"

"예."

큰스님은 고개를 끄덕이더니, 보온병에 담아 둔 차 한 잔을 따라 주었다. 차에서는 한약 냄새가 풍겼다.

"서울서 여기까지 오려면 힘들었겠다. 대학생이라고 했지?"

"이번에 졸업합니다."

"입산하겠다는 편지 받아보고 충분히 네 생각을 헤아려 보았다. 꼭 입산해야겠어?"

"예."

"그러면 어느 절을 갈까 생각도 해 두었냐?"

"아직 그런 건 잘 모르겠어요."

"그러면 내가 아는 비구니 스님을 한 분 소개해 줄 수도 있는데 네 생각은 어떠니?"

"큰스님 생각은 고맙습니다만……."

말끝을 흐리자 큰스님은 민지의 생각을 짐작하겠다는 듯이 가볍게 고개를 두 번 끄덕였다.

"그럼 어느 절을 가더라도 연락하고, 어려운 점이 있으면 얘기해라."

"예."

밖에서 목탁 소리가 들려왔다. 저녁 공양을 알리는 목탁 소리였다.

"먼 길 왔는데 배고프겠다. 공양하러 가자."

큰스님은 자리에서 일어났다. 민지는 큰스님을 따라 후원으로 갔다. 큰스님은 스님들이 공양하는 곳으로 들어가며, 시자侍者 스님에게 민지가 공양 할 수 있게 챙겨주라고 말하는 것 같았다. 보살들이 시자 스님의 얘기를 듣고는 공양을 챙겨주었다. 민지는 공양을 마치고 법당 앞마당으로 나왔다. 건너편 산등성이에는 노을이 붉게 타고 있었다. 후원 굴뚝에서는 하얀 연기가 올라와 산바람을 타고 흩어지고 있었다. 어둠이 내리는 암자는 한가롭고 평화로운 기운이 가득하였다. 그러나 입산에 관한 생각으로 꽉 차 있는 마음은 그저 착잡할 뿐이었다. 어머니를 홀로 남겨두고 입산을 해야 한다는 것이 무엇보다 가슴 아픈 일이었다. 민지는 법당 앞을 계속 서성이고 있었다.

그때 남자 한 명이 느린 걸음으로 마당으로 나왔다. 조금 전 후원에서 공양할 때 보았던 남자였다. 저녁 공양을 할 때 그 남자는 민지를 유심히 쳐다보았었다. 남자는 민지 쪽으로 걸어오며 민지에게 시선을 맞추며 걸어오고 있었다. 민지는 고개를 돌려 그의 시선을 피했다. 남자는 그런 민지의 모습이 재미있다는 듯이 싱긋이 웃었다. 민지보다 서너 살 많아 보이는 젊은 청년이었다. 뚜렷한 이목구비와 훤칠한 키가 호감을 주는 인상이었다. 남자가 민지 쪽으로 몇 걸음 더 걸어왔다. 그때 큰스님의 시자 스님이 빠른 걸음으로 걸어와 말했다.

"큰스님께서 찾으시는데요."

시자 스님은 무뚝뚝하게 말을 건네고는 이내 등을 돌려 남자에게로 다가갔다. 남자에게도 뭐라고 말하는 것 같았다. 민지는 큰스님 방으로 걸어갔다. 그런데 그 남자도 큰스님 방으로 오고 있었다. 두 사람은 댓돌 위에서 다시 마주쳤다.

"큰스님 뵈러 오셨습니까?"

그가 먼저 말을 걸어왔다.

"예."

그러자 그가 큰스님 방문 앞에 다가서서는 말했다.

"스님 저 왔습니다."

"들어오게나."

그는 방문을 열며 민지를 보면서 말했다.

"먼저 들어가시죠."

민지가 먼저 방으로 들어서자 그는 그녀의 뒤를 따라 방으로 들어왔다.

"작설차 한 잔들 하지. 누가 갖다 주며 아주 좋은 차라고 했는데 맛이 괜찮아."

큰스님은 다구함을 앞으로 가지고 와 차를 뽑았다. 차 수건을 접어 찻상 옆에 놓은 다음 숙우에 물을 담고 예열을 주기 위해 찻주전자와 찻잔을 부신 다음 다시 찻주전자에 차를 넣고 물을 부었다. 차가 우러나오는 동안 스님은 두 사람을 서로에게 소개하였다. 남자의 부모가 큰스님의 오래된 신도인데 그래서 그가 큰스님을 가끔 찾아온다고 하였다. 그리고 큰스님은 민지를 그에게 자신이 아끼는 학생이라고 말하였다.

차가 우러나오자 큰스님은 한 번에 잔을 채우지 않고 찻잔을 옮겨 가며 조금씩 나누어 따라 주었다. 차를 마시는 자리에서는 모두가 평등하다는 뜻으로 그렇게 하는 것이다.

"차의 첫맛을 놓치지 말고 마시게. 차는 자기 마음자리를 찾는 것이지. 자네들도 차의 첫맛을 생각해 보게나."

큰스님은 의미 있는 말을 던지고는 잔이 비자 또 차를 따라 주었다. 그렇게 세 차례 차를 마신 후 두 사람은 자리에서 일어나 밖으로 나왔다. 저녁 예불을 알리는 목탁 소리가 법당에서 들려왔다. 두 사람은 나란히 법당으로 들어갔다. 잠시 후 큰스님께서 들어오시자 예불이 시작되었다.

예불을 마치고 법당을 나오자 뒤따라 나온 남자가 다가와 말을 건넸다.

"저하고 잠시 얘기 좀 나누었으면 하는데요?"

"글쎄요……."

잠시 머뭇거리다가,

"저는 방으로 가서 쉬고 싶은데요."

하고 단호하게 말했다.

그에게 쏠리는 마음을 애써 가라앉혔다. 입산을 결심한 상태만 아니라면 그의 요청과 그에 대한 경도가 매우 기쁜 일일 터였으나 지금 그녀에게 그것은 오히려 괴로움이었다. '입산을 결심하고 있어. 그런데 처음 본 이 남자에게 이끌리는 감정은 무엇일까?' 민지는 가볍게 목례를 하고 방으로 들어갔다. 벌써 어둠이 짙어지고 있었다. 방 한구석에는 이불 한 채 반듯이 개어져 있었다. 이불을 펴고 잠자리에 누웠다. 하지만 밤이 깊어 갈수록 정신은 더욱더 또렷해져 왔다.

두 달만 있으면 졸업, 졸업하면 곧 입산할 것이다. 하지만 불쑥불쑥 떠오르는 어머니 생각에 마음은 걷잡을 수 없이 가라앉았다. 밖에서는 이따금 바람이 대나무를 흔드는 쏴 하는 소리가 들려왔다. 이리 뒤척 저리 뒤척, 여러 가지 생각을 하는 중에 낮에 보았던 남자의 얼굴이 떠올랐다. 부질없는 일이라 생각하며 민지는 고개를 저었다. 그리고 내일 일찍 출발해 아버지 산소에 들를 일을 생각하였다. 목탁을 치며 독경을 하는 스님의 낭랑한 목소리가 들려왔다. 벌써 새벽이었다.

방에서 나와 후원으로 갔다. 세수하고 법당으로 들어가 뒷자리에 합장을 하고 섰다. 어제 보았던 남자의 모습은 보이지 않았다. 도량에서 장작을 패던 스님이 목탁을 잡고 목청을 한껏 돋우어 염불하고 있었다. 슬픈 마음이 들고 눈물이 자꾸만 쏟아질 것 같아 큰소리로 예불문을 따라 하였다. 예불을 마치고 나오는데 큰스님 방 뒤편에 대나무 숲에서 바람 소리가 무섭게 들려왔다. 얼른 방으로 들어와 이불 속으로 들어갔다. 따뜻한 기운이 몸속 깊숙이까지 전해져 오는 것 같았다. 밤새 제대로 잠을 이루지 못했던 그녀는 눈꺼풀이 점점 무거워져 왔다. 스르르 잠이 들었다.

그녀는 문틈으로 들이 비추는 햇살에 눈이 부셔 눈을 떴다. 순간 벌떡 일어나 방문을 열었다. 어느새 산사의 청량한 아침 공기가 얼굴에 와 닿았다. 밖으로 나와 아침 공기를 들이마셨다.

"아침 공양하셨습니까? 안 보이시던데."

어제 보았던 그 남자였다.

"생각이 없어서……."

"그래도 끼니는 챙겨 드셔야지요. 오늘 가실 겁니까?"

"예."

겨우 대답을 하고 급한 볼일이 있는 것처럼 몸을 돌려 방으로 들어왔다. 방으로 들어온 후 차마 문을 닫지 못하고 무엇을 찾는 시늉을 하며 어깨 너머로 밖을 동정을 살폈다. 남자는 툇마루에 걸터앉더니 주머니에서 펜과 메모지를 꺼냈다. 그는 메모지에 얼른 무엇인가를 적어 넣었다. 적기를 마친 남자는 한 손을 마루 위에 짚고 몸을 쭉 뻗어 방 안에 있는 민지에게 그 메모지를 건넸다.

"꼭 연락하세요."

말하는 소리가 갈라지고 얼굴도 상기되어 있는 것 같았다. 민지는 엉겁결에 메모지를 받아들었다. 메모지에는 전화번호와 '정명호'라는 이름이 적혀 있었다. 어색하게 메모지를 손에 쥐고 밖으로 나왔다. 짧은 순간 메모지를 주머니에 넣으려던 생각을 바꿔 메모지를 손안에서 구겨버렸다. 그리고는 마당 끄트머리로 다가가 담 너머 대나무숲 속으로 던져버렸다. 하얀 종이는 빙글맴을 돌더니 나뭇가지에 걸려 한들거렸다. 그 모양을 물끄러미 바라보았다. 메모지는 마치 누가 와서 자신을 잡아 주기를 기다리기라도 하는 것처럼 나뭇가지 위에서 바르르 떨고 있었다. 이제 곧 입산할 사람이 세속의 사람과 더 인연을 맺어서 어떻게 하겠다는 것인가. 마음을 다잡으며 방으로 향했다.

민지는 소지품을 챙기고 점심 공양을 한 다음 큰스님에게 인사를 하였다. 그러자 큰스님은 명호라는 남자와 같이 해인사에 가기로 했다며 버스 정류장까지 같이 타고 가자고 하였다. 잠시 후 세 사람은 후원 뒤쪽으로 나왔다. 그곳에는 검은 벤츠 승용차가 대기하고 있었다. 세 사람이 다가가자 운전기사는 얼른 뒷문을 열어주었다. 뒷좌석에는 스님과 민지가 타고 명호라는 남자는 조수석에 올라탔다.

"또 연락해라."

절 밑 버스 정류장에 도착하자 민지의 어깨를 토닥이며 큰스님이 말했다. 남자도 함께 차에서 내려 민지에게 손을 내밀어 악수를 청했다. 잠시 멈칫하던 민지는 악수를 거절하는 것이 더 이상할 것 같아 살짝 손을 내밀었다. 명호는 손을 잡고 지긋이 무언가를 얘기하듯 손을 꼭 눌렀다. 민지를 바라보는 그의 눈빛처럼 그의 손도 따뜻했다. 가벼운 전율이 민지의 몸을 스치고 지나갔다.

"연락하십시오."

그는 잠시 잡고 있던 민지의 손을 살며시 놓고 등을 돌리며 민지에게만 겨우 들릴 정도의 작은 소리로 말했다. 스님과 명호가 탄 차는 민지에게서 서서히 멀어져갔다. 그녀의 눈은 차가 보이지 않을 때까지 차의 뒤를 쫓고 있었다.

민지는 아버지 산소에 들르기 위해 대전으로 향했다. 먼저 아버지 친구부터 만나기로 했다. 어머니 태숙에게는 자신 있게 대답했었지만, 아버지 산소를 찾아가는데 자신이 없었다. 택시를 타고 운전기사에게 명함에 쓰인 주소를 말했다. 오래된 명함이라 회사가 아직 그 자리에 있나 걱정을 했는데 다행히 회사 현판이 붙어 있는 건물을 쉽게 찾을 수 있었다. 엘리베이터를 타고 아버지 친구 회사가 있는 10층으로 올라갔다. 그리고 비서 아가씨의 안내를 받아 사장실로 들어갔다. 책상에 앉아 무언가를 들여다보고 있던 남자가 소파 쪽으로 나오며 민지에게 자리를 권하였다. 앞에 앉아 있는 사람이 아버지 장례식 때 만났던 아저씨라는 사실을 알고 있었지만, 그의 얼굴은 전혀 낯선 얼굴이었다. 그도 마찬가지인 모양이었다.

"가만있자, 네가 그때 그 아이라고? 이제 어엿한 숙녀가 되었구나. 이름이……."

그는 기억을 되살리는 듯이 말을 길게 끌었다.

"윤민지요."

"그래, 민지라고 그랬지? 이거 미안하구나. 아저씨가 네 이름을 제대로 기억하지 못해서."

그는 무슨 큰 잘못을 저지른 사람처럼 정말 미안한 표정을 지었다.

"이런 자리니까 그렇지 다른 곳에서라면 전혀 못 알아보겠다. 이제는 커서 아저씨가 머리를 쓰다듬지도 못하겠구나."

그는 대견하다는 표정을 지으며 민지의 얼굴을 빤히 쳐다보았다.

"그래 어머니께서는 무고하시고?"

민지 어머니의 안부를 물어 왔다.

"예."

"잘 왔다. 그때 이후 너희 모녀에게서 소식이 안 오나 몹시 기다렸었는데, 하기야 윤 선생 고집은 알아줘야지. 가끔 생각이 날 때면 걱정도 되고 섭섭한 마음이 들기도 했단다. 너희 아버지하고는 제일 친한 친구였는데, 엄마가 아저씨 찾아가 보라고 말씀하시데?"

"예. 아버지 산소에 한번 가보려고요. 어머니께서 어딘지 잘 모르니 아저씨를 찾아가 보라고 하셔서 왔습니다."

"나도 요즘 그 친구가 많이 생각나. 언제 한번 찾아가 볼까 했는데, 잘됐다. 함께 가보자. 윤 선생도 같이 왔으면 좋았을 것을……."

두 사람은 회사 앞에 나와 대기하고 있던 검은 승용차에 올라탔다. 차가 시내를 빠져나와 한참을 달린 후 드디어 시골길로 접어들었다. 민지는 아버지 장례식 때 왔었던 어릴 적 기억을 되살려 보았지만, 주변의 경관은 모두가 생소한 것이었다. 시멘트로 만든 다리 하나를 지나자 아버지 친구는 민지를 돌아보며 말했다.

"어머니께서 너를 혼자서 이렇게 잘 키우셨구나."

그는 민지의 손을 잡았다. 마치 아버지가 손을 잡는 것처럼 그의 손이 무척이나 따스하고 정겹게 느껴졌다.

"너희 아버지가 살아 있었다면 너와 어머니가 고생하지 않아도 되었을 것을……."

그는 자신이 부질없는 말을 하고 있다고 생각했는지 말을 줄이며 더 이상 말을 하지 않았다. 어느새 차는 시골 동네 어귀로 들어섰다. 그는 가게 앞에서 기사에게 잠깐 차를 세우라고 말했다. 차에서 내려 가게로 들어갔다. 그리고 오징어, 술, 과일을 사서 비닐봉지에 담아 승용차에 올랐다. 차는 시골길을 잠시 더 달리더니 나지막한 야산 밑에 멈추어 섰다.

"여기서부터는 걸어가야 한다."

차에서 내린 두 사람은 좁은 논두렁을 지나 산길을 올라갔다. 둥글고 큰 몇 개의 무덤과 양옆에 세워진 비석이 보였다. 드디어 아버지가 묻혀 있는 곳에 이르렀다. 그는 왼편에 잘 다듬어진 무덤 앞 상석 위에 조금 전 가게에서 샀던 술, 오징어, 과일들을 올려놓았다. 종이컵에 술을 따라 주며 민지에게 올리라고 하였다. 민지는 술잔을 상석 위에 올려놓고 절을 하였다. 사장은 절하는 모습을 보다, 등을 돌리고는 먼 산을 바라보았다.

"먼저 차에 내려가 있을 테니 천천히 내려와라."

민지가 절을 마치고 일어서자 그는 민지를 남겨두고 밑으로 내려갔다. 아마 자신이 옆에 있으면 불편해할 것 같아 자리를 피해 주는 것 같았다. 민지는 무덤가 앞에 무릎을 꿇고 앉았다. 그토록 그리워도 하고, 한편으로는 원망도 했건만 막상 아버지의 무덤 앞에 찾아오니 그저 무덤덤할 뿐이었다.
　'아버지. 저 두 달 후 졸업하면 입산을 합니다. 세상이 싫어서도 부모님을 원망해서도 아닙니다. 부처님처럼 큰사람이 되고 싶습니다. 외롭고 마음이 고달픈 이들 위로도 해주고 보살피면서 그렇게 살고 싶습니다. 이제 절로 가면 엄마와 함께 지내지 못합니다. 영혼이 있다면 하늘에서라도 엄마를 보살펴 주세요.'
　두 무릎을 꿇고 무덤 앞에 한참을 앉아 있던 민지는 손으로 얼굴을 훔치며 일어섰다. 무덤 위에 삐죽이 나와 있는 시든 풀 몇 개를 손으로 잡아 뽑았다. 살아 있을 때는 한 번도 불러 보지 못한 아버지라는 이름, 발길을 돌려야지 하면서도 발걸음이 떨어지지 않았다. 혼자서 왔더라면 언제까지라도 있을 것 같았다. 몇 번을 뒤돌아보며 한 걸음 한 걸음 세듯이 산길을 내려왔다. 논두렁 옆으로 난 길에 서서 사장은 우뚝하니 서 있었다. 산소에서 내려온 민지를 보고 그는 어깨를 다독거렸다. 두 사람은 묵묵히 차에 올랐다. 차는 대전 시내로 들어왔다. 그는 버스터미널까지 배웅해 주며 여비와 명함 한 장을 손에 쥐어 주며 말했다.

"장례식 때 너희 어머니에게 연락하시라고 얘기했는데 한 번도 연락하지 않으시더구나. 물론 나한테 연락하시기가 쉽지는 않겠지만, 어려운 일이 있으면 연락하시라고 말씀드려라. 큰 도움은 못 되겠지만 힘닿는 데까지는 도와주마. 부담 갖지 말고 연락하시라고 전해라."

집으로 돌아온 민지는 어머니에게 그가 준 명함을 주었다. 하지만 그녀는 아무런 말없이 그 명함을 서랍 속에 넣을 뿐이었다.

입산하기로 정한 날이 내일로 다가왔다. 입산을 간절히 만류하던 태숙은 딸의 완강한 태도에 이제는 포기한 상태였다. 차라리 보낼 것이라면 약한 모습을 딸에게 보이고 싶지 않았다. 마음 편히 좋은 모습으로 보내주자고 생각했다. 그래야만 입산을 하더라도 모든 것을 잊고 열심히 공부할 수 있지 않을까 생각했다. 이렇게 마음을 정한 태숙은 저녁을 먹고 난 후 민지를 불러 앉혔다.

"이제 내가 말린다고 너의 생각이 바뀔 것도 아니고, 그렇다면 입산을 해라. 그리고 훌륭한 스님이 되어라. 엄마는 너를 믿을게."

그녀의 말은 단호했지만, 마음속에는 비애가 가득하였다. 딸에 대한 죄책감이 걷잡을 수 없이 밀려왔다. 이 모든 일을 자신이 만든 것으로 생각했다. 그러나 이제는 어쩔 것인가. 그녀는 마음속으로 부처님께 빌었다. 이 세상에서 가장 소중한 딸을 잘 보살펴 달라고, 훌륭하게 되게 해달라고……. 모녀는 잠자리에 들었다. 하지만 잠이 오지 않았다. 모녀가 속세에서 보내는 마지막 밤이었다. 두 사람은 아무런 말도 하지 않았다. 무슨 말을 할 것인가. 두 사람은 서로 등을 돌리고 돌아누운 채 뜬눈으로 밤을 지새웠다. 그렇게 긴 밤이 지나고 아침이 왔다.

태숙은 잠자리에서 조금 일찍 일어났을 뿐 여느 때와 마찬가지로 가게 문을 열고 안팎을 깨끗이 청소하였다. 민지 또한 책상과 쓰던 물건들을 가지런히 정리하였다. 모녀는 서로의 감정을 내보이지 않으려고 애써 태연한 척하였다. 태숙은 평소 민지가 좋아하는 것들로 아침상을 준비하였다. 그녀는 딸과 아침을 먹으며 밥 위에 반찬들을 올려 주었다. 그런 어머니의 모습에 가슴이 뭉클해져 왔지만, 묵묵히 먹는 일에만 열중하였다. 목이 메어 밥이 잘 넘어가지를 않았지만, 꾹 참고 아침을 먹었다. 그리고 민지는 작은 배낭 하나를 어깨에 걸치고는 방을 나왔다.

신발을 신으려고 신발장 문을 열었다. 그런데 신발장 안에는 못 보던 등산화 한 켤레가 놓여 있었다. 나이키라는 상표가 적힌 고동색 등산화였다. 민지의 등 뒤에 바짝 서 있던 태숙이 신발장에서 등산화를 꺼내 바닥에 내려놓았다.

"산에 다닐 때는 발 아프지 않게 등산화를 신으렴. 요사이는 스님들도 등산화 신는 걸 자주 보았다. 언제 다시 네 신발을 내가 사 주겠니?"

순간 민지는 차마 태숙을 올려다보지는 못하고 고개를 숙인 채 신발을 신는 동작에만 열중하였다. '죄송합니다.' 그 말만 마음으로 되뇌었다. 고개를 숙인 채 등산화 끈을 단단히 조였다. 신발을 다 신은 민지는 어머니와 시선을 마주치지 않으려고 몸을 돌려 인사를 하였다.

태숙은 고개를 끄덕이고는 이내 등을 돌렸다. 먼 길을 가는 딸에게 약한 모습을 보여서는 안 된다는 생각으로 마음을 억눌렀다. 민지 또한 얼른 가게 문을 열고 밖으로 나왔다. 가게 앞에 서서 파란 페인트로 큼지막하게 쓰인 간판을 올려다보았다. 자신이 원했던 입산이지만 이렇게 간다는 것에 몹시 마음이 아팠다. 가게로부터 멀어질수록 가슴이 더 아려왔다. 온몸을 옥죄어 오는 것이 태어나서 처음으로 느껴 보는 커다란 아픔이었다. 민지는 걸음을 빨리하였다. 숨을 길게 내쉬며 하늘을 올려다보았다. 맑고 푸른 하늘에는 구름 몇 조각이 유유히 흘러가고 있었다.

제4장

연비

범어사 금강계단으로 사미니계沙彌尼戒를 받으러 가게 되었다. 행자 생활을 한 지도 일 년 육 개월이 지났다. 행자 기간이 이 년 이상이 되어야 수계를 받을 수 있었으나, 해인사 금련암 행자들은 각자 정한 은사 스님들의 허락으로 수계를 하게 되었다.

수계受戒를 받으러 가는 날이었다. 이른 아침부터 큰절 일주문 앞에는 대형 버스가 대기하고 있었다. 해인사 부속 암자의 사미, 사미니, 비구, 비구니계를 받으러 가는 승려들은 모두 일주문 앞에 모였다. 총무 스님의 간단한 지시 사항을 듣고 그들은 버스에 올랐다. 해인사를 빠져나온 버스는 고속도로를 달렸다. 스피크에서는 관음정근觀音精勤, 반야심경般若心經, 법성게法性偈, 화엄경약찬게華嚴經略纂揭 순으로 독경 소리가 흘러나왔다. 한 사람의 목소리였는데 목탁 소리와 함께 들려오는 스님의 목소리가 무척 구성지게 들렸다.

어느새 버스는 부산 시내를 지나 금정산 범어사 주차장에 도착하였다. 주차장에는 전국 각 사찰에서 수계를 받으러 온 승려들로 붐비고 있었다. 벌써 많은 승려가 범어사 쪽으로 걸어가고 있었다. 절로 올라온 승려들은 정해진 자신들의 숙소로 찾아 들어갔다. 큰 나무 기둥에 각기 사미沙彌, 사미니沙彌尼, 비구比丘, 비구니比丘尼라고 씌어 진 종이가 붙어 있었다. 해인사에서 온 행자들도 그들의 숙소로 들어갔다. 그곳에는 전국 사찰에서 계戒를 받으러 온 행자들로 꽉 차 있었다. 행자들은 함께 온 동료들과 여기저기 둘러앉아 얘기를 나누고 있었다. 잠시 후 장삼을 펄럭이며 비구니 스님 한 분이 들어왔다. 마른 체구에 몸집이 작은 스님은 무척 깐깐해 보였다. 그녀는 마이크를 잡고는 행사 일정을 발표하였다. 2박 3일로 정해진 일정은 빈틈없이 짜여 있었다.

스님은 자진해서 공양을 지을 행자들을 몇 명 모집하였다. 많은 행자가 공양주를 맡겠다며 앞으로 나섰다. 그래서 순번을 정하기로 하였다. 반찬은 큰 절에서 만들어 비구, 비구니, 사미, 사미니 숙소로 보내지게 되어 있었다. 저녁 공양을 마치고 예불을 올린 뒤 방을 정하고 잠자리에 들었다.

다음날 새벽 3시. 잠들었던 만물을 깨우는 대종 소리가 울렸다, 이어서 도량석을 하는 스님의 소리가 들려왔다. 모두 일어나 숙소에 있는 큰방에 모여 예불을 하였다. 그리고 아침 공양이 끝난 뒤 강사 스님이 지시 사항을 전했다.

보제루普濟樓에서 수계 의식이 거행되었다. 혜운은 장삼을 입고 가사를 단정히 걸쳤다. 일렬로 줄을 서서 차례로 수계식이 거행되는 보제루로 걸어 들어갔다. 보제루 안에는 비구계를 받으러 온 승려들이 이미 와서 있었다. 왼편 앞줄에는 비구계, 뒷줄에는 사미계, 오른쪽 앞줄에는 비구니계, 뒷줄에는 사미니계, 모두 줄을 맞추어 일렬로 섰다. 많은 승려가 장삼을 입고 가사를 걸친 채 그렇게 서 있는 모습은 엄숙하고 장엄했다. 숨을 죽이고 서 있자 몇 명의 감독 스님들이 들어왔다. 그리고 잠시 후 나이가 지긋이 든 큰스님이 보제루로 들어왔다.

큰스님은 주장자를 들고 법상 위에 올랐다. 자그마한 키에 유난히 눈이 빛나 보였다. 체구는 작았지만, 위엄이 있어 보였다. 사람을 압도하는 무언의 힘이 보제루를 가득 메웠다. 법상 위에 앉은 큰스님은 주장자를 마룻바닥에 쿵, 쿵, 쿵 세 번 울리고는 무릎에 내려놓았다. 수계를 받으러 온 사람들은 큰스님께 삼배三拜를 하였다. 몇 분의 감독 스님 중 한 명이 우렁찬 목소리로 말하였다.

"큰스님께서 십계(十戒)를 말씀하시면 따라 하십시오."

큰스님은 주장자를 다시 마룻바닥에 쿵, 쿵, 쿵 세 번 울리고는 카랑카랑한 목소리로 말하였다.

첫째. 불살생不殺生 생명을 죽이지 말라.

둘째. 불투도不偸盜 도적질하지 말라.

셋째. 불음행不淫行 음행하지 말라.

넷째. 불망어不妄語 거짓말하지 말라.

다섯째. 불음주不飮酒 술 먹지 말라.

여섯째. 불착향화만불향도신不着香華鬘 不香塗身 꽃다발을 쓰거나 향 바르지 말라.

일곱째. 부자가무작창고왕관청不自歌舞無作唱故往觀聽 자신이 노래하고 춤추고 풍류 잡히지 말며 가서 구경하지도 말라.

여덟째. 부좌와고광대상不坐臥高廣大牀 높고 큰 평상에 앉지 말라.

아홉째. 불비시식不非時食 때 아닌 때에 밥 먹지 말라.

열째. 불착금은전보不捉金銀錢寶 금이나 은이나 보화를 갖지 말라.

"이 십계十戒를 간직하고 지키겠느냐?"

큰스님이 우렁차게 물었다.

"지키겠습니다."

계戒에는 오계, 십계, 사십팔계, 이백오십계, 삼백사십팔계 등이 있는데 십계란 계의 기본이 되므로 큰스님께서 그들에게 말한 것이었다.

"분명 지키겠느냐?"

"지키겠습니다."

그들은 모두 입을 모아 한소리로 큰스님의 물음에 답하였다.

큰스님은 다시 한 번 주장자를 힘 있게 세 번 쳤다. 이어서 감독 스님이 말하였다.

"연비燃臂를 하겠습니다. 여러분들은 연비 할 자세를 취해 주십시오."

그들은 무릎을 꿇고 상체를 똑바로 세운 채 왼쪽 팔을 앞으로 내밀었다.

"참회진언 말씀하십시오."

"옴 살바못자 모지 사다야 사바하, 옴 살바못자 모지 사다야 사바하, 옴 살바못자 모지 사다야 사바하."

그들은 일제히 참회진언을 외우면서 내면 깊숙이 그동안 자신이 살아온 지난 일들을 참회하였다. 혜운의 머릿속에도 온갖 상념들이 스쳐 지나갔다. 몇 명의 감독 스님들은 수계 받는 이들의 왼쪽 팔에 심지를 붙이고 불을 붙였다. 불을 붙인 심지가 서서히

타 내려갔다. 지금까지 수없이 마음속으로 일으켰던 번뇌 망상이 타들어 가고 있었다. 천천히 타들어 가던 심지가 다 타자 피부가 뜨끔하며 아려왔다. 작은 화상을 입은 팔뚝에는 연비 한 자국이 인장처럼 선명히 남게 되었다. 큰스님은 법상에서 내려와 시자 스님의 부축을 받으며 보제루를 나갔다. 수계식이 모두 끝난 것이었다.

"비구 스님들부터 차례로 나가십시오."

감독 스님이 커다란 소리로 말하였다. 비구계를 받은 스님부터 차례대로 줄을 서서 한 사람씩 보제루를 빠져나갔다. 숨소리조차 내지 않은 채 경건한 마음으로 보제루를 나와 각자의 숙소로 돌아왔다.

숙소로 돌아온 그들에게 잠시 휴식 시간이 주어졌다. 그다음에는 면접을 보는 순서였는데 몇 명의 스님들이 들어왔다. 들어온 스님들은 긴 탁자를 앞에 두고 나란히 앉았다. 면접관은 비구니 승가대학 학장 스님들로 이루어져 있었다. 그중에게는 혜운이 그분의 상좌가 되겠다고 찾아갔던 동림사 법해 스님도 있었다.

"아마 자신의 인연의 터가 어디 있을 거야."라고 한 스님의 말을 떠올리며 혜운은 다른 스님들보다 그 스님을 유심히 쳐다보았다.

사미니들은 한 줄로 서서 차례를 기다렸다. 자신의 차례가 되면 스님들 앞으로 다가가 합장을 하고 무릎을 꿇고 앉았다. 스님들은 탁자 앞에 다가와 앉은 그들에게 물었다. 이윽고 혜운의 차례가 되었다.

"불명을 말씀하십시오."

"혜운입니다."

"본사가 어디입니까?"

"해인사입니다."

"은사 스님 불명을 말씀하십시오."

"해자 월자 해월 스님입니다."

"행자 기간은 몇 년 했습니까?"

"일 년 육 개월 했습니다.

혜운이 또박또박 대답하자 스님들은 기록장에 빠짐없이 기록하였다. 면접은 간단히 끝났다. 이어서 서술 형식의 시험이 치러졌다. 염불과 앞으로 승려로서 하고자 하는 일과 입지를 적게 되어 있었다. 그동안 행자 생활을 하면서 틈틈이 외웠던 염불과 입지立志에 대해 생각을 논리적으로 적었다. 그렇게 긴장 속에서 빈틈없이 짜인 하루 일정이 끝났다.

다음날 이른 시간부터 강사 스님의 강의가 시작되었다. 강의는 승가대학 스님이 하였다. "사미니沙彌尼는 범어로 스라마네리카(Sramanerika)라고 합니다. 우리말로는 '쉬고 자비하다.' '나쁜

짓을 하지 않고 자비를 행한다.'라는 뜻입니다. 세간에 물들지 않고 중생을 자비로써 제도한다는 것입니다. 또 부지런히 행하고 열반을 구한다고 말도 됩니다.…"

 강사 스님은 불교 강의와 사미로서 지켜야 할 소양에 대하여 말하여 주었다. 모두 열심히 스님의 강의에 귀를 기울였다. 그런 다음 오후에 큰 법당 앞에 있는 금강계단에서 사진 촬영을 하였다. 비구, 비구니, 사미, 사미니로 나누어 사진 촬영을 하였다. 사진을 끝으로 범어사 금강계단에서의 2박 3일의 일정이 모두 끝났다. 혜운은 해인사 승려들과 함께 범어사를 나왔다. 그렇게 수계를 마친 승려들은 자신들이 몸담은 각 사찰로 돌아갔다.

 혜운은 은사 스님으로부터 초발심자경문初發心自經文을 배웠다. 고려 보조 국사普照國師의 계초심학인문誡初心學人文과 신라 원효 대사의 초심수행장初心修行章과 야운 선사의 자경문自經文 3편을 합본한 것이었다.
 처음 불가에 들어가는 이의 마음가짐과 일상생활 규범을 가르치고 있었다. 도道에 들어가기 위해 꼭 거쳐야 하는 문이요, 법을 배우는 데 필수적인 지침이라고 적고 있다. 항상 저녁에는 그날 배운 것을 외워 강을 바치고 그 뜻을 말하였다. 은사 스님은 혜운에게 자세히 가르쳐 주었다.

"부초심지인不初心之人은 수원리악우須遠離惡友하고 친근현선親近賢善 하며 수오계십계등受五戒十戒等하야 선지지범개차善知持犯開遮 하라……. 대저 처음으로 마음을 내어 배우려는 사람은 모름지기 나쁜 벗을 멀리하고 어질고 착한 사람을 가까이 친해야 하며 오계와 십계 등의 계율을 받아서 지니고 범하고 열고 막는 것을 잘 알아야 하느니라. 그리고 부처님께서도 말씀하신 법문 중 법구비유경法句比喩經의 이야기를 한 가지 들려주마."

은사 스님은 다정하게 혜운을 바라보며 말하였다.

부처님께서 어느 때 제자들을 데리고 길을 가고 계실 적의 일이다. 앞에서 가시던 부처님께서 마침 길가에 떨어진 새끼줄을 가리키시며 뒤따라오는 제자에게 그 새끼를 주워 오라 하셨다. 지적을 받은 제자는 부처님 말씀대로 그 새끼를 주웠다.

부처님은 그 제자에게 "그 새끼줄은 무엇을 하던 새끼줄인가?" 하고 물으셨다.

제자는 "비린내가 나는 것으로 미루어 생선을 묶었던 새끼임이 틀림없습니다."하고 대답했다.

부처님께서 아무 말씀 없이 한참 가시다가 길옆에 떨어진 종이를 가리키시면서 먼저 제자에게 또 주워 오라 하셨다. 그리고 먼저와 같이 무엇을 하던 종이냐고 물으셨다.

그 제자는 "이 종이에서 향내가 나는 것으로 미루어 향을 쌌던 종이임이 틀림없습니다."하고 대답했다.

이어 부처님께서는 말씀하셨다.

"이 새끼와 종이는 본래 비린내도 향내도 없었던 것인데 그 인연한 바를 따라서 비린내도 향내도 나는 것이다. 사람의 마음도 이와 같아서 본래의 바탕은 선도 악도 아니지만, 주위의 인연하는 바를 따라서 선하게도 되고 악하게도 물들게 되느니라."

얘기를 끝낸 은사 스님은 혜운을 똑바로 바라보며 힘을 주어 말했다.

"항상 처음 발심한 마음으로 부처님의 말씀을 되새기며 정진하도록 하여라."

혜운은 묵묵히 합장을 하였다,

"초심이 가장 중요하느니라."

은사 스님은 서랍에서 염주 하나를 꺼내 혜운에게 주었다.

"보리수 염주다. 항상 간직하고 다니면서 관세음보살 주력을 해라. 그리고 이제는 속세의 모든 일을 잊어버려라."

스님의 말씀이 아니라도 계를 받고 온 혜운은 각오를 새롭게 했다. 잊으려야 잊을 수 없었던, 버리고 싶었지만 버릴 수 없었던 그 모든 속세의 기억들도 이제는 지워질 것만 같았다. '이제 멀고 먼 수행자로 삶을 새롭게 살아야 한다. 끝도 보이지 않는 수행자의 길을 홀로 걸어가야 한다.' 마음속으로 다짐을 하며 혜운은 두 손을 모아 스님이 건네주는 염주를 공손히 받아들었다.

 출가하기 전부터 알았던 대원암의 대인 큰스님이 혜운의 법사 스님이 되었다. 그녀는 승가대학에 입학하기 전 큰스님께 인사를 하러 대원암을 찾았다. 입산하고 안 사실이지만 노스님은 선승禪僧이었다. 우리나라 선맥禪脈을 이어오고 있는 큰스님이었다. 결제철에는 선원에 머물면서 방부를 들인 수좌 스님들과 함께 정진하다가 해제철이 되면 대원암에 오셔서 머문다고 하였다. 혜운이 큰스님을 찾아갔을 땐 출타 중이어서 계시지 않았다.
 "3일 후 오실 건데 미리 연락하고 오시지요."
 공양주 보살은 배추를 다듬다 말고 혜운을 보고는 얼른 일어나 그녀를 반갑게 맞았다.
 "그럼 큰스님 오실 때까지 기다리지요."
 "스님은 어떻게 그렇게 승복 입은 모습이 잘 어울려요. 참 좋아 보이네요."
 "고맙습니다."
 그녀는 혜운이 출가하기 전 큰스님을 뵈러 왔을 때부터 있었던 보살이었다.
 "스님, 이 방으로 들어오세요."
 그녀는 자신이 기거하는 방문을 열어주며 말했다. 나이가 일혼이 훨씬 넘어 보이는 노보살은 혜운에게 살뜰한 정을 보여 주었다. 공양간에서 몰랑몰랑 감칠맛 나게 보이는 인절미와 과일을 한 상 내왔다. 그녀는 고부간의 갈등으로 절에 와 있다고 했다. 젊었을 때 혼자되어 하나 있는 아들을 힘들게 키워 의사를 만들어 놓았더니, 그 아들은 아내와 자식들만 생각하고 또 며느리의 구박이 심해 절에 들어왔다고 한다. 오직 아들 하나만 바라보고 살다 그렇게 되니 허탈감이 대단했던 모양이었다.

"스님, 그래도 자식들이라고 여기 영양제 하며 보약이라고 보내왔네요."

노보살은 푸념하듯 투덜거리며 약봉지를 혜운의 앞에 내밀었다.

"좋으시겠어요."

"좋기는요. 몹쓸 것들……."

노보살은 심기가 몹시도 불편한 것 같았다.

"집에 와서 함께 살자는 소리는 한마디도 없고, 약이나 보내주면 자식 된 도리 다 한 그것으로 생각한다니까요."

젊었을 때부터 절에 다니는 것으로 삶의 위안으로 삼았던 그녀는 절에 있으면서 기도도 하고 후원 살림을 도맡아 하고 있었다. 노보살과 이런저런 얘기를 나누다 방으로 건너왔다. 혜운이 처음 대원암을 찾았을 때 머물렀던 방이었다. 감회가 새로웠다. 수계

하고 새로운 마음가짐을 한 탓인지 출가하기 전 같은 공허감은 들지 않았다. 이부자리를 펴고 누우니 눈이 스르르 감겨왔다. 대원암까지 오는 것이 힘들었던 모양이다. 다음날 큰절에 들러 알고 지내던 스님들께 인사를 하고 저녁 공양 시간이 되어서야 대원암으로 올라왔다. 그러자 그곳에 살며 절 행정 일을 맡아 하는 문 거사가 혜운에게 부탁을 하였다. 대부분 남자 신도를 절에서는 거사라고 지칭하였다.

"저녁 10시쯤 서울에서 거사 한 분이 온다고 하네요. 제가 급한 볼일이 있어 동네에 내려가야 하는데, 거사가 오면 스님 계시는 맞은편 방으로 안내 좀 해주세요."

"걱정하지 마시고 다녀오세요."

"감사합니다."

그는 빠른 걸음으로 돌계단을 내려갔다.

그의 부탁을 받고 사무실 방에서 서울서 온다는 거사를 기다렸다. 암자의 밤은 깊어만 가고 있었다. 소쩍새 우는 소리가 들려왔다. '소쩍소쩍.' 문을 열고 툇마루에 앉아 소쩍새 울음소리에 귀를 기울였다. 너무나 애절하여 가슴을 후비는 듯하였다. 달도 뜨지 않은 산속 암자는 온통 어둠뿐이었다. 법당 앞에 켜놓은 작은 장명등 불빛이 힘겹게 어둠을 몰아내고 있었다. 차 소리가 들려왔다. 서울 거사가 오는가 보다 생각하며 입구 쪽으로 눈길을 돌렸다. 차에서 사람이 하나 내리고 이내 차가 내려가는 소리가 났다. 차에서 내린 사람이 어둑한 마당을 지나 안으로 들어왔다. 남자였다. 작은 가방을 어깨에 메고 있었다.

"서울서 온 거사입니까?"

혜운이 어둠을 등에 지고 들어서는 사람을 보고 물었다.

"예, 그렇습니다."

남자가 합장하며 대답했다. 혜운도 얼른 두 손을 모아 합장을 하였다.

"사무 일을 보는 처사님한테 오신다는 얘기 들었습니다."

"이거 너무 늦은 시간에 죄송합니다."

"별말씀을요. 방으로 안내해 드릴 테니 저를 따라오세요."

혜운은 그의 얼굴을 힐끗 쳐다보았다. 어두워서 얼굴을 확실히 알아볼 수가 없었다.

방을 안내해주고 돌아서며 말하였다.

"편히 쉬십시오."

"예."

그가 대답하고 마루로 올라서며 혜운의 얼굴을 힐끗 쳐다보았다. 방으로 돌아온 혜운은 불도 켜지 않은 채 이불 위에 몸을 눕혔다. 소쩍새 소리가 끊이지 않고 들려왔다. '소쩍소쩍.' 암자의 밤은 소쩍새 소리와 함께 깊어만 갔다. 눈을 감았지만, 애간장을 녹이는 듯, 한 소쩍새의 울음소리 때문인지 쉽게 잠이 오지 않았다. 다음 날 아침 공양을 하고 혜운은 차를 마실까 생각하다가 절 뒤로 나 있는 길을 따라 산책을 하였다. 신선한 아침 공기를 깊게 들이마시며 심호흡을 하였다. 항상 느끼는 것이지만 산사의 아침은 항상 새롭고 평화롭고 또 여유로운 것이었다. 저절로 마음이 행복해지는 것 같았다. 산책에서 돌아와 도량을 걷고 있는데 남자가 혜운에게로 다가왔다. 누굴까 잠시 생각하다 어제 저녁 늦게 절에 도착한 그 남자라는 것을 직감할 수 있었다.

"저 스님."

그가 혜운 쪽으로 다가오며 말을 건넸다.

"아, 어제저녁에 오신 거사님이시군요."

걸음을 멈추고 소리 나는 쪽으로 몸을 돌리며 알은 체를 하였다.

두 사람은 서로를 쳐다보았다.

"저……."

남자가 혜운의 얼굴을 유심히 보며 말을 길게 끌었다.

"혹시 전에 여기 오셨던 그분?"

남자가 확신이 간다는 듯 '그분'이라는 단어에 힘을 주어 물었다. 남자의 그 말에 혜운도 그의 얼굴을 똑바로 바라보았다. 기억을 더듬어 볼 필요도 없이 그가 누구인가 금방 생각이 났다.

혜운이 입산을 결심하고 대인 큰스님을 찾아왔을 때 보았던 남자, 그 남자가 틀림없었다. 혜운에게 자신의 이름과 전화번호를 적어주며 연락을 하라던 남자. 그러나 그때 혜운은 그가 건네준 종이를 보지도 않고 구겨서 던져 버렸었다. 그도 승복을 입기 전 민지의 모습을, 어깨까지 내려온 생머리와 검은색 폴라티에 스커트를 입고 부츠를 신은 모습을 기억하고 있었다. 두 사람은 서로 지난날 그들의 모습을 기억하고 있었다.

"스님이 되셨네요."

말을 하는 그의 얼굴에 짧은 순간 비애가 스치고 지나갔다. 혜운은 자신의 얼굴을 찬찬히 바라보는 그의 시선이 어색하여 그로부터 몸을 반쯤 돌렸다.

"그때 혹시나 연락이 오지 않을까 기다렸는데……."

그는 말끝을 흐리다가 다시 말을 이어갔다.

"이렇게 출가를 하셨네요. 뜻밖입니다. 하지만 어찌 되었든 만나서 반갑습니다."

혜운은 그 말을 들으며 그가 적어주었던 메모지를 던져 버렸던 마당가를 한 번 쳐다보았다.

문 거사가 성큼성큼 그들에게로 다가왔다.

"어제 급한 일이 있어 동네에 내려갔습니다. 김 거사님 올 때까지 기다리지를 못했습니다."

"별말씀을요."

두 사람은 악수하며 반가움을 나누었다.

"스님께서 수고하셨습니다."

문 거사는 밝은 얼굴로 혜운을 쳐다보았다.

"차나 한잔합시다."

세 사람은 사무실로 들어갔다. 혜운이 차를 뽑아 찻잔에 따라 주었다.

"차 맛이 무척 좋습니다."

남자가 찻잔을 돌려주며 말했다.

"가실 때 몇 통 가지고 가십시오."

문 거사가 김 거사를 보며 말했다.

"지난번에도 주셨는데 고맙습니다."

"스님은 어느 절에 계십니까?"

남자가 혜운이 다시 따라 준 찻잔을 받으며 물었다.

"해인사 금련암에 있습니다."

남자는 무엇인가를 생각하며 고개를 끄덕이더니 마지막 찻잔을 비웠다. 차를 다 마신 세 사람은 자리에서 일어나 문을 열고 툇마루로 옮겨갔다. 그때 전화벨 소리가 울렸다. 방 가까이에 있던 혜운이 방으로 들어가 전화를 받았다. 문 거사를 찾는 전화였다.

"거사님 전화인데요."

그는 얼른 방으로 들어갔다.
"스님 저하고 함께 산책이나 할까요?"
문 거사가 전화를 받는 사이 남자가 혜운에게 물었다.
"잠시 전 산책했습니다."
"그래도 한 번 더 산책하시지요?"
그는 싱긋이 웃었다.
"다녀오십시오. 저는 여기에 있겠습니다."
혜운이 사양하자 그는 가볍게 목례를 하고는 마당을 가로질러 입구 쪽으로 나갔다. 혜운은 툇마루에 서서 그의 뒷모습을 물끄러미 바라보았다. 일 년 육 개월 출가하기 전 그를 처음 보았을 때 그 느낌이 가슴속에 살며시 다시 일어나는 것만 같았다. 전화 통화를 마친 문 거사가 방에서 나왔다.
"김 거사는 어디 갔습니까?"
"산책한다고 나갔습니다."
그는 알겠다는 듯 고개를 끄덕이고는 그의 얘기를 늘어놓았다.
"김 거사가 K그룹 재벌 아들이라고 하네요. 아버지 뒤를 이으려고 지금 경영 수업을 하고 있다지요. 가끔 시간이 있을 땐 잠시 와서 쉬다 간답니다."
혜운은 문 거사의 말을 묵묵히 듣고 있었다. 지난날 보았을 때 재력 있는 집안의 청년이라는 것은 어렴풋이 짐작하였지만,

그가 K그룹 재벌 아들이라고는 생각하지 못했다. 문 거사는 그가 미국에서 경영학을 공부하고 온 유능한 젊은이라는 말까지 덧붙였다.

출타하였던 큰스님께서 돌아오셨다. 혜운은 가사를 걸치고 자신의 법사 스님이 된 큰스님께 삼배를 하였다.
"이번에 수계 하였지?"
큰스님의 말에는 마치 멀리 가서 공부하다 돌아온 자식에게 부모가 건네는 것처럼 따스함이 느껴졌다.
"예."
"교리를 공부하러 강원에 갈 거니, 아니면 참선하러 선방에 갈 거니? 요즘에는 강원이 승가대학이라고 이름이 바뀌었지?"
"승가대학에 가서 경을 공부하고 난 다음 참선 공부를 하겠습니다."
"경經을 공부하든 참선을 하던 일심一心으로 정진해라. 도道의 길은 모두 한 길로 통하는 것이지만 게을리해서는 어느 길도 모두 헛것이 된다."
큰스님은 고개를 끄덕였다. 큰스님의 말 중에서 일심一心이라는 의미를 되새기며 마음속 깊이 갈무리하였다. 혜운은 대원암에서 이틀을 더 보낸 후 그곳을 떠나 금련암으로 돌아왔다. 김 거사

명호는 어디를 갔는지 산책을 하자고 한 후로 한 번도 볼 수가 없었다.

금련암 대중 스님들은 법당과 도량 곳곳을 청소하였다. 촛대와 법당에 사용하는 놋쇠 그릇들을 모두 꺼내 닦고 도량 여기저기 나 있는 풀을 뽑았다. 혜운과 은사 스님은 밀가루로 풀을 쑤어 창호지로 문을 발랐다. 문을 고루 말리기 위해 문짝을 떼어 내 그늘진 곳에 세워 두었다. 대중 스님들이 아침부터 서두른 덕분에 사시 마지 올릴 시간이 가까워져 올 무렵 모든 일이 마무리되었다. 점심 공양은 별식으로 국수가 나왔다. 항상 밥과 채소 반찬을 먹기 때문에 어쩌다 국수를 먹게 되면 스님들은 모두 아이들처럼 좋아하였다. 점심 공양을 맛있게 끝내고 혜운은 그늘에 세워 둔 문을 살펴보았다. 풀칠을 고루 해서인지 잘 마르고 있었다. 쉬고 싶어 방으로 들어가려고 할 때 낯익은 남자가 일주문 안으로 들어섰다. 대원암에서 보았던 재벌 아들이라는 명호였다. 혜운은 그의 모습을 알아보고는 깜짝 놀랐다. 아무리 생각해도 그가 이곳에 올 일이 없는데……. 그가 혜운을 알아보고 그녀 앞으로 다가왔다.

"저……. 스님, 대원암에서 보았지요?"

"예, 그런데 여기는 어쩐 일로?"

두 사람은 서로 마주 보며 합장을 하였다.

"근처에 일이 있었고, 스님을 좀 뵙고 싶어서 들렀습니다."

왜 이 사람이 찾아왔을까, 혜운은 의아스러운 생각이 들었다. 마음속으로는 은근히 반가운 마음도 생겼지만, 내색은 하지 않고 냉정한 태도를 보였다.

"그럼 이리로 들어오세요."

혜운은 자신의 방으로 그를 안내했다. 문을 떼어 놓았기에 밖이 훤히 내다보였다. 봄기운이 방안으로 가득 스며들어왔다. 절에서 손님 대접할 만한 것은 차나 과일 혹은 한과 종류밖에 없었다. 혜운은 그에게 과일과 한과를 쟁반에 담아 내놓았다.

"스님 법명이 뭡니까? 그때 대원암에서 물어보지를 못했어요."

명호가 과일 한 조각을 집어 들며 물었다.

"혜운입니다. 그런데 제게 무슨 볼일이 있는지요?"

"조금 전에 말한 것처럼 그냥 스님을 한 번 더 뵙고 싶어서 왔습니다."

두 사람은 다과상을 앞에 두고 어색한 자리를 애써 태연한 척하고 있었다. 한동안 침묵이 흘렀다.

"스님께서는 이 절에 계실 건가요?"

명호가 침묵을 깨고 물었다.

"결제철에는 진법사에 갔다가 해제철에는 이곳에 있을 겁니다."

"대원암 큰스님한테는 언제 오십니까?"

"큰스님한테도 항상 해제철에 인사드리러 갑니다."

그렇게 잠시 얘기를 하다 어색함을 참지 못한 혜운이 먼저 자리에서 일어났다. 그도 따라서 일어서며 명함 한 장을 그녀에게 내밀었다. 혜운은 순간 출가하기 전 대원암에서 그가 건넨 메모지 일이 다시 떠올랐다. 마당 아래 대나무 숲에 버렸던 것 새삼 생각났다.

"서울 오시면 연락하십시오."

혜운은 옛 생각을 하며 그가 내미는 명함을 이번에는 받아들었다. 명함을 받는 자신의 손이 가볍게 떨리는 것을 느끼며 얼른 두 손을 끌어들였다. 방에서 나온 두 사람은 아무 말도 없이 일주문 앞으로 나왔다.

"다음에 보았으면 하는데 언제 뵐 수가 있을까요?"

그가 아쉬운 표정을 지으며 물었다.

"글쎄……. 대원암에 갈 겁니다……."

혜운이 합장을 하며 말끝을 흐렸다. 그는 무엇인가를 더 얘기하려다 그만두고는 말없이 혜운을 쳐다보았다. 그의 눈빛은 무언가를 간절히 호소하는 듯하였다. 잠시 그렇게 서 있던 그는 산길을 내려갔다. 몹시 아쉬운 듯 가던 발걸음을 멈추고 뒤를 돌아보았다. 일주문 앞에 서 있던 혜운은 뒤를 돌아보는 그와 눈이 마주치자 얼른 등을 돌렸다. 그녀는 그에게서 조금이라도 빨리 멀어져야겠다는 듯이 잰걸음으로 도량으로 돌아왔다. 정명호, 정명호……. 혜운은 마음속으로 몇 차례 그의 이름을 되뇌었다. 순간 '생각을 말아야지.' 하며 고개를 세차게 흔들었다. 하지만 그가 준 명함을 자신의 손에 꼭 쥐고 있었다. 금련암에는 대원암처럼 대나무 숲도 없었다.

혜운은 도일 스님과 도반이 되어 계룡산에 있는 진법사 승가대학에 입학하였다. 함께 행자 생활을 하고 수계를 받았던 명우 스님은 정명사 승가대학으로 갔다. 승가대학은 계戒, 정定, 혜慧, 삼계三戒를 갖추어 출가자가 나아갈 방향과 해야 할 모든 것을 가르치고 익히는 곳이었다. 새벽 3시에 일어나 밤 9시에 잠자리에 들 때까지 모든 생활이 엄격한 규칙 아래서 이루어졌다.

하루는 새벽 도량석으로 기상을 하여 아침 종송, 예경, 축원 등으로 이어지는 예불 의식으로 시작된다. 승가대학은 부처님 경전을 공부하는 곳으로 본과와 외과로 나누어져 있었다. 본과로는 치문반, 사집반, 사교반, 대교반, 과정으로 이루어졌다.

절집에서 살아가는 스님들의 삶의 지침서를 배우는 치문반. 서장, 도서, 절요, 선요, 선가귀감을 배우는 사집반. 능엄경, 대승

기신론, 금강경오가해, 대총상법문, 원각경을 배우는 사교반. 화엄현담, 화엄경, 법망경, 불경을 배우는 대교반의 과정으로 되어 있는데 각 과정을 차례대로 이수하게 되어 있었다. 그리고 외과에서는 서예, 꽃꽂이, 다도, 영어, 일어, 논어, 선학 등을 공부하는데 전체 학기 중 나누어서 수강하게 되어 있었다. 다음날 강의에 앞서 저녁 입선 시간에 책상을 마주한 채 논강을 하고, 끝으로 죽비竹扉 삼성三聲으로 저녁 입선入禪과 함께 하루가 마무리되었다.

사집반이 되었을 때의 일이었다. 도서라는 책을 배우다 잠시 쉬는 시간이었다. 청년 두 명이 가쁜 숨을 몰아쉬며 급하게 절로 달려 들어왔다.
"스님, 저희 좀 도와주세요."
등산을 왔는데 친구 한 명이 금선폭포 근처에서 실족하였다는 것이다. 금선폭포는 진법사에서 관음봉으로 올라가는 중간에 있는 폭포로 옛날 신선들이 그 아름다움에 반해 숨어 지냈다는 곳이었다. 청년들은 어쩔 줄 몰라 하며 스님들에게로 다가왔다.
"저런 많이 다쳤어요?"
어른 스님은 청년들의 얘기를 듣고 무척 안타까워하며 학인 스님들을 불렀다.

"여기 이 청년들 친구가 등산하다 떨어졌다고 하니까 스님들은 청년을 실어 올 수 있는 들것을 빨리 만들어요."

청년과 스님들은 후원 뒷마당으로 갔다. 뒷마당에는 겨울철에 땔감으로 사용하려고 장작과 나뭇가지들을 쌓아 두었다. 그중에서 굵기가 적당한 것을 골라 단단하게 들것을 만들었다. 모양새는 볼품이 없었지만, 튼튼히 만들었다. 청년들은 고맙다는 인사를 거듭하고는 얼른 들 것을 들고 황급히 산으로 올라갔다. 청년들이 산으로 올라간 뒤 스님들은 무엇보다 많이 다치지 않았어야 할 텐데 걱정을 하며 초조하게 그들을 기다렸다. 얼마 후 청년이 들것에 실려 절로 들어왔다. 그의 얼굴은 피투성이가 되어 있었고 옷은 여기저기 찢어지고 흙과 피로 얼룩져 있었다. 다행히 의식은 또렷하였다. 그는 신음을 내며 고통을 호소하였다.

어른 스님은 빨리 병원으로 옮겨가도록 절에서 사용하는 봉고차를 내주었다. 차를 운전하는 김 기사가 그들을 태우고 절을 내려갔다. 멀어져 가는 봉고차를 바라보던 스님들은 법당으로 들어와 일심으로 청년을 위해 기도하였다. 늦은 시간이 되어서야 청년을 병원까지 싣고 갔던 김 기사가 절로 돌아왔다. 다리뼈가 부러지고 상처를 좀 입었을 뿐 다른 곳은 이상이 없다고 하였다. 다행이었다. 그날 스님들은 모두 그가 빨리 완쾌되기를 간절히 빌었다.

절에서는 땅에 밭을 일구어 그곳에 채소를 심어 손수 재배하였다. 직접 재배한 것으로 대중들이 먹을 수 있는 김치 혹은 반찬 따위를 만들었다. 항상 학인 스님들은 정해진 시간에 일하였다. 대중 스님들 모두가 궂은일, 힘든 일을 함께 나누어서 하는 것을 울력이라고 하였다. 울력 중에서 사교반 스님들이 기다리는 울력이 있었다. 봄철 갖은 야채들을 뽑는 일이었다. 채소 뽑는 울력을 기다리는 이유는 두 가지였다. 하나는 야채 쌈을 먹을 수 있다는 것이고, 다른 하나는 규율을 엄격하게 지켜야 하는 도량을 벗어나 자유롭게 지내는 것이었다.

사교반 스님들은 밀짚모자를 쓰고 큰 소쿠리를 들고는 밭으로 나갔다. 스님들은 먼저 대중 스님들이 공양 할 수 있는 쑥갓, 깻잎, 상추 등 갖은 채소를 뽑아 소쿠리 가득 담았다. 밭에서 금방 뽑은 싱싱한 채소들이 너무나 먹음직스러웠다.

"우리도 야채 쌈해서 먹어야지요?"

한 스님이 말하자 다들 기다렸다는 듯이 입을 모아 말했다.

"그렇게 해요. 된장과 밥을 가지고 와야지요."

"저희가 채공이니 가지고 오지요."

그달은 혜운과 도일 스님이 채공 담당이었다. 두 스님은 흙이 묻은 손을 계곡물에 씻고는 승복 옷자락을 펄럭이며 절로 갔다. 두 스님은 장독대로 가 된장을 그릇에 퍼 담았다. 장독대에 가지런히 놓인 항아리들이 반짝반짝 빛을 발하고 있었다. 크고 작은 항아리들을 보면 절마다 살림의 규모를 짐작할 수 있었다. 된장을 가지고 공양간으로 온 두 스님은 공양이 끝나고 남은 식은 밥을 양푼에다 가득 담아 밭으로 가져갔다. 밭에 남아 있던 스님들은 벌써 밭에서 뽑아 온 채소를 흐르는 계곡물에 씻고 있었다. 스님들은 계곡 바위에 걸터앉아 수저도 없이 손으로 밥과 된장을 퍼 야채 쌈을 해서 먹었다.

"매일 쌈이나 먹었으면 좋겠네요."

한입 가득 야채 쌈을 한 스님이 익살스럽게 말했다.

"진짜 꿀맛이네요."

도일 스님이 맞장구를 쳤다. 스님들은 서로 얼굴을 쳐다보며 웃었다. 볼이 터지라 넣고 우물거리는 모습이 너무 재미있었기 때문이었다. 채소에다 된장 한 가지로 싸 먹는 쌈이 뭐 그렇게 맛있겠는가, 하지만 사교반 스님들에게 잘 차려진 그 어떤 밥상의 음식보다 맛있었다.

해제철이 되었다. 해제철은 속가의 방학과 같은 것이다. 혜운은 법사 스님인 대인 큰스님께 인사를 드리고 와서 은사 스님이 계시는 금련암에서 해제철을 보낼 예정이었다. 해제철이 되면 대부분 학승들은 은사 스님이 계시는 절로 간다. 부모와 같은 은사 스님이 계시고 처음 삭발하고 출가한 곳이기 때문에 고향 같은 곳이기도 하였다. 혜운은 먼저 대원암을 찾았다. 대원암은 그녀에게 있어 여느 사찰보다 마음이 가는 곳이었다. 대인 큰스님이 계시는 곳이기도 하지만 그녀가 출가하기 전부터 인연을 맺었던 곳이기 때문이었다. 대원암은 여전히 아늑하였다. 보살들도 거사들도 그녀에게 모두 잘 대해 주었고 항상 그러했듯이 큰스님 역시 따뜻이 맞아주었다. 혜운이 온 다음날 오후, 뜻밖에 명호가 대원암을 찾아왔다. 명호를 보자 혜운은 반가웠다. 볼 때마다 느꼈던 것이지만 그는 참으로 신사적이고 멋이 있었다. 조금은 우수에 젖은 듯한 눈, 반듯한 외모, 예절 바른 태도, 그의 모든 것이 혜운에게는 가슴에 와 닿는 사람이었다.

해제철이 되자 혹시 혜운이 와 있나 하고 온 것 같았다. 그가 금련암으로 혜운을 찾아왔을 때 혜운이 해제철에는 큰스님께 인사를 하러 온다고 말했다. 어쩌면 그것은 약속하지 않은 약속이었다. 큰스님에게 인사를 한 후 혜운과 명호는 스님들이 포행하는 산책로를 함께 걸었다. 산책로는 절 뒤에 있는 작은 계곡을 따라 나 있었다. 비가 온 지 오래되어서 계곡에는 가느다란 물줄기가 흐르고 있었다. 그러나 산책로는 울창한 나무들이 그늘을 만들어 더위를 잊게 해주었다. 두 사람은 가끔 고개를 돌려 서로를 쳐다보며 나란히 산책로를 걸어갔다.

혜운은 명호가 이렇게 옆에 있다는 것이 너무나 흐뭇하게 느껴졌다. 행복이라는 단어의 의미가 이런 것인가 싶었다. 그것은 명호도 마찬가지였다. 그리고 상대편의 그러한 기분은 말 없는 가운데 서로에게 전해지고 있었다. 조금 더 가니 물소리가 들려왔다. 산책로의 끝에 있는 계곡에서 들려오는 소리였다. 다른 쪽에서 내려오는 더 큰 계곡과 만나는 지점이었다.
"물소리가 시원하게 들려오네요."
명호가 혜운을 보며 말을 건넸다.
"물소리는 언제 들어도 좋지요. 제가 이곳에 처음 왔을 때, 큰스님이 물소리 듣고 잠을 자면 건강에 좋다고 계곡 가까이 있는 방을 내주셨던 것이 기억나네요."
"그러셨어요? 큰스님 계시는 무설당 끝에 있는 방말이지요?"
"예."
"저도 그 방에서 잔 적이 있습니다. 제가 잤을 때는 비가 많이 온 뒤라 물소리가 너무 시끄러워서 잠을 잘 수가 없었지요. 오히려 물소리 때문에 건강을 해칠 것 같아 다음날 방을 옮겼습니다."
혜운이 싱긋 웃으면서 말했다. 두 사람은 계곡으로 내려갔다. 두 계곡물이 만나는 물머리로 나가 조금 거리를 두고 바위 위에 각각 걸터앉았다. 두 사람은 흐르는 물을 묵묵히 바라보았다. 침묵 속에 물소리만 들려왔다.

"사실 혜운 스님 만나러 대원암에 왔습니다. 혹시 만나지 못하면 어쩌나 걱정을 했는데, 이렇게 얼굴 보게 되어 반갑습니다."

명호가 혜운을 건너다보았다. 그의 눈빛에 안타까움이 일렁거렸다. 입을 열어 그녀에 대한 자신의 마음을 혜운에게 다 전하고 싶었다. 그동안 보고 싶었다고. 혜운이 출가하기 전 대원암에서 처음 보았던 때부터 생각하며 그리워했다는 말을 명호는 차마 할 수 없었다.

"해제 때는 항상 이곳에 오실 거지요?"

"예."

혜운이 작은 소리로 대답을 했다. 그러나 명호에게는 너무나 또렷하게 들렸다.

"저는 혜운 스님 만나기 위해서라도 이곳에 올 겁니다."

명호는 한마디 한마디 힘을 주어 말했다.

'저도 이곳에 올 겁니다, 지금처럼…….' 그러나 혜운의 이 말은 그녀의 마음속에서만 맴돌 뿐 소리가 되어 밖으로 나오지를 못했다. 혜운은 하염없이 흐르는 물만 내려다보고 있었다. 이렇게 또 헤어져야만 하는지……. 계속하여 혜운을 쳐다보고 있던 명호의 눈에 힘이 들어갔다. 무언가 결단을 내려야겠다는 강렬한 눈빛이었다. 명호는 혜운에게 다가가 그녀를 꼭 껴안고 싶었다. 그리고 사랑한다고 말하고 싶었다. 하지만 그의 시선이 아래로 내려와 혜운이 입고 있는 잿빛 승복에 멈췄다. 눈앞에 놓인 승과 속이라는 현실, 그 승과 속이 이렇게 가까이 앉아 있는데 그것은 또 어찌 그리도 먼 것인가! 명호는 고개를 돌려 혜운이 바라보고 있는 흐르는 계곡물로 시선을 옮겼다.

 진법사가 있는 계룡산은 대전이 바로 옆에 있고 서울에서 가까워 사시사철 사람들로 넘쳐나다시피 하는 곳이었다. 더구나 진법사는 바로 앞에 계곡이 있고 정을사와 관음봉으로 가는 등산로의 갈림길에 위치해 사람들로 몸살을 앓을 지경이었다. 대부분 사람은 조용히 왔다가 가지만, 개중에는 다른 사람은 안중에도 없이 멋대로 행동하는 이들도 적지 않았다.
 하루는 몰지각한 사람들이 후원에서 몇 발짝 되지 않은 곳에서 고기를 구워 먹고 있었다. 남녀가 함께 놀러 온 젊은이들이었다. 그들의 차림새도 볼만하였다. 머리는 알록달록 물들이고, 속이 훤히 내비치는 얇은 옷들을 걸치고 있었다. 그 광경을 보게 된 혜운을 비롯한 학승들이 그들에게 다가가 말했다.
 "여기는 사찰 도량입니다. 저쪽 건너편 계곡으로 가서서 음식을 해서 드시지요."
 스님들의 말이 못마땅했던지, 그중 한 남자가 눈을 위로 치켜뜨며 대들었다.

"널찍한 곳에서 편안히 놀고 가려고 하는데 왜 이렇게 까다롭게 굴어?"

남자는 거침없이 반말을 지껄이며 소주잔을 들이켰다.

"여기는 절 땅입니다."

학승들이 말했다.

"절 땅?"

그는 코웃음을 치면서 소리를 질렀다.

"계룡산에 있는 땅인데 절 땅이 어디 있어?"

"여기서 나가 주시오."

학승들이 계속해서 말을 해도 그들은 심한 말을 하며 하던 짓을 멈추지 않았다. 그들 힘으로는 어쩔 수 없어 학승들은 노스님에게 사실을 고하였다. 얘기를 들은 노스님은 후원 마당으로 나갔다.

"거사님들, 절에서 고기를 구워 먹는 것은 금기로 되어 있습니다."

노스님은 정중하게 말했다. 하지만 그들의 태도는 막무가내였다.

"이 절 큰 스님인지, 아니면 늙은 스님인지 모르겠지만 본래 우리한테는 그런 말 통하지 않습니다."

"저 아래 내려가셔서 드시면 좋지 않겠습니까?"

노스님이 다시 한 번 화를 참으며 좋게 말했다.

"우리한테는 그런 말 안 통합니다."

정말 말이 통하지를 않았다. 그러자 노스님은 더는 화를 참지 못하고 그들이 고기를 굽고 있던 프라이팬을 발로 차버렸다.

"이래도 안 나갈 거요?"

순식간에 프라이팬과 저만큼 튕겨 나가고 고기들이 여기저기 흩어졌다.

"당신네 여기서 나가지 않으면 경찰들을 부르겠소."

"경찰 부르려면 부르시오. 우리가 무엇을 잘못했다고 별일을 다 보겠네."

그들은 이제 스님한테 삿대질까지 하였다.

"여기서 나가시오."

노스님이 눈을 부릅뜨며 큰 소리로 말하였다.

"재수 더럽게 없네."

그제야 그들은 자신들의 짐을 주섬주섬 챙겼다. 그들은 떠나면서도 도량에 침을 칙칙 뱉었다. 스님들은 절을 내려가는 그들의 뒷모습을 안타까운 마음으로 한참을 바라보았다.

방학이란 승속을 불문하고 즐거웠다. 방학을 앞둔 대교반 학인 스님들은 무척이나 기뻐들 하였다. 더구나 4년 동안의 승가대학을 마치는 마지막 방학이라 더한 것 같았다. 혜운 역시 괜히 들뜬 마음이었다. 함께 공부하고 있는 정영 스님이 자신의 은사 스님이 계시는 절에 가서 며칠 묵어가라고 성화를 부렸다. 서울에 있는 절이었다. 혜운은 가벼운 마음으로 그녀의 제의를 받아들였다. 해제하자 그날로 혜운과 정영 스님은 서울로 올라갔다. 절에 도착하여 곧 스님들께 인사를 드리고 바랑을 풀었다. 졸업을 앞둔 두 스님은 홀가분한 마음으로 시간을 보내면서 그렇게 자유롭게 마지막 방학을 보냈다.

혜운은 경전經典의 세계를 배우고 익히며 불법에 한 걸음씩 다가갔다. 승가대학은 단지 부처님 경전만을 공부하는 곳이 아니라 출가하기 이전까지 익혀져 왔고, 몸에 배어 있던 세속적인 습관과, 세속에 있던 생각을 모두 버리는 곳이었다. 앞으로 승려 생활을 하는데 알아야 할 모든 것을 익히고 배우는 곳이라는 것을 알 수 있었다. 그리고 부처님과 조사님들의 자취를 통해 깨달음을 이루어야겠다는 의지를 키워가는 곳이었다.

절집에서 한 가지를 터득하면 모든 것을 알 수 있다. 물미物未를 얻는다. 도道를 통한다. 즉 한 가지 도를 통하면 사방팔방 통하지 못할 것이 없다. 라고 하는 어른 큰스님들의 말씀을 혜운은 이제야 깨달을 수 있었다.

제5장

백척간두

선방禪房을 가기 전 대원암에서 잠시 머물렀다. 혜운이 대원암에 있다는 소식을 큰스님으로부터 전해 듣고 명호가 그녀를 만나러 왔다. 그들은 지금까지 해제 때마다 대원암에서 만났었다. 두 사람은 함께 차를 마시고 산책을 하고 어쩌다 인근의 다른 사찰을 찾아가 보기도 하였다. 명호는 자기 아버지 것이기는 하지만 회사에 매여 있는 처지라 시간을 내기가 쉽지 않았다. 그러나 혜운이 대원암에 있다는 것을 알면 어떻게 해서든지 내려왔다. 어떤 때는 단 하루 그리고 여름에는 휴가를 내어 며칠씩 있다가 갈 때도 있었다. 명호가 왔다는 얘기를 공양주 보살로부터 전해 듣고도 혜운은 방에서 나오지를 않았다. 선뜻 나가 명호를 만나는 것이 점잖지 못한 것 같기도 하고 수행자의 태도가 아니라는 생각에서였다. 그러나 문밖에 무슨 기척이 있나 신경이 쓰이는 것은 어쩔 수 없었다. 혜운은 금강경金剛經을 펼쳤으나 제대로 읽어지지 않았다.

"스님, 스님 계십니까?"

명호의 목소리였다. 혜운은 책을 닫고 일어나 방문을 열었다. 명호가 툇마루 아래 마당에 서 있었다. 혜운은 그의 얼굴을 쳐다보았다. 다른 때의 그의 얼굴이 아니었다. 또 태도도 달랐다. 명호가 대원암에 내려와 혜운을 처음 대면할 때는 항상 웃음 머금은 얼굴로 합장을 하며 인사를 했었다. 그런데 오늘은 혜운을 보고도 합장도 하지 않고 얼굴에는 웃음기도 없었다. 굳은 얼굴로 그냥 서 있을 뿐이었다.

"스님, 잠시 저와 함께 산책하실래요?"

명호는 그 말을 하고는 절 뒤로 나 있는 산책로로 앞장서서 나갔다. 혜운이 뒤를 따라 나오자 그는 걸음을 멈추고 뒤를 돌아보며 혜운을 기다렸다. 혜운이 그에게 다가갔다. 두 사람이 나란히 걷기 시작했다. 몹시도 추운 날이었다. 두 뺨에 와 닿는 바람이 무척이나 차가웠다.

"날씨가 무척 춥네요."

그가 회색 털모자를 눌러 쓴 혜운을 돌아보며 말했다.

"추운데 왜 목도리는 왜 안 하셨어요?"

나란히 걷던 그는 콧등이 빨갛게 언 혜운의 얼굴을 애처롭게 쳐다보았다.

"잠깐 멈춰보세요."

명호는 혜운의 앞쪽으로 서더니 자신의 목도리를 벗어 그녀의 목에 걸어주었다.

"이렇게 해야 따뜻하지요."

그는 혜운을 지긋이 바라보며 목도리를 묶어 주었다.

"……."

"……."

혜운은 엉겁결에 그의 목도리를 목에 두르고 어색하고 부끄러워 고개를 숙이고 가만히 서 있었다. 그가 다시 걷기 시작했다. 혜운은 두 걸음쯤 떨어져 그를 따라갔다. 말없이 한참을 걷다가 걸음을 멈추었다. 겨울이라 잎이 진 나뭇가지들 사이로 대원암의 전경이 한눈에 들어왔다. 겨울나무들은 제각기 화려했던 옷들을 벗어버리고 앙상한 모습으로 서 있었다.

"가장 명당자리가 어디인지 압니까?"

명호가 느닷없이 명당 이야기를 꺼냈다.

"글쎄요."

"우리나라 사찰들이 가장 명당자리입니다."

그는 그 말을 하면서 피식 웃었다. 하지만 얼굴은 여전히 어두워 보였다.

"저 혜운 스님, 여기 잠깐만 계십시오."

혜운은 고개를 가볍게 끄덕였다. 그는 산길 아래로 내려가 소나무가 있는 곳에서 등을 돌리고는 담배에 불을 붙였다. 혜운은 먼발치에서 그를 바라보았다. 그의 뒷모습이 우수에 젖어 있었다. 바람에 흩날리는 담배 연기가 마치 그의 근심 걱정이 흩어지고 있는 것만 같았다. 그리고는 다시 산길을 올라와 혜운을 뚫어지게 바라보았다. 무엇인가 분명할 말이 있는 것 같았다.

"집에서 결혼하라고 성화입니다. 부모님들이 제 혼처를 알아보고 있지요."

그는 길게 한숨을 쉬었다.

"하산하십시오."

그 말을 하며 갑자기 혜운을 으스러지라 껴안았다. 혜운이 그의 팔에서 빠져나오려고 하자 그는 더욱 힘을 주어 껴안았다. 그 바람에 혜운의 얼굴이 그의 가슴에 파묻혔다.

"혜운 스님 모든 것을 책임지겠습니다."

혜운의 얼굴에 그의 얼굴이 와 닿았다. 그의 체취가 느껴졌다.

"사랑합니다. 결혼합시다."

명호는 혜운을 가슴에 안고 어린아이가 응석을 부리듯 '결혼하자.'라는 말을 응얼거렸다. 혜운이 몸을 비틀며 그의 품에서 빠져나오려고 하자 명호는 고개를 숙여 혜운의 입술에 자신의 입술을 갖다 대었다. 혜운은 입을 굳게 다물며 계속 그의 가슴에서 빠져나오려 하였다. 그러나 그의 힘을 당할 수는 없었다. 다시 명호의 입술이 효빈에게 와 닿았고, 그렇게 두 사람은 뜨거운 키스를 나누었다. 효빈의 두 손이 명호의 등 뒤로 돌아가 명호에게 매달리는 모양이 되었다.
　"산에서 내려오겠다고 확실하게 대답을 해 주십시오."
　그는 혜운을 껴안은 채 말하였다.
　"명호 거사와의 만남은 영원히 잊지 못할 겁니다. 하지만 저는 속세를 떠난 사람입니다."
　그의 가슴에 안겨 혜운은 냉정하게 말했다. 하지만 명호는 혜운을 더욱 힘을 주어 껴안았다. 명호는 혜운의 얼굴을 내려다보며 말했다.
　"저와 함께 내려갑시다."
　"부질없는 짓이에요."
　"그럼 언제까지 승려 생활을 할지 모르겠지만 그때까지 기다리겠습니다."
　혜운은 더 이상 명호와 함께 있을 수가 없었다. 그와 이 상태로 더 있다가는 자신의 입에서 무슨 말이 나올지 겁이 났다. 혜운이 몸을 뒤치자 명호가 이제는 어떻게 할 수가 없다는 듯 순순히 놓아 주었다. 혜운은 정신없이 빠른 걸음으로 산책로를 내려왔다. 내려오다 보니 그가 목에 걸어준 목도리가 반쯤 풀어져 펄럭이고 있었다. 아직도 명호의 체취와 체온이 그리고 입맞춤의 달콤함이 남아 있는 것 같았다. 혜운의 눈에서 눈물이 흘러내렸다. 자꾸만 흘러내리는 눈물을 목도리에 닦았다. 뒤돌아 그에게 달려가고 싶었다.

그는 떠났다. 그를 그렇게 떠나보내고 혜운은 울었, 이 세상 그 어느 곳보다 푸근한 부처님 도량이 텅 빈 것만 같았고 한없이 허전하였다. 공허함이 밀려들었다. 숨이 멈출 것 같이 가슴이 아려왔다. 홀로 남겨둔 어머니에게 죄스러울 뿐, 자신이 세상에서 바랄 건 아무것도 없다고 생각했는데 명호의 모습이 자꾸만 떠올랐다. 색色을 멀리하고 사음을 경계해야 한다고 배웠지만 혜운은 그가 보고 싶었다.

'부처님, 어떻게 당신 앞에 참회하며 용서를 빕니까. 하지만 계율을 어기더라도 저는 이 아름다운 승복을 벗고 싶지 않습니다. 당신의 진리를 찾아 고행의 먼 길을 걸어가고 싶습니다. 참다운 진리를 배워 많은 이와 함께 나누며 살고 싶습니다.

참회합니다. 진정으로 참회합니다. 당신의 가사, 장삼을 감히 어떻게 입을 수 있습니까. 만일 색을 범하면 그 마음이 취하여 어린아이처럼 되어 자성을 볼 수 없고, 흰옷에 물을 들인 것과 같다고, 말씀하신 당신의 진리를 배웠건만…….'

혜운은 부처님 앞에 죽고 싶을 만큼 죄스러웠다. 하지만 이미 명호와 키스를 나눈 그녀는 그의 두툼한 입술의 감촉이 생각났고 그의 넓은 가슴에 다시 안기고 싶었다. 수행자가 아닌 여자로서 그에게 다가가고 싶은 생각이 가슴에 자꾸만 물결쳤다.

혜운은 대원암에 더 이상 있을 수가 없었다. 방부房付를 들여 선방에를 가야겠지만 참선을 할 수 없는 마음이었다. 이 마음이 무엇인지, 이렇게 갈피를 못 잡는 이 마음이 무엇인지……. 그녀는 어디로 갈까 생각하다 문득 바다가 보고 싶었다. 끝이 없는 푸른 바다를 보면 마음에 위안이 될 것 같았다. 넓은 바다가 보이는 섬, 섬으로 가자.

혜운은 관음 기도처로 유명한 돌산 정일암으로 향했다. 여수를 지나 돌산읍으로 가는 버스를 탔다. 돌산도를 잇는 돌산대교를 지났다. 섬 중간까지는 길이 잘 포장이 되어 있었지만, 그 다음부터는 비포장도로였다. 덜커덕덜커덕 소리를 내며 버스는 뿌연 먼지를 일으키며 열심히 달려갔다. 도로 바로 밑으로부터 푸른 바다가 펼쳐져 보였다. 혜운은 차창을 열고 바다를 내다보았다. 바다의 끝은 보이지 않았다. 넓었다. 자신의 마음도 바다처럼 넓고 아득해지고 싶었다. 열린 마음. 모든 것을 수용할 수 있는 마음. 사랑할 수 있는 마음. 아! 바다와 같아지고 싶었다. 운전기사가 틀어 놓은 라디오에서 제목을 알 수 없는 애절한 가락의 노랫소리가 구슬프게 들려왔다. 주파수가 잘 맞지 않는지 약간 잡음이 들려오긴 했지만, 그날따라 혜운의 가슴을 더욱 아리게 하는 것 같았다. 어느 가수의 내 마음 갈 곳을 잃어라는 노래가 구슬프게 흘러나왔다. 그렇다. 혜운은 마음의 갈 곳을 잃어버렸다. 그를 떠나보내고, 아니 떠나보낼 수밖에 없는 그녀의 마음은 이미 갈 곳을 잃어버렸다. 어느새 버스는 종점에 도착하였다. 버스에서 내렸다. 차를 세운 맞은편에 조그마한 구멍가게가 있었다. 혜운은 구멍가게 문을 열고 안으로 들어갔다. 바랑을 의자에 내려놓았다.

"실례합니다."

혜운이 부르는 소리에 여자가 가게 안쪽에 있는 방문을 열고 나왔다.

"사이다 한 병 주세요."

혜운은 목이 말라 음료수를 사서 마시며 아주머니에게 물었다.

"보살님, 초행인데 정일암을 가려면 어디로 가야 합니까?"

"스님도 기도하러 오셨나요?"

"예."

"관음 기도처로 알려져 스님들도 많이 오지요."

그녀는 가게 문을 열고 손가락으로 방향을 가리키며 자세히 일러주었다.

"고맙습니다."

혜운은 사이다 값을 지불하고는 내려놓았던 바랑을 다시 어깨에 둘러맸다. 길을 안내하는 팻말은 어디에도 없었다. 가게 주인이 가르쳐 준 방향으로 걸어갔다. 비탈진 좁은 산길로 접어들었다. 나뭇가지들 사이로 바다가 내다보였다. 한참 걷다 보니 갑자기 눈앞에 집채만 한 커다란 바위가 턱 하니 버티고 서 있었다. 좁은 바위틈으로 길이 나 있었다. 한 사람이 겨우 지나다닐 수 있는 넓이였다. 혜운은 길이 어쩌면 이런 식으로도 날 수 있을까 사뭇 신기하였다.

정일암에 도착하였다. 그곳 주지 스님은 혜운에게 매우 친절하게 대해 주었다. 당분간 정일암에 머물겠다고 하자 스님은 쾌히 승낙하였다. 혜운은 이곳에 와서 하나의 버릇이 생겼다. 새벽 예불을 하고 나면 도량 한편에 서서 동이 틀 때까지 캄캄한 바다를 바라보았다. 고기잡이배들의 불빛이 캄캄한 어둠 속에서 누구에게 신호하듯 반짝거렸다. 종루, 대종 근처에서 새벽이슬을 맞으며 아침이 오기를 기다렸다.

아침이 오면 관음전으로 올라갔다. 절 아래 동네와 바닷가가 하염없이 내려다보였다. 바다를 바라보고 바라보아도 마음이 좀처럼 가라앉지 않았다. 속가에서 입산을 앞두고 괴로워했던 것처럼 잠을 이룰 수가 없었다. 정일암에 온 후로도 마찬가지였다. 온갖 상념들이 떠나질 않았다. 관음전에서 기도하는 스님 옆에서 함께 기도도 해 보았지만 소용없는 일이었다. 그냥 그렇게 하루하루를 보냈다.

혜운은 자신의 마음을 다스리기가 너무나 어려웠다. 저녁이 되자 사람들 눈이 잘 닿지 않는 관음전 옆 바위에 걸터앉았다. 여러 가지 형상의 바위들이 주위를 둘러싸고 있어 가까이 오지 않는 한 사람이 있어도 잘 보이지 않는 곳이었다. 걷잡을 수 없는 슬픔이 저 가슴 속 깊숙이 솟구쳐 올랐다. 그냥 산에서 내려가 버릴까? 산에서 내려가 사랑하는 명호와 결혼해 버릴까? 어머니가 보고 싶었다, 그리고 명호도……. 머릿속이 텅 비며 어지럼증이 큰 파도처럼 밀려왔다. 쓰러지듯 바위에 기댄 몸이 알 수 없는 곳으로 깊이 가라앉는 것 같았다.

하루는 서울에서 비구 스님이 신도 서너 명을 데리고 정일암을 찾아왔다. 그들은 자신들이 가지고 온 공양물을 법당 상단에 올리고 절에 꽤 많은 시주를 하였다. 그래서인지 그들은 거드름을 피우면서 도량을 휘젓듯 돌아다녔다. 눈살이 찌푸려졌다. 다음 날 아침 일찍부터 그들은 부산을 떨었다. 미타도를 가기 위해서였다. 정일암 오른쪽에는 아미타불이 화현했다는 미타도, 왼쪽에는 중생들의 서원에 불보살이 감응했다는 감응도, 앞바다에는 부처님이 머물렀다는 세존도가 있었다. 절에 오는 사람 중에는 배를 빌려 타고 이 섬을 구경하러 오는 이들이 꽤 있었다. 주지 스님의 소개로 그들은 고기잡이를 나가지 않은 어부의 배 한 척을 빌렸다. 비구 스님이 혜운에게 말했다.

"스님도 저희하고 같이 가시지요?"

"제가 탈 자리가 있겠습니까?"

"배를 한 척 빌렸으니 충분히 탈 수 있습니다."

혜운은 그들과 함께 간다는 것이 마음에 썩 내키지 않았지만, 미타도에 가보고 싶었다.

"감사합니다. 그럼 함께 가지요."

정일암 가까이 있는 섬들이기 때문에 오후에는 절로 돌아올 수 있을 터였다. 어부는 부두에 배를 대고 그들을 기다리고 있었다. 일행은 배에 올랐다. 어부는 묶어 놓은 밧줄을 풀었다. 밧줄을 풀어 뱃머리를 바다로 돌렸다.

"섬에 봄이 왔건만……."

어부는 배 운전을 하면서 구성지게 유행가 가락을 뽑아내고 있었다. 통통배는 소리를 내며 양옆으로 흰 물거품을 일으키며 앞으로 나아갔다. 배는 어느새 미타도에 도착하였다. 어부는 배를 바위틈에 대고 안전하게 그들을 내려주며 말했다.

"오래 있지는 못합니다. 멀리 가지 마시고 바로 이곳에서 기다리고 계십시오. 저는 파도 때문에 배를 바다에 띄우고 있다가 돌아오겠습니다."

"걱정하지 마십시오."

비구 스님이 시원스럽게 대답하였다. 어부는 뱃머리를 돌리며 또 유행가를 높은 목소리로 엮어내었다. 미타도는 마치 병풍을 둘러놓은 같았고 서로 얽힌 바위들은 자연의 신비스러움을 더해주었다. 바닷물이 얕은 바위틈 사이로 들어왔다 다시 밀려가곤 하였다. 벌써 많은 사람이 오고 간 흔적이 눈에 띄었다. 타다 남은 초가 녹아 바위에 붙어 있었고, 군데군데 과일과 떡 조각들이 흩어져 있었다.

"아미타불, 아미타불……." 비구 스님과 서울서 온 신도들은 동굴 속으로 들어가 합장을 하며 아미타불阿彌陀佛을 소리 내어 불렀다. 그리고 미리 준비해 온 과일을 바위 위에 펼쳐 놓고 촛불을 켜고는 절을 하기 시작했다. 불교가 샤머니즘, 토속 신앙과 함께 융화되었음을 볼 수 있는 하나의 단면이었다. 혜운은 씁쓸

한 생각이 들어 자리를 피해 주위를 살펴보았다. 그들은 열심히 절을 하다 주위를 경관을 바라보았다.

"정말 아미타불이 화현한 자리인가 봐요."

"그럼요. 이 신비스러운 바위 좀 보세요."

그들은 감탄하였다.

"빨리들 오십시오."

그때 멀리서 어부의 목소리가 들려왔다.

"이제 그만 갑시다."

그들은 일행에게 배에 오르라며 손짓을 하였다. 배는 푸른 바다를 가로지르며 다시 돌산도로 돌아왔다. 일행과 인사를 나눈 혜운은 혼자 배에서 내렸다. 배는 내처 여수로 향하였다. 혜운은 물 위에 길게 흔적을 남기고 달려가는 배를 물끄러미 바라보았다.

혜운은 절로 올라와 아무도 보이지 않는 바위틈에 앉았다. 저 푸른 바다에 발을 한 발 내디디고 싶었다. 바위에 서서 바위에 앉아 검푸른 바다를 바라보며 무얼 생각하나, 그래 마음 끝 가는 대로 생각하자. 한 발 내딛으면 천 길 낭떠러지 이 발 허공에 내딛으면 마음먹기에 따라 저 바다가 극락이러나.

'백척간두百尺竿頭라고 했던가. 스님들은 생사의 문제를 안고 자기의 몸을 내던지며 피나는 정진을 하고 있는데, 지금 무엇을 하는 것일까?' 혜운은 바위에 우뚝 올라서서 자책하며 골똘히 생각했다. 마음이라는 것은 본래 형체가 없는데, 이 마음을······.
자신의 마음을 누가 다스리겠는가. 본인 스스로 다스려야 하는
데, 거듭 생각했다.

비 내리는 소리에 혜운은 새벽에 눈을 떴다. 예불 시간까지는
아직 한 시간이 남았다. 창호지 틈으로 들려오는 빗소리에 귀를
기울였다. 그 누군가가 사뿐사뿐 다가오는 발자국 소리 같았다.
혜운은 방문을 열고 툇마루로 나가 섰다. 어제저녁 깨끗이 씻어
놓은 고무신에 잔뜩 빗물이 고여 있었다. 걸레로 고무신을 닦아
신고는 우산을 받쳐들고 종루로 갔다. 밖은 캄캄했고 바다는 보
이지 않았다. 빗소리와 함께 어우러져 파도 소리가 들려오는 듯
도 하였다. 바다의 모습이 보이지는 않지만 아마 물결이 쉴 새
없이 일렁거리는 것 같았다. 비 내리는 바닷가 새벽 공기는 너무
나 신선했다. 깨끗하다는 것, 때 묻지 않았다는 것, 어쩌면 인간
이 본래 가지고 있던 성품은 아닐는지, 혜운은 그 느낌이 좋아
마음껏 새벽 공기를 들이마셨다.

정일암에 있은 지 육 개월이 지났다. 그러나 아직도 마음속에
이는 파도는 잔잔해질 줄을 모르고 있었다. 혜운은 대원암으로
가서 생각을 정리하면 오히려 명호의 존재를 잊어버릴 수 있을
것 같았다. 피해서 되지 않을 것 같으면 정면으로 한번 맞부딪쳐

보자는 생각이었다.

　대원암으로 다시 온 혜운은 차분히 마음을 가다듬으며 생각을 정리하였다. 쉬운 일이 아니었지만 어떻게든 이 고비를 넘겨야겠다는 생각으로 열심히 기도도 하고 절도하였다. 한편 명호의 부모는 아내감을 골라 그와 결혼할 것을 강요하였고, 부모의 뜻을 거역할 수 없었던 그는 결혼 날짜를 정하게 되었다. 결혼식 날이 점점 가까이 다가오자 초조함을 견딜 수가 없었지만 혜운이 어느 절에 있는지 알 길이 없었다. 그도 그렇게 답답한 나머지 대원암을 찾았다. 이제 결혼식은 사흘 앞으로 다가와 있었다. 그렇게 두 사람은 다시 대원암에서 만났다. 명호는 혜운이 하산을 한다면 부모에게 자기 생각을 확실히 말하기로 했다. 이제는 더 이상 부모의 눈치를 살피지 않으리라 결심하였다. 하지만 혜운은 명호를 피했다. 그를 보자 얼른 방으로 들어가 문을 잠갔다. 그를 보면 자신의 마음이 흔들릴 것 같아 애써 피하고 있는 것이었다. 명호가 방문 앞에 서서 노크를 하였다. 그러나 혜운은 문을 열어주지 않았다. 그는 방문 앞에 서서 말하였다.

　"혜운 스님, 저하고 얘기 좀 합시다."

　"저는 할 말이 없습니다."

　그는 문을 열려고 문고리를 잡아당겼다. 하지만 문은 잠겨 있었다.

"잠깐만 얘기하면 됩니다."

"돌아가세요."

"문 좀 열어 보세요……."

그는 애원하듯 말을 하였다.

"저를 잊어버리세요."

침묵이 흘렀다. 두 사람은 아무런 말을 하지 않았다. 혜운은 방안에서 문고리를 잡고 서 있었다.

"안 보고 안 만나고 세월이 흐르면 잊어지겠지요. 저 잊어버리시고 행복하게 잘 사십시오."

"꼭 그렇게 하셔야겠어요?"

"그것이 진정으로 서로를 위하는 길이랍니다."

명호는 혜운의 마음을 어떻게 해서든지 돌이키고 싶었다. 하지만 그는 그녀의 마음을 돌이킬 수 없다는 것을 그 누구보다 잘 알고 있었다.

"부모님 뜻을 더 이상은 저버릴 수 없습니다. 저 3일 후에 결혼해야 합니다."

방문 앞에 서서 간절히 말하는 그의 목소리는 가늘게 떨리고 있었다.

"지금이라도 혜운 스님의 생각을 말해 주십시오."

그가 간절히 애원하였으나 혜운은 끝내 방문을 잠근 채 답변을 하지 않았다. 두 사람 사이에 또다시 침묵이 흘렀다.

"하산하십시오!"

그의 목소리가 애절하게 들려왔다. 하지만 혜운은 아무런 말을 하지 않았다. 또다시 침묵이 흘렀다. 침묵이 함께 할 수 없는 두 사람 관계를 말하고 있는 것 같았다.

"그럼 마지막으로 한마디만 하고 가겠습니다. 떨어져 있어도 제 마음은 항상 혜운 스님과 함께 있습니다."

그는 마지막으로 그 말을 남긴 채 발길을 돌려 대원암을 나왔다. 방 안에서 문고리를 잡고 서 있던 혜운은 발자국이 멀어지는 소리를 듣고서는 그가 떠났다는 것을 짐작하였다. 혜운은 명호를 다시 보지 못한다고 생각하는 순간 온몸에서 기운이 쭉 빠져나갔다. 혜운은 무너지듯 방바닥에 주저앉았다. 절을 나온 명호는 산길을 걸어 홀로 내려오며 더할 수 없는 허탈감을 느꼈다. 이 산길을 사랑하는 혜운 스님과 함께 내려가고 싶었는데, 그는 걸음을 멈추고 산봉우리들을 바라보았다. 앞에 보이는 큰 산봉우리들이 자신의 속에 들어와 요동을 치는 것 같았다. 산사에 혜운을 두고 내려오는 그의 가슴은 갈기갈기 찢어지는 것만 같았다. 혜운도 그를 떠나보내고 세상 모든 것이 허무하게만 느껴졌다.

"제 마음은 항상 혜운 스님과 같이 있습니다."

그가 마지막 남기고 간 말이 아직도 귓전에 남아 윙윙거렸다.

'미안합니다. 정말 미안합니다. 진정으로 사랑했습니다. 하지만 저는 명호 씨를 이렇게 떠나보낼 수밖에는 없네요. 사랑한다는 말 한마디 못하고 돌려보낼 수밖에는 없네요. 부디 그리워하는 마음조차 잊어버리고 행복하게 잘 사세요. 추억으로 남을 때가 아름답습니다. 진심으로 행복하기를 빌고 부처님 앞에 또 빌어봅니다. 제가 마지막으로 드릴 수 있는 선물은 이것밖에 없네요.'

'부처님 그를 사랑한 마음이 이렇게 제 가슴속에 멍에로 남을 줄은 몰랐습니다. 무겁기 그지없는 마음입니다. 누구의 허물이겠습니까! 사랑보다는 당신의 그 크신 진리를 찾아 당신의 도량에 머물고 싶답니다.' 마음속에 넘쳐나는 설움을 주체할 수 없어 절을 하고 또 절을 하였다. 그런 혜운의 모습을 내려다보고 있는 부처님의 얼굴은 항상 변함없이 인자한 모습이었다.

'인연 따라왔다가 인연 따라가는 것이 우리네 삶인 것을 너무 슬퍼하지 마라……'

자신의 내면에서 울리는 말이 마치 부처님이 위로하는 속삭임 같았다.

제6장

참선

입지를 확고하게 세웠다. 그리고 불일선원에 방부를 들여놓고 대인 큰스님을 찾아갔다. 가사를 걸치고 큰스님께 세 번 절하고 무릎을 꿇고 앉았다. 큰스님께 화두를 받기 위해서였다. 그의 눈은 언제 보아도 형형하였다. 굵은 염주를 천천히 손으로 굴리면서 혜운을 지긋이 바라보았다.

"조주의 구자무불성狗子無佛性 화두를 줄여 무無자 화두라고 한다. 조주 선사에게 개에게도 불성이 있습니까? 하고 물었을 때 무라고 대답하였다. 무자 화두를 가지고 참선하도록 하여라."

혜운은 큰스님의 말씀을 들으며 두 손을 모았다.

"무無자 화두話頭는 맑다. 힘이 있다. 깨끗하다. 그리고 잡념이 없다. 화두를 간절하게 의심하고 용맹스럽게 나아가라. 오직 무와 참선하는 자신이 하나가 되어야 한다. 밥 먹을 때도 무, 걸어갈 때도 무, 몸과 마음이 함께 응집될 때 본성을 깨달을 수 있는 것이다."

혜운은 두 손을 모으고 반배를 하였다.

"수행은 모두 지관을 기본으로 삼고 있다. 지止는 외부로부터 들어오는 일체의 산란함을 정지시킨다는 뜻이고, 관觀은 마음과 눈으로 응시하여 관찰한다는 뜻이다. 그렇게 지관止觀 수행을 하도록 해라."

"예."

혜운은 큰스님 말씀을 들으며 합장을 하였다.

"사물의 모든 것을 참구參究하는 일이 좌선坐禪이며 참선이다. 지혜의 칼날을 세워서 화두를 참고하여라."

혜운은 큰스님 말씀을 되새기며 세 번 절하고 뒷걸음쳐 밖으로 나왔다. 큰스님께 화두를 받은 혜운은 열심히 정진하겠다는 생각을 품고 다음날 불일선원으로 향하였다. 선방 생활을 시작하였다. 좌선의 자세를 취하였다. 손은 오른쪽 손바닥 위에 왼쪽 손을 얹어 놓고, 가운데 있는 손가락의 중간 마디를 포개고 엄지손가락을 가볍게 서로 맞물리도록 하고 가부좌를 하고 앉았다. 호흡을 가다듬었다. '무無' 깨어 있는 의식으로 화두를 절실히 의심하고 의심하였다.

참선參禪 1

정혜쌍수定慧雙修를 수행의 도구로 챙긴다.
정신과 육체의 현상을 알아차린다.
색色 육체
수受 느낌
상想 인식
행行 의도
식識 의식
오온五蘊을 통해 일어나는 것은 머물지 않고 사라진다.
.
.
참선參禪 2

집착은 내려놓는다.
깨어 있다.
철저히 깨어 있다.

완전히 내려놓는다.
찬란하고 아름다운 색이다.
황홀하다.
삼매三昧에서 오는 경이로움이다.
　·
　·

참선參禪. 3

선정禪靜에 들어간다.
깊은 선정에 들어간다.
　·
　·

　혜운은 참선에 몰입하였다. 선방 생활은 바늘 하나 들어갈 사이도 없이 규칙적이고 빈틈이 없었다. 선방은 입승 스님이 가끔 치는 죽비 소리뿐 모든 대중 스님들이 각자의 화두만을 가지고 정진하기 때문에 침묵만이 맴돌 뿐이었다. 그저 물소리, 바람 소리, 새소리만, 이따금 가늘게 들려왔다. 선방 생활을 하는 불일선원 옆에는 작은 오솔길이 있었다. 빽빽이 나무들로 둘러싸여 마치 그 길을 걸어가면 스스로가 숲속의 한 그루 나무가 된 것만 같았다.

수좌 스님들은 꽉 짜인 선방 생활을 하면서 잠시 포행을 할 때면 오솔길을 걸었다. 오솔길 옆으로는 계곡이 있었다. 맑은 물소리를 들으며, 꼬리를 흔들며 뛰어다니는 다람쥐와 청설모가 선방 스님들의 유일한 벗이 되어 주기도 하였다.

일심으로 정진하던 혜운에게 갑자기 위경련이 일어났다. 처음에는 대수롭지 않게 생각되었지만, 시간이 지나감에 따라 차츰 그 증세가 심해져 왔다. 한 소식 얻어 보겠다는 정진하였지만 병마가 찾아오자 혜운에게 또다시 번뇌 망상이 일기 시작하였다. 몸은 마음을 따르고 마음 또한 몸을 따르는 것인가!

정신과 육체의 현상을 알아차리게 되면 몸을 통해 일어나는 모든 것은 머물지 않고 항상 사라진다. 그 결과 집착은 내려놓게 된다. 혜운은 참선을 하며 되새김해보았지만, 병은 점점 심해졌다. 결국, 더는 선원 생활을 할 수가 없었다. 어쩔 수 없이 자기 생각과는 다르게 큰절에 와 머물게 되었다. 며칠을 큰절에서 보내며 약을 먹어 보았지만, 오히려 그 증세가 더 심해졌다. 무엇보다 공양할 수가 없었다. 공양주 보살이 끓여 주는 흰죽마저도 먹기 힘들었다. 하는 수 없이 혜운은 결제 도중 바랑을 메고 불일선원을 나올 수밖에 없었다. 그동안 선방에서 안거를 성만하고 용맹정진하면서 열심히 정진하였다. 그런데 이번 안거는 성만 하지 못하고 중도에 나오게 되어 수행자로서 가장 소중한 것을 잃어버린 듯 허탈한 심정이었다.

혜운이 선원 생활을 시작할 무렵 은사 스님은 해인사 금련암을 나와 대구 시내에서 그리 멀지 않은 곳에 정소사라는 아담한 절 하나를 마련하였다. 은사 스님에게 가기 위해 대구행 버스표를 끊었다. 대합실에서 의자에 기대고 앉아 버스를 기다렸다. 대합실 공기는 몹시 탁했다. 저마다 사람들은 자신들의 행선지를 찾아 바쁘게 움직이고 있었다. 어지러웠다. 이마에 송송 맺히는 땀을 손수건으로 눌러 닦았다. 등에도 식은땀이 젖어 들었다. 금방이라도 토할 것 같은 구토 증세와 현기증이 심하게 일어났다. 풍선에서 바람이 빠져나가듯 온몸의 기운이 모두 빠져나가는 느낌이었다.

혜운은 얼른 터미널 밖으로 나와 심호흡을 하였다. 답답함과 구토 증세는 조금 가라앉는 듯하였다. 버스가 떠나려면 아직 시간이 좀 남아 있었다. 이렇게 기운이 하나도 없는 게 그동안 제대로 식사를 못 한 탓도 있을거라 생각하였다. 대구까지 가려면 무어라도 좀 먹어 두어야겠다고 생각하였다. 잠시 쉬면서 요기할 곳을 찾았다. 마침 길 건너에 음식점 간판이 눈에 띄었다. 혜운은 자꾸만 이마에 맺히는 식은땀을 손수건으로 닦으며 길을 건너

음식점으로 들어갔다. 음식들과 여러 가지 차 종류를 함께 팔고 있었다. 아늑한 실내가 고풍스러움을 느끼게 했다.

 탁자 위에 앙증맞게 세워 놓은 메뉴판을 보고 깨죽 한 그릇을 시켰다. 잠시 후 검정깨와 쌀을 갈아 만든 따뜻한 깨죽 한 그릇이 탁자 위에 놓였다. 혜운은 몇 수저 떠먹다 말고 탁자 위에 수저를 놓았다. 담백하고 맛은 있었지만, 그것조차 여전히 먹을 수가 없었다. 계산대에서 혜운의 모습을 유심히 보고 있던 주인 여자가 옆으로 다가와 말을 건넸다.

 "죽 맛이 스님 입에 맞지 않나요?"
 "아닙니다. 제가 몸이 불편해서요."
 "안색이 무척 안 좋아 보이시네요."

 그녀의 마음 씀씀이가 고마워 빙그레 웃었다. 그녀는 찬 물수건 하나를 혜운에게 건네주었다. 차가운 수건으로 얼굴을 문지르고 나니 기분이 한결 나아지는 것 같았다. 몸에도 약간의 생기가 느껴졌다. 혜운은 한동안 아무 생각 없이 우두커니 앉아 있었다. 차 시간이 가까워져 오고 있었다. 자리에서 일어나 계산대로 가 주인 여자에게 깨죽값을 내밀었다.

 "저도 불자입니다. 스님께 깨죽 한 그릇 공양하고 싶네요."
 "마음은 고맙지만, 받으세요."

 하지만 여자는 끝내 사양을 하면서 깨죽값을 받지 않았다. 혜운은 하는 수 없이 인사를 하고 밖으로 나왔다.

이 음식이 어디서 왔는고. 내 덕행으로는 받기가 부끄럽네. 마음의 온갖 허물 모두 버리고, 육신을 지탱하는 약으로 삼아 깨달음을 이루고자 공양을 받아야 하거늘……. 과연 저 보살의 공양을 내가 받을 자격이 있는가. 공양받을 때의 마음가짐을 되새겨보았다. 수행자는 음식을 먹을 때에 독약을 먹는 것같이 하고, 시주의 보시를 받을 때는 화살을 받는 것과 같이하라, 두터운 대접과 달콤한 말을 두려워해야 한다. 라고 배웠거늘……. 자신을 스스로 책망하였다.

정소사에 도착한 혜운은 어느 때보다 더 공손한 마음으로 은사 스님에게 절을 하였다. 은사 스님은 여전히 단아한 모습을 간직하고 있었다. 혜운은 스승 앞에 무릎을 꿇고 앉았다. 결제 도중 병마 하나를 이기지 못하고 도중에서 돌아온 상좌에게 은사 스님은 냉정하게 대하였다.

"그런 의지력으로 어떻게 앞으로 승려 생활을 할 수 있겠니?"

스님은 상좌가 발심하여 정진하기를 바라는 마음에 매몰차게 말하였다. 상좌를 대하는 그녀의 태도는 매우 엄하였다. 그러나 혜운을 바라보는 눈빛은 어느 때보다 따뜻했고 상좌의 야윈 모습을 보고 걱정하는 빛이 역력하였다.

"생명이 존재하는 한 육체라는 몸뚱이는 버릴 수가 없는 거다. 깨달음도 그 속에서 이루는 것이다."

"예."

"나가 봐라."

자신의 의지와는 다르게 약한 모습을 보이는 것이 죄스러워 고개를 숙이며 밖으로 나왔다. 정소사는 절 뒤쪽으로는 조그마한 야산을 끼고 있었다. 절 식구들은 야산 한쪽 귀퉁이에 텃밭을 일구어 여러 가지 채소들을 심었다. 그래서 싱싱한 채소들을 먹을 수 있었다. 혜운은 조그마한 야산이라도 있어 무척 기뻤다. 출가 후 줄곧 산사로만 다녔던 그녀에게는 산 냄새 맡을 수 있다는 것만으로도 상당한 위안이 되었다.

어느 날 산책 삼아 야산을 걷다가 사시 마지를 올린 후 절을 지키고 있었다. 은사 스님은 해인사 큰절 법회에 참석하러 갔다. 정소사에는 어릴 때부터 은사 스님이 키워온 아이들이 두 명 있었다. 그 아이들을 금련암에서 키우다가 그곳을 떠나올 때 함께 데리고 왔다. 네, 다섯 살 때 데리고 온 아이들이 큰아이는 벌써 고등학교를 졸업하고 사회인이 되었으며, 또 한 아이는 이제 고등학교 3학년이 되었다. 큰아이의 이름은 인수이었고, 작은 아이는 영자였다. 은사 스님이 아이들 부모와 어떻게 맺어졌는지 그 인연에 대해서는 알지 못했다. 아이들이 왜 절에 와서 살아야만 했는지도 알 수 없었다. 혜운은 그 아이들도 자신이 아버지와의 인연이 짧았던 것처럼 부모와의 인연이 짧았다고 생각했다.

오후가 되자 영자가 학교에서 돌아왔다. 영자는 책가방을 방에 갖다 놓고 혜운에게로 왔다. 무슨 말인가를 하려는 것 같았다. 그렇지만 혜운의 눈치를 살피며 망설였다.

"왜 나한테 할 말이 있니?"

혜운은 부드럽고 다정하게 말하였다.

"예, 저……."

영자는 고개를 끄덕였다. 할 말이 있다고 대답은 해 놓고도 막상 말을 꺼내지 못하고 있었다. 잠시 망설이다가 주지 스님 안 계실 때 치킨 사다 먹으면 안 되겠냐고 하였다. 속가에서는 당연히 자주 먹는 고기였지만 그들은 먹지 못했다. 성장하는 시기에 이것저것 가리지 않고 잘 먹어야 하는데, 수행하는 스님들처럼 채식을 하였다. 어릴 때 동진 출가한 은사 스님은 계행에 있어 그 누구보다도 철저하였다. 더구나 율사 스님이었기 때문에 아이들한테도 십계 계율만큼은 철저히 지킬 것을 강조하였다. 때로는 그런 은사 스님이 혜운은 야속하게 생각되기도 하였다.

"승려들은 철저하게 계율을 지켜야 한다. 승려들이 계율을 지키지 않으면 속인들과 무엇이 다르랴. 계율을 지켜야만 맑은 정신이 나오고 맑은 정신이어야만 지혜가 생기는 법이다."

은사 스님의 평상시 지론이었다.

"절에서 먹으면 안 되고 가서 사 먹고 와."

혜운은 필요한 불교 서적을 사려고 가지고 있던 돈을 영자에게 주었다.

"스님 주지 스님에게는 비밀이에요. 꼭 지켜야 해요."

영자는 기분이 좋은지 생글거렸다.

"그래 약속 꼭 지킬게."

영자는 신이 나서 절을 내려갔다. 비탈길을 내려가는 그녀의 뒷모습을 물끄러미 바라보는 혜운의 가슴 속으로 측은함이 젖어 들었다. 꼭 지켜야 할 약속도 비밀도 아닌 것을······.

장마가 기승을 부렸다. 굵은 장대비가 쉴 새 없이 내렸다. 야산 경사진 산모퉁이에는 흙이 깎여서 법당 뒤편으로 흙탕물이 흘러 내리고 있었다. 며칠간 계속 내리던 비가 모처럼 그쳤다. 이른 아침부터 햇빛이 대지를 밝게 비추어 주었다. 더운 기운이 아침부터 밀려오는 것만 같았다. 절 아래 주택가와 아파트에서는 그동안 밀려 두었던 빨래를 말리는 모습이 군데군데 눈에 띄었다.

혜운은 정소사에 와서부터 병원에 다녔다. 검사 결과 위하수 증과 위궤양의 정도가 무척 심하다는 것이었다. 그래서 병원 담당 의사는 입원을 권유했다. 하지만 중환자도 아닌데 수도하는 사람이 병원 신세를 진다는 것이 왠지 번거롭고 부끄럽게 생각되어 통원 치료를 하기로 하였다. 몇 차례 병원에 가서 치료하고 계속 약을 먹자 병세가 좀 좋아졌다.

　오늘도 병원에 가는 날이었다. 오전 시간에 병원에 갈까 생각하다가 모처럼 햇빛이 비치는 날 방안 환기도 시키고 청소를 한 다음 오후에 가기로 마음먹었다. 방문을 활짝 열고 청소를 하였다. 법당 청소까지 마치자 비가 다시 내리기 시작했다. 여름 장마철 날씨는 예측하기 어려운 것인지 종일 맑겠다던 예보와는 달리 오후가 되자 하늘은 검은 구름으로 덮이고 비가 내리퍼부었다. 다행히 오래지 않아 비는 잦아들었다. 하지만 빗방울이 튀겨 툇마루에 빗물이 흥건히 고여 있었다. 혜운은 걸레로 빗물을 닦고는 방으로 들어가 병원 갈 준비를 하였다. 두루마기를 걸쳐 입고 방을 나왔다. 비가 오는 탓인지 왠지 두루마기가 거추장스럽게 느껴졌다. 신발장에서 고무신을 꺼내 신었다. 우산을 챙겨 언덕길을 내려왔다. 우산은 받쳐들었지만 긴 두루마기 옷자락에 조금씩 비가 잦아들었다. 마침 동네 골목길을 지나가는데 택시 한 대가 지나갔다. 혜운은 손을 들어 택시를 세웠다. 택시는 길가에 고인 빗물을 옆으로 튀기며 혜운 앞에 멈추어 섰다.

　혜운은 뒷자리에 앉아 두루마기를 무릎에 여미며 병원 이름을 말하였다. 택시는 큰길로 접어들었다. 기사는 운전하며 백미러로 혜운을 힐끗힐끗 쳐다보았다. 입산을 왜 했을까, 무슨 사연이 있냐고 묻는 듯한 눈빛이었다. 혜운은 애써 기사의 시선을 피했다. 빨리 병원에 도착하였으면 하는 생각을 하며 창밖을 보았다. 굵은 빗줄기가 택시 창문에 쏟아붓듯 내리고 있었다. 다행히 병원이 절과 멀지 않은 거리여서 이내 병원에 도착하였다. 요금을 지불하고 혜운은 불편한 심정에 얼른 택시에서 내렸다. 병원으로 들어갔다. 병원문 앞에는 대형 거울이 서 있었다. 혜운은 거울에 비친 자신의 모습을 슬쩍 쳐다보았다. 승복 두루마기 밑자락과 어깨 부분이 비에 젖어 있었다. 계단을 따라 2층 내과로 갔다. 접수하고 대기실에 앉아 차례를 기다리고 있는데 간호사가 다가와 상냥하게 말하였다.

"스님, 들어오세요."

의사는 지난주일 검사한 내시경 결과를 알아듣기 쉽게 친절히 알려주었다. 그리고 당분간은 꾸준히 치료를 받을 것을 권하였다. 마지막으로 약을 타고 병원 문을 나왔다. 밖에는 계속 비가 내리고 있었다. 시내버스를 탈까 생각하다가 혜운은 이번에도 택시를 타기로 생각했다. 그러다 문득 아까 전 택시 기사처럼 자신을 힐끗힐끗 쳐다보면 어쩌나 하는 생각이 떠올랐다. 만약 이번 택시 기사도 이상한 눈초리로 쳐다보면 자신이 먼저 물어볼 것으로 생각했다.

'삭발한 제 모습이 이상하세요? 저는 무슨 사연이 있어 입산한 사람이 아니랍니다.' 단단히 마음을 다 잡아먹고 택시에 올라탔다. 하지만 이번 기사는 그러지 않았다. 절 입구까지 비탈진 언덕 길을 올라가 주었다. 비가 오는 날에는 몹시 미끄러운데 불평 한마디 없이 조심스럽게 올라가 주었다. 혜운은 그에게 요금을 지급하며 고맙다는 인사를 하고는 택시에서 내렸다.

우산을 받쳐들고 비탈길을 걸어 올라왔다. 그런데 병원에서부터 자신이 초라하다고 느꼈던 생각을 떨쳐 버릴 수가 없었다. 혜운은 머리를 몇 번 좌우로 저었다. 아픈 육체에 이끌려 정신도 위축되어서일까, 승려로서 당당할 수 없어서일까, 아니면 쉴 새 없이 내리는 비를 보고 마음 한구석 우수가 깃든 때문일까, 아니었다. 이런저런 생각 모두가 아니었다. 헛된 생각일 뿐이었다.

가을이 깊어 가고 있었다. 절 뒤에 있는 야산도 썩 훌륭하지는 않았지만 나름대로 가을 치장을 하고 있었다. 위장병도 거의 완쾌 되어갔다. 어느 날 도반인 도일 스님이 정소사를 찾아왔다. 은사 스님께서는 출타하고 계시지 않았다. 오랜만에 만난 두 사람은 반가운 마음에 손을 덥석 잡고 방으로 들어갔다. 두 스님은 서로 한배씩 절을 하고 마주 앉았다. 도일 스님은 얼굴이 무척 평온한 것이 보기에도 좋아 보였다. 그리고 건강해 보였다.

"스님 건강이 좋지 않다고요? 금련암에 들렀다가 소식 전해

들었습니다."

도일 스님은 혜운을 걱정스러운 눈빛으로 쳐다보았다.

"괜찮습니다. 이제 다 나았는데요."

혜운은 씩씩한 목소리로 대답했다.

"목소리는 기운이 넘쳐도 얼굴 보니까 많이 아프셨는데요."

도일 스님은 승복 두루마기를 벗어 살며시 방바닥에 놓으며 말했다. 금련암에서 함께 행자 생활을 했던 터라 그녀는 혜운을 그 누구보다 잘 알고 있었다.

"이리 주세요."

그녀의 승복을 받아 대나무 옷걸이에 걸었다.

"어디서 공부하셨나요?"

"견성암 선방에서 지냈어요."

"해제철 끝나면 이제 어느 절에 방부를 들일 생각인가요?"

"저도 그것 때문에 스님을 찾아왔지요."

얼마 동안 둘이서 얘기를 나누고 있는데 공양주 보살이 은사 스님이 돌아왔다는 기별을 하였다.

"은사 스님 오셨나 보네요. 같이 인사 여쭙죠."

도일 스님은 일어나 은사 스님 방으로 건너갔다. 도일 스님은 은사 스님에게 절을 하였다. 그때 후원에서 저녁 공양을 알리는 목탁 소리가 들려왔다. 세 스님은 저녁 공양을 하러 후원으로 갔다. 그리고 공양을 끝낸 후 방으로 건너왔다.

"금련암 스님들은 모두 안녕하시지?"

"예."

"종호 노스님 건강은 어떠하시냐?"

"행자들 수발 받으며 지내십니다."

"빨리 일어나셔야 할 텐데……."

은사 스님의 얼굴에는 알 수 없는 비애가 엿보였다. 세 스님은 해인사 큰절 얘기와 함께 이런저런 담소를 나누었다.

"그만 가서 쉬어라."

출타했던 스님은 몹시 피곤해 보였다.

"편히 주무셔요."

혜운은 은사 스님 이부자리를 펴 드리고 방으로 건너왔다. 방으로 건너온 두 스님도 이부자리를 펴고 나란히 누웠다.

"스님, 대중살이 벗어나 저하고 같이 토굴과 같은 암자에 가서 공부해 보지 않겠습니까?"

"어디 좋은 곳이 있나요?"

혜운은 도일 스님 쪽으로 돌아누우며 물었다.

"제가 잘 알고 지내는 보살 한 분이 조그만 암자를 하나 마련해 주었어요. 처음에는 사양하였지요. 작은 암자라도 관리하며 수도하기가 어렵잖아요? 그런데 그곳에 가서 주위를 둘러보고는 공부하기에 좋은 곳 같아 흔쾌히 허락하였지요."

"어느 곳에 있는데요?"

"전라도에 있는데 어디라고 말해도 잘 알지 못할 거예요. 사람들에게 거의 알려지지 않은 깊은 산골에 있지요."

"도일 스님이 마음에 드는 곳이면 저도 마음에 들겠지요. 그동안 느슨해져 있었기 때문에 수도에 정진해야겠다고 다짐하고 있었습니다."

"아마 혜운 스님도 좋아하실 겁니다. 암자에서 멀리 바라보면 덕유산의 최고봉인 향적봉도 보인다니까요."

"그래요. 그럼 내일 은사 스님께 말씀 여쭙고 가보기로 합시다."

깊은 산중 토굴과 같은 암자에 명산의 높은 봉우리가 보인다는 말에 혜운은 몹시 기대되었다. 더구나 도일 스님은 이미 얼마 동안 살 준비는 해 두었다고 하였다. 가서 청소나 좀 하면 될 것이라고 하였다. 두 사람은 내일 떠날 생각에 잠을 자두기로 하였다. 아마 내일 출타 계획만 없다면 밤새워 얘기하였을 터였다.

다음날 혜운은 자기 방을 깔끔히 정리 정돈하였다. 항상 떠날 때는 머물렀던 곳을 깨끗이 청소하였다. 다시 돌아왔을 때 나와 인연을 맺었던 공간이 좋지 않은 모습을 보이는 결코 기분 좋은 일이 아니었다. 그리고 그녀는 왠지 자신의 뒷모습이 남는 것만 같아 흐트러지게 해 놓을 수가 없었다. 혜운과 도일 스님은 바랑을 챙기고 은사 스님께 인사를 여쭈었다.
"두 스님 모두 열심히 정진하세요."
은사 스님도 공양주 보살과 함께 절 아래 동네까지 따라 나와 배웅을 해주었다.
"성불하세요."
"보살님도 건강하시고요."
두 스님은 암자를 가기 위해 버스 터미널로 향했다.

도일 스님의 말처럼 암자는 아주 궁벽한 곳에 있었다. 두 스님은 고속도로를 타고 남원까지와 잠시 볼일을 본 후 다시 무주로 가는 시외버스로 갈아탔다. 암자로 들어가는 버스가 출발하는 면 소재지에 도착했을 때 다행히 막차가 아직 기다리고 있었다. 절 아래 동네까지 군내 버스가 하루에 서너 번 다니는데 조금만 늦었더라면 택시를 타거나 다음 날 아침에 들어갈 수밖에 없을 뻔하였다.
버스에는 학생 몇 명과 어른 네댓 사람이 타고 있었다. 버스 좌석은 빈 곳이 더 많았다. 장을 봐 가는지 통로에 짐 보따리도 몇 개 보았다. 거리는 꽤 되었지만 한적한 시골길이라 버스는 거침없이 내달려 오래지 않아 절 아래 동네에 멈추어 섰다. 동네는 대여섯 가구의 집들이 산자락을 뒤로하고 옆으로 늘어서 있었다. 더는 버스가 들어갈 곳이 없는 막다른 곳이었다.

두 스님은 동네 앞을 지나 안쪽으로 들어갔다. 밭 사이로 난 좁은 길을 따라 산길로 접어들었다. 가을 들판에는 누런 벼 이삭들이 고개를 숙이고 있었다. 천천히 주위를 살펴보며 산길을 올라갔다. 그동안 위장병 치료를 위해 정소사에만 있었던 혜운은 오랜만에 가을 산길을 걷는 것이 더없이 기분이 좋았다. 조금 걸으니 목덜미에 땀이 돋았다.

"도일 스님 아직 멀었나요?"

"다 왔어요. 모퉁이 하나만 돌면 됩니다."

두 스님은 바랑을 내려놓고 넓적한 돌멩이에 걸터앉아 손수건으로 땀을 훔쳤다. 어느 사이 멀리 산등성에 노을이 붉게 피워 오르고 있었다. 두 스님은 노을이 붉게 타는 광경을 한참 바라보았다. 아름다움과 쓸쓸함이 함께 혜운의 가슴에 밀려들었다. 다시 바랑을 어깨에 메고 산길을 올라갔다. 혜운이 저만큼 바위 두 개가 서 있는 것을 보고 앞서가는 도일 스님을 불렀다.

"스님."

도일 스님이 혜운의 부르는 소리에 고개를 돌렸다.

"왜요?"

"저기 두 바위 생긴 모양이 마치 남녀가 전통 혼례를 치르는 모습 같지 않아요?"

도일 스님이 싱긋이 웃으며 말했다.

"스님 말이 맞아요. 두 남녀가 전통 혼례 하는 모습이지요. 저기 바위 하나는 사모관대를 쓰고 또 다른 바위 하나는 족두리를 쓰고 마주 보고 있지요."

도일 스님은 손가락으로 바위를 가리키며 말을 이었다.

"두 바위에 얽힌 전설이 있지요. 그 이야기는 어두워지기 전에 암자에 가서 이야기합시다."

도일 스님이 앞장을 서서 걸음을 재촉하였다. 노을이 지고 나자 주변이 어둑해지는 것이, 두 스님은 빠른 걸음으로 걷기 시작했다. 다행히 땅거미가 지기 전에 암자에 도착하였다. 주위에 이름난 큰 산은 없어도 암자는 깊은 산속에 자리하고 있었다. 주위에 인가라고는 찾아볼 수가 없고 가장 가까운 동네가 버스를 내린 곳이었다.

두 스님은 부처님이 모셔진 조그마한 방으로 들어가 예를 올린 다음 밖으로 나왔다. 혜운은 산길을 걸어온 탓에 갈증이 났다. 도일 스님이 암자 뒤편으로 혜운을 안내하였다. 돌 틈에서 석간수가 졸졸 흘러내리고 있었다. 물이 고이도록 만들어 놓은 수각에 빨간 플라스틱 바가지가 하나 놓여 있었다. 깊은 산 속 옹달샘 누가 와서 먹나요. 새벽에 토끼가 눈 비비고 일어나, 세수하러 왔다가 물만 먹고 가지요……. 혜운은 문득 어릴 때 즐겨 불렀던 동요가 떠올라 웃음을 머금으며 물을 떠 마셨다.

"물맛이 참 좋네요."

"좋지요. 이 암자 이름도 아마 이 물과 관련하여 지은 것 같아요. 맑을 정, 물 수, 정수암이지요."

혜운은 암자 이곳저곳을 둘러보았다. 둘이서 정진하기에 더없이 좋을 것 같았다.

"스님 여기 이렇게 조그마한 암자가 있을 자리가 아닌 것 같은데요?"

"잘 보셨어요. 옛날에 제법 규모가 있는 절이 있었던 모양이에요."

암자 주위로 풀만 무성히 자란 빈터가 꽤 넓게 있었다. 혜운이 얘기를 이어 가려고 하자 도일 스님이 손을 저으면서 웃으며 말했다.

"스님, 얘기는 다음에 하기로 하고 그동안 비워 두었던 암자부터 청소하기로 해요."

"그래요. 정녕 먼저 할 일을 뒤로 미루고 있었네요."

두 스님은 일어나 나무가장이를 한 아름 가져와 아궁이에 불을 지폈다. 그동안 비워 두었던 방에 찬기가 돌고 눅눅했기 때문이었다.

혜운은 누구에게도 구애받지 않는 이 암자에서 한 소식 얻어 보아야겠다고 굳게 다짐을 하였다.

고려 말 적벽 대사라는 스님 한 분이 무더운 여름철에 만행하다가 이곳까지 오게 되었다. 갑자기 소나기가 내리는 바람에 잠시 비를 피할 곳을 찾고 있는데 마침 폐허가 된 움막이 있어 그곳으로 들어갔다. 금방 그칠 것 같던 소나기는 계속 내리고, 대사는 비가 멈추기를 기다리다가 움막에서 잠깐 낮잠이 들었다. 그런데 대사의 꿈속에 부처님이 나타나 이곳에 절을 지으라며 현몽을 하였다. 그래서 대사는 원력을 세우고 사찰을 지었다고 한다. 그 당시에는 많은 스님이 모여 살아서 저 아래 동네까지 쌀 씻는 하얀 물이 항상 끊이질 않고 흘렀다고 하였다.

"옛 때 선사들이 수행하던 좋은 절터에서 우리가 공부하게 되었네요."

도일 스님의 절 유래를 듣고 난 혜운이 미소를 지으며 말했다.

"혜운 스님, 그리고 저기 봉우리 보이지요."

도일 스님은 아스라이 보이는 산봉우리를 손으로 가리켰다.

"저기 보이는 봉우리가 덕유산 향적봉입니다."

"저 제일 높은 봉우리 말이죠?"

"예. 이만하면 수도하는 데 벗으로 손색이 없지요?"

도일 스님은 어린아이처럼 들뜬 기분으로 자랑하듯 말하였다. 그런 그녀를 보고 혜운은 궁금한 것을 더 물어보았다.

"산길을 올라오다 보았던 두 바위에 얽힌 전설은 뭡니까?"

"참 혜운 스님 성격도 급하십니다. 한꺼번에 다 이야기를 들으려고 하십니까."

도일 스님은 장난스럽게 말을 하며 이야기를 이어갔다.

"이 절을 창건한 적벽 대사에게는 젊은 상좌가 있었다고 합니다. 열심히 수도에 정진하는 상좌였기 때문에 적벽 대사께서도 무척 아끼시던 제자였답니다. 그 당시는 규모가 큰 절이었기에 법회나 행사가 있을 때는 가까이 있는 인근 동네뿐 아니라 전국 각처에서 많은 신도가 모이고는 하였답니다. 그런데 어느 날부터 이 젊은 스님이 시름시름 앓더니 드디어는 자리에 눕게 되었답니다. 여러 용하다는 의원도 왔지만 무슨 병인지 알 수 없다며 다들 고개를 저으며 되돌아갔다고 합니다. 병은 더욱 악화하여서 사경을 헤매게 되자 이 젊은 상좌는 자신의 심정을 적벽 대사에게 말하였답니다."

"스님 이 못난 제자가 다름 아닌 아래 동네에 사는 김 부자댁 둘째 딸을 사모합니다."

젊은 상좌는 자신의 속마음을 털어놓았답니다.

"결국, 상사병이네요."

"그렇다고 할 수 있지요."

"적벽 대사는 끊을 수 없는 전생의 인연임을 알고 김 부자를 찾아가 두 사람을 맺어 주자고 하였지만 김 부자는 단호히 거절하였다고 합니다. 그래서 적벽 대사는 상좌에게 이 사실을 말하고는 단념하라고 하였지요. 그렇지만 상좌는 단념할 수 없었고, 이 사실을 알게 된 김 부잣집 둘째 딸도 아버지에게 자신도 그 젊은 스님을 사랑하고 있다고 고백하였지요. 그러나 아버지의 완강한 반대로 어찌할 수가 없었지요. 두 사람은 남몰래 만나 사랑을 나누었지요. 그리고 두 사람은 깊은 밤에 절 아래 계곡에서 둘이 작수성례酌水成禮를 하였답니다. 두 사람은 헤어지지 않고 같이 살게 해달라고 부처님과 천지신명께 기원을 하였답니다. 그 기도가 얼마나 간절했던지 갑자기 하늘에서 먹구름이 일고 풍운조화風雲造化가 일어나더니 그 자리에서 두 사람은 바위로 변하였답니다. 저렇게 두 사람이 혼례를 하는 모습으로 지금도 마주 바라보며 영원히 변치 않는 사랑을 나누고 있답니다. 여기 동네 사람들은 두 바위를 보고 신랑, 각시 바위라고 말들을 하지요."

"전설이지만 참 애달프고 애틋한 사연이네요."

도일 스님의 이야기가 끝나자 혜운은 두 봉우리를 물끄러미 바라보았다. 아름답지만 이룰 수 없는 사랑, 가슴 아픈 사랑이었다. 혜운은 명호의 얼굴이 떠올랐다. 순간 착잡한 마음에 자리에서 일어났다. 토굴 뒤로 돌아간 그녀는 석간수를 몇 모금 마셨다. 가슴이 조금 시원해지는 것 같았다.

　우선 얼마 동안 살 것은 준비가 되어 있었다. 도움을 주는 신도 몇 분이 있기는 하였지만, 앞으로의 일이 걱정이었다. 당장 멀지 않아 닥칠 겨울을 나는 것이 문제였다. 두 스님은 하루 시간을 내어 인근에 있는 비구니 사찰을 찾아갔다. 규모는 그리 크지 않았지만, 살림살이가 웬만한 곳이었다. 주지 스님을 만나 사정을 얘기하자 지원을 흔쾌히 약속하였다.
　두 스님이 암자에 사는 동안 걱정 없게 할 것이니, 공부나 열심히 하라며 격려하였다. 절에서 식량을 암자 아래 동네까지 보내주면 동네 사는 김 거사가 지게로 암자까지 올려 주기로 하였다. 김 거사는 암자에 머무는 스님들에게 여러모로 도움을 주는 신심이 깊은 사람이었다. 모든 것을 잊어버리고 혜운과 도일 스님은 각자 자신의 화두를 가지고 정진을 하였다. 고동색 방석에 가부좌하고 앉아 화두를 들었다. 의심하고 또 의심하였다. 하지만 여러 가지 분별만이 더욱더 또렷해질 뿐 절실한 소리는 들리지 않았다.
　백 개의 예리한 창끝에 앉고 머리 위에 뜨거운 불이 타더라도, 깨달음을 얻으려는 수행자는 나라는 독단을 끊어야 하리라. 잡아

함경雜阿含經의 구절을 되새겨 보며 혜운은 무자 화두에 몰입하였다. 보일 듯 말 듯한 뿌연 안개 속 그림자와 같이 형체는 있으나, 잡히지 않는 그 무엇, 그 무엇을 찾기 위해 두 스님은 열심히 정진하였다. 두 스님은 작은 송곳 하나를 승복 주머니에 넣고 잠이 올 때면 피멍이 들도록 자신의 옆구리와 팔을 찔렀다. 수마라고 일컫는 잠을 쫓기 위해서였다.

하루는 도일 스님이 세수를 하려고 승복 윗도리를 벗는데 팔뚝에 시퍼런 피멍이 든 것이 보였다. 얼마나 고통이 심할까. 얼마나 공부를 열심히 하면 저렇게까지 했을까. 안쓰러운 마음에 혜운은 눈시울이 붉어졌다.

가을이 깊어 가고 있었다. 두 스님은 암자 주위에 있는 나무가장이를 모아 차곡차곡 쌓아 두었다. 김 거사가 이틀을 오르내리며 장작도 마련해 주었다. 아래 절에서 식량과 부식을 보내주어, 그 역시 김 거사가 아래 동네에서 암자까지 지게로 날라 왔다. 두 스님은 겨울 동안 두문불출하고 용맹정진하기로 작정하였다. 각자의 화두를 가지고 참선을 하던 두 스님은 늦은 시간이 되어 잠자리에 들었다. 잠자리라고는 하지만 이부자리를 펴고 자는 것이 아니었다. 선방에서 하는 것처럼 참선할 때 깔고 앉는 방석이 그들의 이부자리였다. 좌선할 때는 방석이 되고, 잠잘 때는 이불이 되는 것이다.

하루는 자고 있던 도일 스님이 갑자기 벌떡 일어났다. 그 기척에 혜운도 잠을 깨었다. 도일 스님은 쪼그리고 앉아 창에 비치는 달빛을 멍한 표정으로 바라보고 있었다.

"왜 주무시다가 일어나서 넋 나간 사람처럼 앉아 계세요?"
"그런 스님께서는 왜 일어나셨어요?"
"스님 때문이지요. 벌떡 일어나서 놀랐잖아요."
"꿈을 꾸었어요. 그래서 잠이 깨었답니다."
"무슨 꿈을?"
"혜운 스님은 속가 어머니에게 연락하고 지내세요?"
"아니요."
"도일 스님은요?"
"저도 연락을 끊고 삽니다. 그런데 어머니가 꿈속에 보였어요. 제게 무엇인가를 간절히 말하려고 하다가 끝내 말을 하지 못하고 등을 돌렸지요. 그리고는 알 수 없는 곳으로 사라지더군요."

도일 스님은 긴 한숨을 내쉬고는 말을 이었다.

"그런데 그 뒷모습이 너무나 애처롭게 보였어요."
"스님도 꿈이잖아요. 헛된 꿈인데요."

혜운은 도일 스님을 위로하였다. 위로하는 쪽이나 위로를 받는 쪽이나 착잡한 마음을 가눌 수가 없었다. 두 스님은 가부좌를 틀고 앉아 눈을 감았다. 그러나 아무리 애를 써도 화두는 잡히지 않았다. 두 스님 다 머릿속 가득 어머니 생각뿐이었다. 밖에서는 바람에 구르는 낙엽 소리가 을씨년스럽게 들려왔다.

암자에 있는 가장 큰 사치품인 라디오에선 강원도 산간 지방에 폭설이 내릴 것이라고 예보를 하였다. 그러나 호남지방에도 많은 눈이 내렸다. 혜운과 도일 스님이 있는 암자도 예외는 아니어서 보이는 것 모두가 하얀색이었다. 밤중에 참선하며 앉아 있으면 눈 무게를 못 이기고 부러지는 설해목 소리도 간간이 들려왔다. 더구나 기온도 뚝 떨어져 매서운 추위가 며칠간 계속되었다. 두 스님은 그동안 바깥출입을 하지 않고 방안에서 참선만 하였다. 그렇게 강추위 속에 눈이 계속 내리던 어느 날, 흰죽으로 간단히 아침 요기를 마친 두 스님은 툇마루에 앉아 눈 내리는 바깥 풍경을 감상하였다. 산은 설경을 담아 놓은 한 폭의 동양화와도 같았다.

"혜운 스님, 저 잠시 아래 동네에 내려갔다 올게요."

도일 스님이 느닷없이 혜운을 보며 말했다.

"아니 눈이 이렇게 많이 내리는데 어디를 갔다 오신다고요?"

혜운은 의아한 표정으로 그녀를 쳐다보았다.

"동네에 급한 볼일 있어요?"

혜운이 질문을 하였다. 두 스님 다 동네에 볼일이 있을 턱이 없었다.

"아니요. 그냥 내려가 보고 싶어서요."

단호하고 활달한 평소의 도일 스님답지 않게 의기소침하고 자신 없어 하는 모습이었다.

"꼭 무슨 약속이라도 있는 사람처럼 왜 그러세요? 급한 볼일도 없고 이렇게 눈이 많이 내리는데 어딜 가려고요. 눈 그치고 웬만큼 녹으면 저하고 같이 내려가요."

도일 스님은 혜운이 자꾸 말리자 어쩔 수 없이 내려가지 않겠다고 했다. 그러나 무언가 개운치 않은 표정이었다.

다음 날 아침 눈이 그쳤다. 며칠 동안 계속 쌓인 눈은 발목을 훨씬 넘을 만한 깊이였다. 나지막한 암자는 눈에 폭 파묻혀 겨우 집이라는 걸 알아볼 수 있을 정도였다. 아침 공양을 마치자마자 도일 스님이 털목도리를 두르고 털모자를 눌러 쓰고 나왔다. 밤새 날이 밝기를 기다렸던 모양이었다.

"눈도 그쳤으니 우리 아무도 밟지 않은 눈 쌓인 산길을 걸어 봐요."

도일 스님은 신발을 신으며 말하였다.

"눈이 이렇게 많이 쌓였는데 어디를 가시려고요?"

"그래도 저는 내려갔다 오렵니다. 동네까지는 못 가더라도 신랑 각시 바위까지는 갔다 오려고요."

눈이 오기 전까지는 두 스님이 신랑, 각시 바위까지 포행하였다. 다른 때 같았으면 두말없이 따라나섰을 혜운이었지만 오늘은 그러고 싶지가 않았다. 눈이 너무 많이 쌓여 있고 날씨도 차가워 거기까지 갔다가는 신발이 다 젖고 온몸이 꽁꽁 얼게 뻔했기 때문이다. 혜운은 무엇보다 추운 것이 싫었다.
"혼자 갔다 오세요. 저는 마당에 눈이나 쓸어야겠어요. 길도 내야 하고요."
"그럼 갔다 올게요."
말을 마친 도일 스님은 무엇에 쫓기는 사람처럼 급하게 발걸음을 옮겨 놓았다.
"이렇게 눈도 많이 쌓여 있는데 왜 어제부터 누구를 꼭 만나러 가는 사람처럼 저러지?"
도일 스님의 뒷모습을 바라보며 혜운은 혼잣말로 중얼거렸다.
"조심해서 다녀오세요."
혜운은 걱정이 되어 도일 스님의 뒤에 대고 소리쳤다.
"염려 말아요."
도일 스님이 뒤를 돌아보며 손을 흔들었다. 그녀의 뒷모습을 물끄러미 바라보던 혜운은 고개를 갸우뚱하며 암자 뒤쪽으로 갔다. 처마 밑에 세워 둔 나무판자와 빗자루를 가지고 앞마당으로 나왔다. 먼저 나무판자로 암자 앞마당에서부터 산길이 시작되는 곳까지 눈을 한쪽으로 밀어붙여 길을 내었다. 다음 빗자루를 사용하여 바닥에 남아 있는 나머지 눈을 깨끗하게 쓸었다. 이제 도일 스님이 걸어갔던 발자국은 산길에서부터 시작되고 있었다.

도일 스님은 눈 쌓인 길을 천천히 내려갔다. 눈이 발길을 붙잡아 빨리 걸을 수도 없었다. 눈이 쌓여 있는 탓에 산속은 더 적막하였다. 가끔 나무 위에 쌓여 있던 눈이 작은 소리를 내며 떨어졌다. 그녀의 위로 떨어질 때도 있었다. 나뭇가지 하나를 손으로 흔들어 보았다. 마치 하얀 꽃가루가 흩날리는 것만 같았다. 발목까지 발이 눈 속에 묻혀 얼마 걷지 않았는데도 힘이 들었다. 발도 시려 오기 시작했다. 암자로 돌아갈까 하는 생각으로 한순간 떠올랐다. 그러나 무엇인가 알 수 없는 것이 그녀를 계속 신랑 각시 바위 쪽으로 걷게 하였다. 저만큼 신랑 각시 바위가 보였다. 도일 스님의 발걸음이 조금 빨라졌다. 신랑 각시 바위 아래 큰 소나무가 몇 그루 서 있는 곳을 지나가려고 할 때였다. 이전에는 거기에 아무것도 없었는데, 소나무 아래 무엇인가 웅크리고 있는 듯한 것이 보였다.

눈이 하얗게 그 위를 덮고 있어 확실히 알아볼 수는 없었으나 어찌 보면 사람 같기도 하고 어찌 보면 아닌 것도 같았다. 이런 곳에 무슨 사람이 있겠나. 생각하면서도 확인을 하기 위해 그쪽으로 몇 발자국 다가갔다. 대여섯 발자국 앞에서 걸음을 멈췄다.

상체를 그쪽으로 기울이고 시력을 돋구어 쳐다보았다. 사람이었다. 그곳에 웅크리고 있는 것은 틀림없는 사람이었다. 머리카락이 곤두서며 전율이 온몸을 휩쓸고 지나갔다. 몸이 덜덜 떨렸다. 뒤로 돌아 도망가고 싶은 것을 간신히 참으며 도일 스님은 웅크리고 있는 사람을 향해 소리를 질렀다.

"거기 사람입니까?"

아무런 대답이 없었다.

도일 스님은 용기를 내어 그 사람에게 다가갔다. 그 사람은 등을 소나무 밑동에 기댄 채 앉아 있었다. 무릎을 곧추세우고 두 손을 얼굴에 갖다 댄 채 상체를 무릎이 닿을 정도로 바짝 숙이고 있었다. 그녀는 덜덜 떨리는 손으로 그 사람의 어깨를 슬쩍 밀어 보았다. 힘없이 옆으로 푹 쓰러졌다.

"누구세요?"

하지만 옆으로 쓰러진 사람은 아무 대답이 없었다. 다시 한번 전율이 훑고 지나가고 공포감이 엄습했다.

"누구 없어요? 거기 아무도 없어요?"

도일 스님은 몸을 일으켜 길 쪽으로 몇 걸음 나와 정신없이 소리를 질렀다. 눈 쌓인 깊은 산 속, 사람이 있을 리 없었다. 쌓인 눈이 소리를 집어삼키는지 반향조차 없었다. 몇 번을 더 소리를 치고 나서 도일 스님은 멈추었다. 잠시 동안 미동도 하지 않은 채 서 있던 그녀는 아랫입술을 이빨로 깨물며 어렵게 쓰러져 있는 사람 쪽으로 몸을 돌렸다. 이제 그녀는 떨고 있지도 않았고 오히려 얼굴에 굳은 결의가 엿보였다. 그녀는 쓰러진 사람에게 다가가 바로 옆에 무릎을 꿇고 앉았다. 그리고 그 사람을 살펴보았다. 나이가 든 할머니 같았다. 그런데 어쩐지 낯이 익은 느낌이 들었다.

'어머니?'

소스라치게 놀란 도일 스님은 아직도 그 사람의 얼굴에 남아 있는 눈을 손으로 쓸어내리고 다시 자세히 보았다. 그녀는 경악으로 엉덩이를 눈 위에 대고 주저앉고 말았다. 뒤로 나뒹굴지 않은 게 그나마 다행이었다. 어머니가 틀림없었다. 눈밭에 쓰러져 있는 사람은 자신을 낳아 주고 길러준 어머니였다. 그녀는 자신의 눈을 의심했다.

그녀는 어머니의 양어깨를 부여잡고 얼굴을 바짝 마주 대고 다시 한번 확인하였다. 자신의 어머니가 분명하였다. 도일 스님은 어머니의 몸을 마구 흔들었다. 그러나 마치 뿌리 뽑힌 나뭇등걸을 흔드는 것처럼 그녀가 흔드는 대로 뒤뚱거릴 뿐이었다. 이미 차갑게 식어 꽁꽁 굳어 있는 상태였다.

'엄마! 왜 엄마가 여기 이 눈 속에……'

도일 스님은 어머니를 꼭 끌어안고 어머니의 얼굴에 자신의 뺨을 갖다 댔다. 얼음같이 차가웠지만, 그녀는 그것을 느끼지 못했다. 눈물로 굳어 있는 어머니를 녹이기라도 하려는 것처럼 쉴 새 없이 눈물이 흘러 어머니의 얼굴을 적셨다. 그녀는 넋이 나간 채 계속 그렇게 앉아 있었다. 자신의 몸도 얼어들고 있었지만 추운 줄도 몰랐다.

제7장

만행

눈이 많이 쌓여 있어 눈을 치우는 데 시간이 꽤 걸렸다. 눈을 다 치운 혜운은 잠시 설경을 바라보다 이마에 난 땀을 손등으로 훔치며 방으로 들어왔다. 참선을 하였다. 그러나 머릿속에는 화두 대신 도일 스님에 대한 걱정이 오락가락하였다. 도일 스님이 같이 가자고 할 때 따라나서지 않은 것이 후회되었다.

   시계를 보았다. 눈이 쌓여 있는 것을 생각하더라도 신랑 각시 바위까지 충분히 갔다 왔을 시간이었다. 불길한 생각이 들었다. 어제오늘 도일 스님의 이해할 수 없는 태도를 생각하자 불안감이 더 커졌다. 더는 앉아서 기다리고 있을 수가 없었다. 혜운은 두툼하게 차려입고 밖으로 나갔다.

눈 위에는 도일 스님이 걸어간 자국이 선명히 나 있었다. 혜운은 그 자국을 따라 걸어갔다. 눈에 발이 푹푹 빠져 걷기도 힘들고 곧 발이 시려 왔다. 입을 꼭 다물고 열심히 걸었다. 드디어 신랑각시 바위가 눈에 들어왔다. 혜운은 계속 발자국을 따라 걸어갔다. 끝이었다. 더는 발자국이 없었다. 혜운은 몸을 돌려 둘러보았다. 소나무 밑에 누군가가 혜운 쪽으로 등을 보이고 앉아 있었다. 누비 승복, 털모자, 도일 스님이었다. 혜운은 깜짝 놀랐다. 도일 스님이 왜 눈 속에 저러고 앉아 있을까? 혜운은 가까이 다가가며 그녀의 이름을 불렀다.

"도일 스님!"

도일 스님은 대답도 없이 처음 본 그대로 앉아 있었다. 혜운은 도일 스님 바로 옆에 가서 섰다.

"이렇게 추운 겨울날 눈 속에 앉아 뭐 하세요?"

혜운은 도일 스님을 내려다보았다. 혜운은 자신도 모르는 사이 '억' 하는 소리를 냈다. 도일 스님이 시체를 안고 넋이 나간 채 눈 속에 앉아 있는 것이 아닌가! 한눈에도 도일 스님이 안고 있는 것은 시체가 틀림이 없었다.

"스님……."

혜운의 목소리가 경악과 두려움으로 가늘게 떨렸다.

"스님 도대체 어떻게 된 일입니까?"

도일 스님이 간신히 고개를 들어 혜운을 쳐다보았다. 눈동자는 풀려 있었고 금방이라도 옆으로 쓰러질 것 같은 기진한 모습이었다. 입술도 파랗게 질려 있었다.

"어머니예요. 우리 엄마입니다."

도일 스님이 겨우 들릴 만한 작은 소리로 말했다. 혜운은 자신의 귀를 의심했다.

"정말 어머니예요?"

도일 스님은 고개를 겨우 끄덕였다. 혜운은 온몸에 힘이 쭉 빠져 그 자리에 주저앉고 말았다.

"세상에 어떻게 이런 일이……."

"엄마, 엄마, 엄마……."

도일 스님은 목 놓아 어머니의 이름을 불렀다. 혜운도 그런 도일 스님을 바라보며 함께 울었다. 그렇게 두 스님의 울음은 메아리가 되어 깊은 산속에 퍼져나갔다. 어느 순간 혜운은 정신을 차려야지 하는 생각을 하였다. 도일 스님은 아직도 흐느끼며 앓듯이 엄마를 부르고 있었다.

"스님, 동네에 내려가서 제가 김 거사를 불러올게요."

"그러지 마세요."

도일 스님의 태도는 더는 말을 하지 못하도록 완강했다. 혜운은 막막했다. 여기 이러고 있다가는 또 큰일이 날 텐데……. 도일 스님까지 잘못될까 걱정이 되었다. 어떻게든 해야겠다는 생각이 들었다.

"이러고 있을 게 아닙니다. 일단 어머니를 암자로 옮깁시다."

혜운은 도일 스님의 겨드랑이에 손을 넣어 그녀를 일으켰다. 도일 스님이 휘청거리며 겨우 일어났다. 몸이 얼음처럼 차고 빳빳이 굳어 있었다. 혜운이 도일 스님의 몸을 끌어안고 힘을 주어 잡아당겼다 놓기를 몇 번 반복하였다. 혜운이 어머니를 업겠다고 하자 그녀는 자신이 하겠다고 하였다. 굳어 있는 시체를 업는다는 게 쉬운 일이 아니었다. 두 스님은 두르고 있던 목도리를 풀어 그것으로 시체를 도일 스님의 등에 간신히 얽어맸다. 혜운은 뒤에서 바치며 따라갔다. 몇 번을 쉰 후에 두 스님은 겨우 암자에 도착하였다. 도일 스님은 어머니를 업은 채 자신의 방으로 들어갔다. 혜운도 그녀 뒤를 따라 함께 방으로 들어갔다.

"스님, 이부자리 좀 펴 주세요."

도일 스님이 그녀의 어머니를 업고 서서 혜운에게 부탁했다. 혜운은 요를 방바닥에 깔았다. 그녀는 어머니를 요 위에 눕히고 베개를 베어 주었다. 시체에서 흐른 물기가 요에 번지고 얼었던 머리카락이 녹았다. 도일 스님은 어머니 곁에 앉아 이리저리 엉켜 있는 머리카락을 손으로 빗어 가지런히 하였다.

도일 스님은 수건으로 어머니의 얼굴과 손발을 정성스럽게 닦았다. 그리고는 죽은 어머니의 얼굴을 연신 손으로 쓰다듬었다. 혜운은 도일 스님의 그런 모습을 지켜보며 할 말을 잊은 채 앉아 있었다. 마음이 갈기갈기 찢어지는 것만 같았다. 혜운은 동네에 내려가 알릴까 하다가 그만두었다. 지금 내려가 봐야 오늘 처리할 수 있을 것 같지도 않았고, 무엇보다 도일 스님이 허락하지를 않을 것 같았기 때문이었다. 그리고 도일 스님에게 마지막으로 어머니와 함께 하룻밤을 지낼 수 있게 해주는 것도 좋은 일 같았다. 혜운은 이불을 꺼내 누워있는 어머니에게 덮어 주었다.

밤이 되자 바람이 불기 시작했다. 도일 스님은 꼼짝하지 않고 어머니 곁을 지키고 있었다. 희미한 촛불을 밝혀 놓은 방안은 어쩌면 기괴하게도 느껴졌다. 혜운은 눈을 감았다. 그러자 방안 정경이 그대로 혜운의 머릿속으로 옮겨 들어왔다. 한순간 누워있는 도일 스님의 어머니가 서울에 두고 온 자신의 어머니로 바뀌었다. 도일 스님도 혜운 자신으로 바뀌었다. 그리고 도일 스님이 벽에 기대앉아 누워있는 어머니와 자신을 바라보고 있었다. 혜운은 감았던 눈을 떴다. 도일 스님은 이제 어머니의 가슴에 엎드려 있었다.

혜운은 조심스럽게 일어나 부처님이 모셔져 있는 방으로 들어갔다. 촛불도 켜지 않고 향도 사르지 않은 채 목탁을 잡았다.

그리고 일심으로 염불을 하였다,

　부처님! 그런데 어떻게 이런 일이 있을 수 있습니까? 출가한 자식이 보고 싶어 찾아오다 늙으신 어머니가 눈 속에 파묻혀 얼어 죽었습니다. 이 일을 어찌해야 합니까? 그러나 부처님은 대답이 없었다. 어둠 속이라 그 미소도 보이지 않았다.

　죽은 줄로만 알았던 아버지를 처음 만나러 가던 날 정말로 죽은 아버지를 만나게 된 일, 눈 덮인 산길을 무엇인가에 쫓기듯 급하게 내려가던 도일 스님의 모습, 눈 속에 얼어 죽은 도일 스님의 어머니, 그리고 제과점 가게에 홀로 앉아 있을 내 어머니. 삶이란 게 어찌 이러한가! 무엇을 얻기 위해 여기 있는가! 혜운은 목탁을 내려놓고 쓰러지듯 방바닥에 머리를 갖다 댔다. 점차 밖이 밝아오고 있었다. 동이 트기 전 혜운은 도일 스님에게로 건너갔다. 도일 스님은 밤새 어머니 곁을 떠나지 않았다.

　"스님, 저희 오빠에게 전화 연락 좀 해주세요."

　그녀는 한쪽 구석에 있는 바랑에서 작은 수첩을 꺼내 전화번호를 가르쳐 주었다.

　"염하여 속가로 어머니를 모셔 가게 김 거사에게 부탁해 주시고요."

　"걱정하지 마세요."

　혜운은 수첩을 받아 쥐고 산길을 내려왔다. 어제보다는 눈이 많이 녹아 있었다. 혜운은 한 번도 쉬지 않고 빠른 걸음으로 산길을 내려왔다. 힘든 줄도 몰랐다. 김 거사 집으로 가니 두 내외가 혜운을 반갑게 맞았다. 혜운은 방으로 들어갔다.

"이렇게 이른 아침에 스님께서 어쩌신 일입니까? 스님, 무슨 일이 있습니까?"

두 사람은 수척하고 근심 어린 혜운의 얼굴을 보고는 걱정스럽게 물었다.

"거사님, 조금 있다 얘기하고 얼른 전화 좀 주세요."

거사가 전화기를 혜운의 앞으로 밀어주었다. 혜운은 도일 스님이 준 수첩을 펼치고 전화를 하였다. 도일 스님의 집은 전라도 광주였다.

"여보세요."

전화기 저쪽에서 힘없는 여자의 목소리가 들려왔다. 혜운은 자신의 신분을 밝히고 상대방이 누구인지 물었다. 도일 스님의 올케라고 했다. 혜운은 어머니의 죽음을 알려주었다. 그리고 암자의 위치를 간략히 설명하고 마지막으로 김 거사네 전화번호를 가르쳐 주었다.

"그러지 않아도 어머니를 찾기 위해 이리저리 알아보고 있었습니다."

그녀의 울먹이는 소리로 말했다. 곧 출발하겠다는 말을 듣고 혜운은 전화를 끊었다. 옆에서 전화 내용을 듣고 있던 김 거사 내외가 수화기를 내려놓는 혜운을 보고 눈을 크게 뜨며 물었다.

"어찌된 일입니까?"

"어제 도일 스님 어머니가 스님을 찾아오다 눈 속에 그만……."

"세상에 어떻게 그런 일이……."

보살이 흐르는 눈물을 손으로 훔쳤다. 혜운은 어제 일을 김 거사에게 자세히 말해 주었다. 얘기를 듣고 난 거사가 장의사에 전화를 걸었다. 그런 다음 그는 기가 막힌다는 표정으로 긴 한숨을 내쉬었다. 혜운은 암자에 혼자 있는 도일 스님이 걱정되었으나 광주에서 사람들이 오면 같이 올라갈 생각이었다. 얼마를 더 앉아 있던 자리에서 일어나며 말했다.

"전 동네 어귀에 가보아야겠어요."

"동네 어귀는 왜요?"

"도일 스님 가족들을 기다려야지요."

"한참 더 있어야 도착할 텐데요. 여기 일은 제가 알아서 할 테니 염려마시고 암자로 올라가 보세요."

거사가 벽에 걸린 시계를 올려다보며 말했다. 그의 시선을 따라 혜운도 시계를 보았다. 거사의 말이 맞았다. 마음이 급한 탓에 자신이 너무 서두르고 있었다.

"그렇게 해주시겠어요?"

"그럼요. 장의사에서 사람들도 곧 있으면 올 테니 저는 그들과 함께 올라가겠습니다."
"그럼, 김 거사만 믿고 가겠습니다."
아침에 내려올 때보다 눈이 조금 더 녹아 있었다. 암자에 당도한 혜운은 도일 스님 방으로 들어갔다. 그녀는 여전히 어머니 곁에 앉아 있었다.

혜운은 동네에 내려갔던 일을 그녀에게 말해 주었다. 도일 스님은 고개를 힘없이 끄덕였다. 바람만 들어 있는 허깨비 같았다. 그녀는 아무것도 먹은 것이 없었다. 가슴이 무너지는 것 같았다. 그녀의 모습을 더 보고 있다가는 자신이 소리 내어 울 것만 같아 밖으로 나왔다. 고개를 들어 멀리 산봉우리를 바라보았다. 모두가 하얀색 한 가지 빛깔이었다. 깊은 회한이 가슴 속으로 밀려들었다. '수행자가 겪는 이 고뇌를 어느 누가 알겠는가! 이 애고를 어느 누가 알겠는가!' 눈물이 흐릿하게 혜운의 시야를 가렸다.
도일 스님의 가족들이 올라왔다. 남자 두 사람과 여자 한 사람이었다. 남자들은 오빠 되는 사람들 같았다. 마당에서 기다리고 있던 혜운은 말없이 목례를 하고 얼른 도일 스님의 방으로 그들을 안내했다. 그들이 방으로 들어가고 나자 곧 통곡 소리가 들려왔다. 장의사에서도 사람들이 왔다. 관을 멘 남자들이 앞서 오고 김 거사가 그 뒤를 따라왔다. 밖의 기척을 듣고 도일 스님 오빠가 밖으로 나왔다. 그는 장의사 사람들과 얘기를 나눈 뒤 그들을 방으로 들여보냈다. 그들이 들어가자 가족들과 도일 스님이 밖으로 나왔다. 도일 스님은 곧장 부처님이 모셔져 있는 방으로 건너갔다. 그러자 그녀의 오빠들도 도일 스님을 따라 들어갔다. 아마 오누이들끼리 할 말이 있는 것 같았다. 그들과 함께 방에서 나온 여인이 혜운에게 다가왔다.

"전화 주신 스님이세요? 아침에 전화 받았던 도일 스님 올케 되는 사람입니다."

그녀는 눈물을 닦으며 자기소개를 했다.

"이렇게 돌아가실 줄 누가 알았겠어요."

그녀는 새롭게 감정이 복받치는지 흐느껴 울었다. 울음을 그친 그녀가 다시 말을 이어 갔다.

"어머님과 형제들이 그렇게 만류를 해도 듣지 않고 입산을 한 뒤 한 번 전화했어요, 잘 있다고. 그리고 자신의 법명을 알려 주고는 전화를 끊었어요. 그것이 아가씨가 처음이자 마지막으로 연락한 거였어요."

도일 스님의 얘기를 하고 있었다. 그때 도일 스님의 오빠 한 명이 방에서 나왔다. 그리고 그는 마당으로 내려와 저만큼 가더니 먼 산을 하염없이 바라보았다. 꾸부정하게 숙인 그의 어깨에 비애가 무겁게 앉아 있었다. 올케가 이야기를 계속하였다.

"집에서 다니는 절 스님에게 우리 집 얘기를 했어요. 우리가 보기에 딱했든지, 어떻게 해서 아가씨 소식을 알아서 가끔 나에게 알려 주셨답니다. 식구들 마음 같아선 당장 아가씨를 집으로 데려오고 싶었지요. 그러나 사람만 데려온다고 해결될 일이 아니었지요. 학교 다닐 때 아가씨는 데모 주동자였거든요."

혜운은 그녀의 얘기를 들으며 계곡에서 도일 스님이 함께 데모하던 친구들이 잡혀갔다며 비통해하던 일이 떠올랐다. 도량에 힘없이 서 있던 도일 스님 오빠가 다시 방으로 들어갔다. 그는 두 사람 옆을 지날 때 혜운을 힐끗 쳐다보았다.

"어머님은 아가씨가 보고 싶으면 아가씨 사진을 꺼내 놓고 보면서 우셨답니다. 어머님은 아가씨를 가장 사랑했지요. 칠 남매 중 아가씨가 막내였거든요. 그런데 스님이 되어 연락도 없으니……."

올케는 잠시 말이 없더니 울먹이며 다시 말을 이었다.

"내가 어머니를 죽게 했어요. 아가씨, 얘기를 하지 말았어야 했는데……."

이렇게 말해 놓고 그녀는 또 얼마를 운 다음 이야기를 시작하였다.

"연초에 절에 갔더니 스님이 아가씨 얘기를 하시더라고요, 아가씨가 여기서 공부하고 있다고. 그래서 내가 그 말을 남편한테 했더니 식구들 모두 날씨 해동되면 한 번 찾아가 보자고 했지요. 어머님도 같이 모시고 오기로 했어요. 그 말은 남편과 나만 알고 다른 식구들한테는 말을 안 했어요. 그런데 저번 주에 어머님과 무슨 얘기를 하다가 내가 그만 아가씨 얘기를 하고 말았어요. 아가씨가 가까운 데서 공부하고 있다고 그랬더니 어머님이 어디냐고 물으시더라고요. 처음에는 남편과 한 얘기만 했어요. 봄이 되면 어머님 모시고 갈 테니 조금만 참고 있으라고 그것으로 될 줄 알았지요. 그런데 어머님은 자꾸만 어디냐고, 절 이름이 뭐냐고 물어보시더라고요. 나는 단순한 생각에 절 이름을 알려드렸어요. 임실에 있는 정수암이라고. 봄에 모시고 가겠다는데, 설마 노인네가 한겨울에 혼자 찾아가실 줄을 꿈에나 생각했겠어요? 그러고 나서 나는 그 일을 잊고 있었어요. 그런데 며칠 전이었어요. 아마 어머님이 여기를 찾아오시던 날이었던 모양이에요. 아침에 머리를 감고 단장을 하시기에 여쭈어보았더니 친구 분과 약속이 있다고 하시더라고요. 나는 그런 줄만 알았지요. 대문 앞에서 배웅을 해드렸는데 결국 이곳을 찾아오시다가 이 추운 겨울에 그만……. 그날 밤이 돼서도 어머님이 돌아오시지 않아서 식구들이 뜬눈으로 밤을 꼬박 새웠지요. 가실만한 곳은 다 연락을 해 보았지요. 그러다가 경찰에 신고했는데 설마 이곳은 한 번도 생각을 못 했어요. 내 잘못이에요. 내가 어머님을 죽게 했어요."
 겨우 이야기를 마친 그녀는 두 손에 얼굴을 묻고 아이처럼 엉엉 울었다. 입관이 끝났는지 방 안에 있던 사람들이 모두 밖으로 나왔다. 도일 스님 오빠들과 장의사 사람들이 얘기를 나누더니 관을 밖으로 내왔다. 도일 스님도 누비 두루마기를 입고 밖으로 나왔다. 그리고 혜운에게로 다가왔다.
 "스님 속가에 갔다 올게요. 혼자 있을 수 있겠어요?"
 도일 스님이 오히려 혜운의 걱정을 하고 있었다.
 "제 걱정은 하지 마세요. 무엇보다 도일 스님 마음부터 강건히 하세요."
 두 스님은 손을 마주 잡고 서로를 위로하였다. 장의사 사람들이 관을 메고 혜운이 쓸어 놓은 길을 지나 산길로 들어섰다. 도일 스님 가족들이 혜운을 향해 합장한 후 그 뒤를 따라갔다. 그들의 뒷모습이 너무나 처절하게 보였다. 맨 뒤에 가던 도일 스님이 몇 걸음 가더니 멈춰 서서 혜운을 뒤돌아보았다. 혜운은 그녀의 눈 속에서 비애와 고통이 일렁이며 넘쳐나는 것을 볼 수 있었다. 혜운은 그들이 떠난 후 부처님이 모셔져 있는 방으로 들어갔다. 방문을 활짝 열어 놓고 가부좌를 하고 앉았다. 짧은 겨울 해가 지고 어둠이 밀려들었다. 혜운은 일어나 촛불을 켰다. 촛불이 바람결에 흐늘거렸다. 마음을 가다듬기 위해 눈을 감고 화두를 잡

있다. 그러나 화두는 잡히지 않았다. 오로지 어머니 생각만 났다.

우란분경盂蘭盆經에서 부처님 제자 목련존자는 자기 어머니가 생전에 지은 죄가 큰 탓에 아귀 지옥에 태어나 음식을 먹지도 못하고, 피골이 상접해 있음을 알게 되어 어머니를 아귀도의 고통에서 구제했다는데…….

부모은중경父母恩重經에서는, 잉태하여 수호해 주시는 은혜, 해산에 임하여 고통을 감수하시는 은혜, 자식을 낳고서야 근심을 잊으시는 은혜, 쓴 것을 삼키고 단 것은 먹이시는 은혜, 마른자리는 자식에게 진자리는 어머니가 누우시는 은혜, 젖을 먹여 주시고 키워 주시는 은혜, 부정한 것도 깨끗이 씻어 주시는 은혜, 길 떠난 자식 걱정하시는 은혜, 자식을 위해 악업도 마다치 않는 은혜, 한없이 연민하시는 은혜, 이 열 가지 은혜를 말씀하셨는데, 열 가지 중 그 어떤 은혜를 진정으로 보답했던가? 누구를 위한 출가였던가! 과연 누구를 구제한다는 말인가? 혜운은 깊은 회의와 자책감에 휩싸였다.

도일 스님은 속가에서 장례를 치르고 암자로 돌아왔다. 그녀는 기도도 참선도 하지 않았다. 암자에 있을 때는 멍하니 건너편 산봉우리들만 바라보고 앉아 있는 일이 많았다. 그녀는 매일 아침 신랑 각시 바위로 가서 어머니가 있던 소나무 밑에 우두커니 앉아 있다가 오고는 하였다. 도일 스님은 온종일 가도 말도 몇 마디 하지 않았다. 그것마저도 점점 줄어들었다. 얼이 빠진 듯 멍하니 쪼그리고 앉아 있는 때도 많았다.

 그러던 중 어느 날부터 도일 스님은 알 수 없는 헛소리를 하며 산길을 올라갔다 내려갔다 온종일 그 일만 되풀이하였다. 그리고 며칠이 지나자 온몸에 열이 나기 시작했다. 마치 몸이 불덩어리가 타오르는 것처럼 뜨거웠다. 어머니가 자신 때문에 죽었다는 생각이 그녀를 그렇게 만든 것 같았다. 돌이킬 수 없는 불효를 저질렀다는 죄책감에 시달리고 있었다. 어머니 뜻을 저버리고 그렇게도 만류하는 승려 생활을 하는 것도 그런데, 자신을 만나러 오다 어머니가 처참하게 죽었으니 그 아픔이 오죽하겠는가. 펄펄 끓는 몸을 하고 자리에 누운 도일 스님은 계속 헛소리를 하였다. 혜운이 할 수 있는 일은 찬 물수건으로 그녀의 얼굴과 몸을 씻어 주는 일밖에는 없었다. 하지만 그녀의 열은 좀처럼 내리지 않았다. 면 소재지에 나가 약을 지어서 먹여 보았지만 별 차도가 없었다. 다행히 며칠이 지나자 불덩어리처럼 치솟던 열은 내렸다. 하지만 말이 없이 풀죽은 듯 침울해하는 모습은 갈수록 심해졌다. 간혹 그녀는 이상한 환상에 사로잡힌 듯 알 수 없는 말을 중얼거렸다.

 겨울 햇살이 따스하게 비치던 어느 날 두 스님은 마당에서 해 바라기를 하고 있었다. 그때 마당 한쪽 귀퉁이에 쪼그리고 앉아 있던 도일 스님이 혜운을 보며 말했다.

"스님 눈이 많이 오네요."

엉뚱한 소리였다.

"눈이 어디 와요? 이제 눈은 안 와요."

혜운이 놀라 눈을 동그랗게 뜨며 말했다.

"소나무 아래 누군가가 기다리고 있는 것 같아요."

혜운은 그녀가 어머니의 죽음으로 인한 충격이 너무 커서 저런다고 생각하며 안타까운 마음에 그녀의 두 손을 꼭 잡았다. 도일 스님은 순간 벌떡 일어나 안절부절못하며 주위를 서성거렸다.

"혜운 스님, 저 산 넘어 아무도 없는 곳에 낡은 초가집 한 채가 있어요. 그곳에 가면 우리 엄마께서 홀로 계셔요."

도일 스님은 금방 울음을 토해낼 것 같은 표정을 지으며 혜운을 쳐다보았다. 불길한 생각이 들었다. 혹시 심한 충격 때문에 그녀가 실성한 것은 아닌가? 혜운은 자기 생각을 부정하듯이 고개를 내저었다. 도일 스님의 그런 행동은 간헐적으로 계속되었다. 멀쩡하게 있다가 시도 때도 없이 엉뚱한 소리를 하였다. 그러다가 그만두겠지 하고 며칠을 지냈지만 도일 스님의 그런 상태는 좋아지지를 않았다. 저러다가 그녀가 실성해 버리는 것은 아닐까, 아니면 무슨 큰일이라도 저지르는 것은 아닐까. 혜운은 불안

해서 더는 보고 있을 수가 없었다. 그들에게 도움을 주고 있는 아래 절에 내려가 스님에게 도움을 청해 보기로 하였다. 도일 스님을 혼자 두고 가려니 안심이 되지를 않았다. 혜운은 일단 도일 스님의 상태를 살펴보았다. 어느 정도 안정돼 보이는 게 별일은 없을 것 같았다.

"도일 스님, 아래 절에 갔다 올게요."

"거기는 왜요?"

"볼 일이 있어서요. 혼자 지내실 수 있지요?"

"다녀오세요."

아래 절, 주지 스님은 이미 도일 스님 어머니 일을 알고 있었다.

"잘 오셨어요. 그렇지 않아도 가까운 시일 안에 한 번 찾아가려고 하였습니다."

도일 스님 어머니 일을 듣고 걱정이 되었던 모양이었다.

"고맙습니다."

혜운은 도일 스님의 상태를 자세히 얘기했다.

"저런……."

주지 스님은 깜짝 놀라며 몹시 안타까워했다.

"그러면 당장 병원에 가야지요. 그런 일을 당했으니……."

"저는 일단 한의사에게 진료를 받아보게 하는 게 좋겠는데요."

"스님 생각이 그렇다면 한의사에게 한번 보여 봅시다. 마침 잘 됐네요. 신도중에 읍에 있는 한의사가 있거든요. 우리 절 식구들도 신세를 많이 지고 있어요."

주지 스님은 그 자리에서 한의사와 전화 통화를 하였다. 수화기를 내려놓으며 한의사가 오후가 되면 올 것이라고 말했다. 도일 스님이 이제 치료를 받게 되었다고 생각하니 혜운은 저절로 안도의 숨이 내쉬어졌다.

정오가 지날 무렵 한의사가 왕진 가방을 손에 들고 절로 왔다. 자그마한 키에 눈빛이 무척 선해 보였다. 주지 스님은 그가 도착하자 암자로 갈 채비를 하였다. 세 사람은 절을 나와 암자로 향했다.

"번거롭게 해 드린 것 같네요."

택시 안에서 주지 스님을 보며 혜운이 말했다.

"스님도 별말씀을 다 하네요. 당연히 해야 할 일을 하는 것뿐인데요. 절을 맡아 주지하는 사람들의 할 일이 무엇입니까? 참선하는 스님들 도와주는 것이 저희 할 일이지요."

주지 스님은 마음이 따뜻한 사람이었다. 그들의 암자 생활을 도와주었고, 병이 들었다고 하자 이렇게 자기가 직접 나서서 치료를 받게 해주고 있었다. 혜운은 고개를 돌려, 주지 스님을 보며 마음속으로 합장을 하였다. 동네 어귀에서 내린 그들은 빠른 걸음으로 산길을 걸어갔다. 산길을 올라가며 혜운은 한의사에게 그동안의 일을 간단히 말하여 주었다. 그가 진료하는 데 도움이 되지 않을까 해서였다. 세 사람은 도일 스님을 생각하며 부지런히 걸었다. 마침 도일 스님은 툇마루에 힘없이 걸터앉아 있었다. 그녀는 주지 스님과 낯선 남자를 번갈아 보며 의아한 표정을 지었다. 그리고 주지 스님에게 합장하며 말하였다.

"스님께서 어쩐 일로 여기를 오셨어요?"

"왜 제가 못 올 곳을 왔습니까?"

주지 스님은 도일 스님에게 합장하고는 두 손을 꼭 잡았다. 혜운은 그들을 방으로 안내하고는 도일 스님에게 진료 받기를 권했다.

"제가 어디 아픈가요?"

도일 스님은 알 수 없다는 듯이 혜운을 보았다.

"글쎄, 일단 진찰 한 번 받아보세요."

혜운이 간곡히 부탁하자 그녀는 어쩔 수 없다는 듯 방으로 들어갔다. 한의사와 도일 스님은 마주 보며 앉았다. 그는 두 눈을 지그시 감고 스님의 오른손 손목을 잡고 진맥을 하였다.

"무척 허약하십니다. 그리고 신경이 극도로 날카로워져 있습니다."

"크게 걱정할 것은 없습니다. 허약한 몸의 상태에서 심한 정신적 충격을 받으면 불면증과 우울증이 겹쳐 일시적으로 환상이나 환청 같은 것이 생길 수도 있지요. 스님께서 마음을 편히 가지십시오."

그는 도일 스님의 오른손을 내려놓고 이번에는 왼손 손목을 잡으며 진맥을 하였다.

"아마 다른 분들과 달라 수도하시는 스님이시라 의지력이 강하셔서 빨리 회복되실 겁니다."

그는 도일 스님의 왼손을 내려놓았다.

"약은 제가 사람을 시켜 곧바로 보내드리겠습니다. 아마 원기를 회복하시는 데 많은 도움이 될 겁니다."

그는 왕진 가방을 들고 자리에서 일어났다. 주지 스님도 함께 일어나며 빨리 완쾌되기를 바란다고 말하였다. 두 스님은 산길 입구까지 그들을 배웅하고 암자로 돌아왔다. 늦은 오후가 되었을 때 한의사가 보낸 사람이 약을 가져왔다. 혜운은 약탕기 옆을 떠나지 않고 정성을 다해 약을 달였다. 도일 스님이 빨리 완쾌되기를 간절히 바랬다.

겨울도 이제 문턱에 다다랐다. 겨울이 오면 봄이 멀지 않았다고 시인은 말했지만 두 스님에게는 무척이나 길고 가혹한 겨울이었다.

처음에는 아픈 데가 없다고 약을 먹으려 들지 않아서 혜운은 애를 먹었다. 몸에 좋은 보약이라고 설득하여 겨우 약을 먹게 했다. 약을 먹은 지 며칠이 지나자 도일 스님은 스스로 상태를 인식했던지 본인이 직접 약을 챙겨 먹기도 하였다. 혜운의 정성과 약의 효과가 더하여져 도일 스님의 병은 거의 완쾌의 단계에 있었다. 혜운을 걱정하게 했던 이상한 언행도 전혀 없었고 몸도 아주 실하여졌다. 하여튼 고마운 일이었다.

"고마워요. 스님 아니었으면 아마 이 어려움을 이겨 내기가 힘들었을 거예요."

도일 스님은 옆으로 누워 혜운의 얼굴을 바라보았다.

"별말씀을요. 건강한 스님 모습 보니 더없이 기쁩니다."

그녀를 혜운도 함께 바라보았다. 혜운과 도일 스님은 서로 손을 꼭 잡아주며 따뜻한 마음을 전했다.

"공부하는 우리 스님들에게 장소가 무슨 걸림이 있겠습니까마는 봄이 오면 이곳을 떠나기로 해요."

도일 스님의 말에 혜운도 동의하였다.

"스님도 그런 생각을 하셨습니까? 저도 이곳을 떠나고 싶습니다. 스님의 병 때문에 지금까지 기다렸지요."

두 스님은 한시라도 빨리 이곳을 떠나고 싶었다. 몇 생을 살아도 겪지 못할 일을 두 스님은 이 겨울 이곳에서 겪었다.

날씨가 풀리자 혜운과 도일 스님은 암자를 떠나기로 하였다. 다음 스님들이 이 도량에 와서 한 생각 얻기를 바라면서 두 스님은 암자를 깨끗이 쓸고 닦았다. 떠난다고 생각하자 통렬한 회한 때문에 가슴이 미어져 왔다. 어느 날 어느 자리에 있더라도 정수암은 그들에게 결코 추회의 대상이 될 수 없을 터였다. 두 스님은 바랑을 어깨에 메고 산길을 내려왔다. 신랑, 각시 바위를 지나 소나무가 서 있는 곳을 지나올 때 두 스님은 입술을 피멍이 들 정도로 꼭 깨물었다. 자꾸만 소나무 쪽으로 향하려는 시선을 억지로 땅바닥에 고정한 채 빠른 걸음으로 지나쳤다. 그러나 흐르는 눈물은 어찌할 수가 없었다. 산길을 내려온 두 스님은 김 거사 집으로 갔다. 그동안 자신들을 도와준 부부에게 거듭 고마움을 표하였다.

"건강하세요."

"그동안 보살펴 주신 은혜 감사합니다."

내외는 한사코 점심을 먹고 가라고 하였지만, 스님들은 끝내 사양하였다. 두 내외는 버스 타는 데 까지 따라 나왔다.

"성불하세요."

보살은 연신 합장을 하며 고개를 숙였다. 버스가 도착하더니 사람을 태우자 즉시 출발하였다. 도일 스님은 무엇을 생각하는지 상체를 약간 앞으로 숙이고 앞좌석 등받이만 보고 있었다. 혜운은 몸을 틀어 고개를 돌렸다. 차창을 통해 손을 흔들고 서 있는 김 거사 내외의 모습이 보였다.

버스가 앞으로 달려가며 두 스님이 내려온 정수암 쪽으로 시야가 확대되어 갔다. 암자 어름까지 시야가 넓어지기 직전에 버스가 굽이를 돌았다. 버스가 출발한 동네도 암자가 있는 산도 보이지 않았다. 혜운은 고개를 돌리고 허리를 쭉 펴며 똑바로 앉았다. 면 소재지에 도착한 두 스님은 대합실에 앉아 버스를 기다렸다. 도일 스님이 타고 갈 버스가 올 때까지 시간이 좀 남아 있었다. 도일 스님은 전라도 바다 쪽으로 갈 거라 했다. 혜운은 아직 목적지를 정하지 못하고 있었다.

"결제結制하면 선방禪房으로 갈 겁니다. 해제解制 때도 밖에 나오지 않고 3년 묵언을 해 볼 생각입니다."

도일 스님이 굳은 얼굴로 말했다.

"큰 생각 내셨습니다. 부디 성불하십시오."

하루, 아니 한나절 말하지 않고 지내는 것도 쉬운 일이 아닐 터였다. 그런데 도일 스님은 3년을 이야기하고 있었다. 말 한마디 하지 않고 3년을 지내겠다니 정말 고행이었다. 혜운은 도일 스님이 '묵언默言'이라는 팻말을 목에 걸고 있는 모습을 머릿속에 그려보았다. 도일 스님이 다시 발심하였다는 걸 알고 내심 그녀에게 합장하였다.

"혜운 스님은 어떻게 하실 생각입니까?"

"저는 세상 견문도 익힐 겸 바랑을 메고 이곳저곳을 다녀볼까 합니다."

"만행萬行을 하시게요?"

"만행이라 할 것까지 있습니까! 그런 말은 큰스님들이나 쓰는 말이지요. 그저 바람 따라 구름 따라 흐르는 물 따라 좀 지내보겠다는 거지요."

두 스님은 일어나 매표소로 갔다. 도일 스님이 돈을 내밀며 아가씨에게 말했다.

"목포 하나요."

아가씨는 차표와 거스름돈을 도일 스님에게로 내밀어 주었다. 그녀는 잔돈을 승복 주머니에 넣고 표를 손에 쥔 채 정류장으로 향했다.

"도일 스님, 소식 알게 은사 스님 절로 연락하세요. 건강하시고요."

"스님도 건강하시고, 다음에 만나요."

'만나면 헤어지고 헤어지면 또 만난다고 하지만, 이렇게 헤어지면 언제 어디서 무엇이 되어 또 만날 수 있을 것인가!' 혜운과 도일 스님은 한마음으로 서로를 쳐다보며 공손히 합장하였다.

제8장

마음의 소리

혜운은 세상 견문도 익힐 겸 발길 닿는 대로 다녀보고 싶었다. 길은 사방으로 나 있었고 갈 곳은 많았다. 혜운에게 무無 자 화두는 더욱더 성성하였고, 깨어 있었다.

만행을 하던 혜운은 불현듯 정소사에 있을 때 들었던 얘기가 생각났다. 금정산에 좋은 기도처가 있다는 얘기였다. 그래, 금정산에 가서 한동안 머물며 열심히 기도하자고 마음을 정했다. 부산에 내려온 혜운은 정어사에서 그날 밤을 지낸 다음 날 해운대로 나갔다.

넓은 바다를 보고 싶었다. 평일인데도 꽤 많은 사람이 바닷가를 거니는 모습이 보이고 상가는 시내 못지않은 인파로 흥청거렸다. 달맞이고개 아래 있는 선착장에서 탄 유람선은 오륙도를 돌아 태종대에 닿았다. 유람선이 태종대에도 대는 걸 모르고 있던 혜운은 사람들이 내리자 따라 내렸다. 어차피 태종대 생각도 하고 있었던 터라 잘됐다 싶었다. 태종대에서 이리저리 다니다 보니 어느덧 저녁때가 되었다. 한적한 절에만 있었던 혜운에게는 우선 많은 사람 사이를 비집고 다니는 것 자체가 힘든 일이었다. 시내로 나온 혜운은 하룻밤 묵을 수 있는 절을 찾아보았다. 전화번호부를 뒤지고 사람들에게 물어 비구니 절 하나를 찾을 수 있었다. 절을 찾아가니 대문이 비스듬히 열려 있었다. 불빛이 새나오는 방으로 다가갔다. 여러 켤레의 신발들이 놓여 있는 것이 방안에 많은 사람이 있는 것 같았다. 텔레비전 소리와 함께 사람들이 웃는 소리가 들려왔다.

"실례합니다."

"누구십니까?"

방문을 열고 젊은 스님이 마루로 나왔다. 혜운은 스님을 보고 합장을 하며 말했다.

"객승客僧입니다만, 하룻밤 묵어갈 수 있을는지요?"

그러자 그녀는 탐탁지 않은 얼굴로 혜운을 쳐다보았다. 아마 여비나 얻으러 온 귀찮은 객승쯤으로 여기는 것 같았다.

"어디서 오셨나요?"

"운수납자雲水衲子입니다."

혜운이 대답하자, 그녀는 혼잣말로 무어라 투덜거렸다.

"잠시만 기다리세요."

그녀는 문을 닫고 방으로 들어갔다. 조금 있자, 젊은 스님과 나이가 지긋한 스님이 함께 방에서 나왔다.

"제가 이 절 주지입니다."

나이가 지긋한 스님이 퉁명스럽게 말하였다.

"어느 절에서 오셨습니까?"

좀 전과 똑같은 질문이었다.

"떠돌아다니는 객승입니다."

혜운은 그들의 냉랭한 태도가 못마땅하여 시큰둥하게 대답하였다.

"본사가 어딥니까?"

"해인사입니다."

본사가 해인사라고 하자, 그제야 주지 스님의 태도가 조금 누그러졌다.

"이리로 오십시오."

젊은 스님은 혜운을 신축 건물의 끝 방으로 안내하고는 휙 하니 돌아섰다. 그녀 곁에서 찬바람이 이는 것 같았다. 혜운은 방으로 들어와 바랑을 내려놓았다. 울컥 화가 치밀어 올랐다. 혜운은 심기가 불편하여 잠이 제대로 오지를 않았다. 머리 깎은 승려가 절을 떠나서 어디로 갈 곳이 있는가? 부처님이 모셔져 있는 곳이면 너와 내가 머물 수 있는 곳이지. 그런데 두 번씩이나 어디서 오느냐고 묻고, 또 그 태도란 무엇인가. 다음날 이른 아침 바랑을 메고 절 문을 나서는데 주지 스님이 불렀다.

"수좌 스님, 여기 여비입니다."

"저 여비 있습니다. 그럼."

혜운은 합장을 하고 등을 돌렸다. 그러자 젊은 스님이 흰 봉투를 들고 뛰어나왔다. 받지 않으려 하자 그녀는 봉투를 승복 주머니에 억지로 집어넣었다. 그리고는 깍듯이 합장을 하였다. 어제와는 사뭇 다른 모습에 혜운은 어리둥절하였다.

혜운은 금정산에 있는 작지만 역사가 오랜 암자를 찾아갔다. 신라 시대에 창건한 절로 작은 대웅전大雄殿과 관음전觀音殿 요사채 하나가 전부인 만불암이란 곳이었다. 인근에서는 관음 기도 도량으로 널리 알려진 곳이었다. 암자에서는 낙동강이 내려다보이고 강 건너로는 너른 평야가 펼쳐져 있었다.

"절이 무척 안온하네요."

"역사가 오래된 도량이니까요."

"여기서 기도를 했으면 합니다."

"우리 절에서 여러 스님이 기도하고 갔는데 기도가 잘된다고들 하네요. 한 소식 얻어 보십시오."

"정진하겠습니다."

"부처님 은덕으로 우리 절에서 지내시기는 편안할 것입니다."

주지 스님이 두말없이 허락하자 혜운은 기도가 큰 효험이 있을 거라는 생각이 들었다. 잠시 얘기를 더 나누다 그가 안내해주는 방에 바랑을 내려놓았다. 혜운은 다음날부터 관음기도를 시작하였다. 일주일에 한 번은 철야기도를 하며 관세음보살 정근을 하였다. '관세음보살, 관세음보살, 관세음보살⋯⋯.' 대자대비한 관세음보살이 왼손에 든 연꽃은 중생이 본래 갖춘 불성을 나타낸 것이다. 그 연꽃이 핀 것은 불성이 드러나서 성불한다는 의미였다. 관세음보살이 들고 있는 연꽃을 마음속에 활짝 피우고 싶었다.

암자에는 다리가 불편한 스님 한 분이 있었다. 겨우 스스로 몸을 지탱할 정도였다. 주지 스님의 상좌로 목소리가 구성지고 염불을 아주 잘하는 스님이었다. 그녀가 목탁을 치며 염불을 하면 사람들이 자신도 모르는 사이에 걸음을 멈추고 귀를 기울일 정도였다. 불자들에게 신심나게 해주었다. 고양이를 한 마리 키웠는데 고양이의 밥은 언제나 챙겨주었다. 그녀가 "야옹아, 야옹아!" 하고 부르면 고양이는 그녀의 말을 알아듣기라도 하는 듯 꼬리를 흔들며 다가와 그녀의 주위를 맴돌며 재롱을 부렸다. 한번은 혜운이 어쩌나 보려고 그녀처럼 고양이를 불러 보았으나 고양이는 들은 척도 않고 딴짓만 하였다.

혜운은 그 스님이 말을 하는 것을 한 번도 들어보지를 못했다. 그녀가 입을 여는 것은 기도나 염불, 그리고 야옹이를 부를 때가 전부였다. 그녀는 염불을 통해 열심히 수행하고 있었다. 또 불편한 다리 때문에 거의 바깥출입을 하지 않고 도량에서만 지내는 그녀에게 고양이는 아마 마음을 주고받는 친구 같은 존재인 모양이었다. 그녀는 가끔 혜운과 마주치면 싱긋 웃어주었다. 그것이 그 스님 특유의 인사였다. 혜운은 그녀가 웃어줄 때면 그날은 종일 기분이 좋았다.

"날마다 이런 날이면 좋겠습니다."

혜운이 그녀의 미소를 대하고 이렇게 말하면 그녀는 또 빙그레 웃을 뿐이었다. 혜운은 몇 차례 말로 치사를 하다가 그만두었다. 그녀의 미소에 대한 답례는 말이 아니라고 생각되었기 때문이었다. 대신 혜운은 자신도 그냥 싱긋이 웃음을 웃어주었다.

새벽까지 부슬부슬 비가 내리더니 아침이 되자 활짝 개었다.

따스한 햇볕이 넘실거리고 풀 냄새와 꽃향기가 풍겨와 계절을 실감케 하는 평화로운 봄날이었다. 혜운은 사시 마지를 올리고 기도를 마친 후 주전자를 들고 법당을 나왔다. 일심으로 기도를 해서인지 마음이 몹시 가벼웠다. 후원으로 가기 위해 계단을 내려오는데 혜운은 누군가가 자신을 쳐다보고 있다는 느낌이 들었다. 혜운은 고개를 들어 마당을 둘러보았다. 등산복 차림의 남자가 배낭을 메고 마당 한쪽에 서서 그녀를 바라보고 있었다. 혜운은 지나가던 등산객이라 생각하고 그를 무시한 채 후원으로 가려고 했다. 계단을 다 내려왔을 때 남자는 벌써 마당을 가로질러 와 혜운을 기다리고 있었다. 남자는 환하게 웃으며 혜운에게 말을 걸어왔다.

"저, 스님, 제가 지은 시 한 편 읽어 보시겠어요?"

그는 혜운을 보며 무엇이 그리 좋은지 싱글벙글 웃었다.

"무슨 시를…?"

혜운은 처음 보는 남자가 느닷없이 자신을 보고 시 한 편 읽어 봐 달라니 조금은 당황스러웠다. 그러나 그의 하는 양이 밉지는 않았다.

"제가 소싯적에 문학청년이었거든요. 그 버릇이……. 그래도 시인의 시입니다."

남자는 말을 흐리며 상의 윗주머니에서 수첩을 꺼내 펼친 후 혜운에게 내밀었다. 혜운은 엉겁결에 그것을 받았다.

백조

라디오에선 차이코프스키의 백조가
수면을 가르며 춤추고
그대는 동화 속에서 날아온
하늘 옷 입은 나의 백조
노고단에서 천왕봉 지리산 백리 길
안개 안개 비안개 속을
너울거리며 떠어간다.

혜운은 시를 다 읽고 빙그레 웃으며 그를 바라보았다.
"시인이시군요. 하지만 여기는 지리산이 아니고 금정산인데요?"
그러자 남자도 웃으며 혜운을 바라보았다.
"저도 여기가 지리산이 아니고 금정산이라는 것을 압니다. 제가 제일 좋아하는 산이 지리산이어서 이렇게 시를 쓴 거지요."
"날씨가 화창한데 또 무슨 비안개 속입니까?"
그는 대답은 하지 않고 껄껄 웃었다.

혜운은 남자를 눈여겨보았다. 눈이 무척 맑고 총기 있어 보였고 그가 신은 등산화에는 흙이 질펀하게 묻어 있었다.

"등산하러 오신 모양이에요?"

"예. 능선을 넘어왔습니다. 아직 정상에는 가지 않았습니다."

그는 정상 쪽을 손가락으로 가리켰다.

혜운은 시를 다시 한 번 읽어 보았다.

"시 속에 나오는 백조는 누굽니까?"

혜운은 그의 유쾌한 태도에 가볍게 호응하는 기분으로 물었다. 순간 남자의 얼굴에서 웃음기가 사라지고 심각한 표정이 되었다. 그는 혜운을 뚫어지라 바라보며 정색을 하고 말했다.

"제 앞에 서 있는 분입니다."

그 말을 듣는 순간 혜운은 몹시 당황하여 자리를 벗어나야겠다고 생각했다.

"시 잘 읽었습니다. 조심해서 가세요."

그에게 합장하고 얼른 후원으로 들어갔다. 백조가 자신을 지칭한다는 그의 말을 생각하며 혜운은 얼굴을 붉혔다.

그날 밤 잠을 자고 있는데 누군가 깨우는 것 같아 혜운은 눈을 떴다. 그러나 아무도 없었다. 이리저리 살펴보아도 사람이 들어온 흔적도 없고 방문은 잠겨 있었다. 방 안의 물건들도 잠자기 전 그대로였다. 잠결이지만 분명 누군가가 자신을 깨웠는데 이상한 일이었다. 혜운은 꿈을 꾸었나 생각하며 고개를 갸우뚱거렸다.

순간 낮에 보았던 그 남자, 자신에게 백조라는 시를 보여 주었던 남자의 얼굴이 떠올랐다. 잠을 자다 누군가가 깨우는 것 같아 일어났는데, 낮에 잠깐 보았던 남자의 얼굴이 떠오르다니 참으로 알 수 없는 일이었다. 혜운은 머리맡에 있는 자명종 시계를 보았다. 새벽 두 시가 가까워져 오고 있었다. 아직 새벽 예불을 하기까지는 한 시간이나 남아 있었다. 마음이 뒤숭숭하여 잠도 오지 않을 것 같아 혜운은 밖으로 나갔다.

도량은 고요한 적막에 싸여 있고 조각달이 교교히 비치고 있었다. 그런데 건너편 관음전 앞에서 어떤 사람이 이쪽을 바라보고 있었다. 이 깊은 밤에 자신의 방을 바라보고 있는 사람이 누군지 혜운은 몹시 궁금하였다. 어스름한 달빛 속이라 얼굴을 알아볼 수는 없었지만 낮에 보았던 그 남자인 것 같았다. 혜운은 유심히 살펴보았다. 틀림없이 그 남자였다. 혜운은 너무 놀라 얼른 방으로 들어왔다. 방문을 잠그고 제대로 잠겼나 다시 한 번 확인하였다. 혜운은 도무지 이해되지 않았다. 왜 자다가 누가 깨우는 것 같아 일어나서 그 남자의 얼굴을 떠올렸는지, 그리고 왜 지금 그 남자가 저기 서서 혜운의 방을 보고 있는지. 혜운은 혹시 꿈을 꾸거나 환상을 보지 않았나 생각해 보았지만, 분명 그것은 아니었다. 그리고 더욱 이상한 것은 그 사람의 모습이 자꾸 떠오른다는 것이었다.

아침 공양을 마치고 법당으로 들어가려는데 남자가 혜운에게로 다가왔다.

"스님! 저 아시겠어요?"

어제 그 남자였다.

"예. 그런데 어제 정상에 가신다고 하지 않았나요? 언제 절로 오셨지요?"

혜운은 자신도 알 수 없는 야릇한 감정을 애써 감추며 말했다.

"늦은 시간에 이쪽으로 다시 내려오게 되었습니다. 그래서 주지 스님에게 부탁하여 여기서 잤지요."

새벽에 서 있던 관음전 옆방에서 잔 모양이었다.

"그러셨군요."

그렇다면 새벽에 보았던 사람은 이 남자가 확실했다. 그런데 자신이 잠을 깨 밖으로 나왔을 때 왜 이 남자가 왜 방을 바라보고 있었을까? 몹시 궁금하였지만, 그에게 물어볼 수가 없었다.

"스님 연락처 좀 가르쳐 주시겠어요? 그리고 법명이 뭡니까?"

그가 시가 적혀 있던 수첩과 볼펜을 꺼내며 말했다.

"공부하는 스님의 연락처가 어디 있겠습니까."

"그래도 적을 두고 있는 절이 있지 않겠습니까?"

그는 꼭 연락처와 법명을 알아야겠다고 하였다.

"인연이 있으면 만나겠지요."

혜운이 합장을 하며 그 자리를 피하려고 하자 그는 간곡히 말했다.

"부담 갖지 마시고 가르쳐 주세요. 저 나쁜 사람 아닙니다."

혜운이 대답을 하지 않자 그가 다시 말을 했다.

"스님들은 무조건 인연을 말씀하시는데 인연도 스스로 만들어 가는 것이 아닌가요?"

혜운은 그의 얼굴을 똑바로 바라보았다.

"글쎄요. 십이인연十二因緣이라는 것도 있답니다."

혜운은 그가 선량해 보이고 불자라는 것을 생각하면서, 은사 스님이 계시는 정소사 주소와 법명을 가르쳐 주었다. 주소와 법명을 수첩에 적고 난 그가 무엇인가 더 말을 하려 했다. 그러나 혜운은 그에게 얼른 합장한 후 법당으로 들어갔다. 그런데 참으로 이상하였다. 법당으로 들어가는데 자신도 모르게 두 눈에서 한줄기 눈물이 흘러내렸다. 왜 이유 없이 눈물이 나오는지 정말 모를 일이었다. 혜운은 그런 자신이 도무지 이해되지 않아 답을 묻기라도 하듯 부처님의 얼굴을 쳐다보았다.

어느 날 집배원이 혜운에게 편지 한 통을 전해주었다.

"날씨가 좋습니다."

그는 수각에서 물 한 바가지를 퍼 벌컥벌컥 마셨다.
"스님에게 좋은 소식인 것 같습니다."
"글쎄, 제게 편지 올 데가 없는데 무슨 소식일까 궁금한데요."
혜운이 웃음 띤 얼굴을 갸우뚱하며 말했다.
"아마 스님이 보시면 행복한 사연이 담겨 있을 겁니다. 저희는 그런 소식만 전해주니까요."
"고맙습니다."
집배원은 절 신도로 식구들처럼 친분 있게 지냈다. 입담이 좋아 듣는 사람이 기분 좋은 이야기를 잘했다. 끼니때 오게 되면 누가 부르지 않아도 집처럼 거리낌 없이 후원에 와서 공양하고 갔다. 혜운은 편지를 들고 방으로 들어갔다. 자신이 여기 있는 것을 아는 사람이 없는데 도대체 누가 보냈을까? 봉투에는 보낸 사람이 김정우라고 적혀 있었다. 낯선 이름이었다. 혜운은 봉투를 뜯었다.

'따뜻한 봄날 산을 찾았습니다. 그곳은 금정산이었습니다. 길을 가다 암자를 하나 보았습니다. 돌담 너머로 들여다본 도량에는 고요와 평화, 그리고 따스한 햇볕이 가득했습니다. 나도 모르는 사이 도량 안으로 들어갔습니다. 그리고 기분 좋은 나른함 속에 잠겨 법당을 바라보고 있었습니다.

그때 법당에서 나오는 스님을 보았습니다. 순간 너무 놀라 심장이 멎는 것만 같았습니다. 파르라니 깎은 머리에, 가느다란 목, 그리고 잿빛 승복을 입은 모습이 너무나 아름다웠습니다. 더없이 순결하고 고귀해 보였습니다. 법당 계단을 내려오는 그것이 마치 내게로 걸어오는 것만 같았습니다. 나는 기다리고 서 있을 수가 없어 마당을 가로질러 스님에게 다가갔습니다. 그때 나는 떨리는 마음을 가리기 위해 아마 웃고 있었을 것입니다.

나는 어떻게든 스님에게 말을 걸고 싶었습니다. 순간 나는 내 수첩에 적혀 있는 시를 생각했습니다. 그것은 지리산에서 지은 백조라는 제목의 시였습니다. 가늘게 비가 내리고 안개가 짙게 드리운 지리산에서, 언젠가 내 앞에 나타날 나의 여인을 생각하며 지은 시였습니다. 스님은 시를 읽으며 밝은 미소를 지었습니다. 그러나 나는 보았습니다. 스님의 그 미소 뒤에 어른거리고 있는 짙은 우수를……!

등산을 갔다 오다 늦은 시간 암자를 찾았을 때 암자는 짙은 어둠 속에 고요히 잠들어 있었습니다. 나는 주지 스님에게 부탁하여 방 하나를 얻어 잠을 잘 수 있었습니다. 그런데 잠을 자다 누군가가 나를 깨우는 것만 같아 눈을 떠 보니 아무도 없었습니다. 잠을 깨고 난 후 문득 스님이 생각나 다시 잠을 이룰 수가 없었습니다.

　새벽 도량 달빛 그늘에 서서 스님이 잠든 방을 가늠하고 있었습니다. 그런데 어둠 속에서 나는 분명 스님의 모습을 볼 수 있었습니다. 참 이상한 느낌이었습니다. 스님도 어둠 속에서 나를 보는 것 같더니 얼른 방으로 들어가더군요.

　다음날 잠시 스님에게 매우 어렵게 연락처를 알아내어 그곳을 떠나왔지요. 그래도 그때까지는 나에게 스님은 아직 여인이 아니고, 그저 아름다운 '스님'이었습니다. 그런데 스님이 이렇게 그리울 줄은 미처 몰랐습니다. 나의 백조라는 것은 봄날의 아름다운 몽상이었는데, 지금은 이렇게 괴롭고 가슴 설레는 현실이 되어버렸습니다. 출가하여 승복을 입은 사람에게 이런 연정을 느낀다는 게 옳지 않다는 걸 잘 알고 있습니다. 그러나 자신을 타이르고 꾸짖어 보아도 스님을 향한 나의 마음을 어찌할 수가 없습니다.

　스님은 그날 인연을 말하였지요? 옳은 말입니다. 나는 그대로 하여 희열과 고통 속에 있고, 지금 스님은 나의 편지를 읽고 있습니다. 스님과 나의 인연의 샘물은 벌써 힘차게 솟아올라 넘쳐흐르고 있습니다. 그 물이 흘러 환희와 평안의 바다에 이르게 될지도 모릅니다. 아니면 고통과 불행의 구렁이에 고이게 될 수도 있을 것입니다. 그러나 그것은 스님과 내가 만들어 가는 그 끝에 있을 것입니다.

나는 기필코 스님의 손을 잡고 아름다운 인연을 얘기하는 자리에 앉고 싶습니다. 스님은 어쩌면 지금 내가 잡은 인연의 끈이 나를 절망과 파멸에 이르게 할지도 모릅니다. 그러나 나는 그 인연의 끈을 놓을 수가 없습니다. 아래를 내려다보면 천 길 깊은 골짜기 거센 물살이 흐르고 있습니다. 그 끈은 나의 생명으로 연결되어 있습니다. 관세음보살의 그 큰 자비로 깊이 헤아려, 나락 위에 아슬아슬하게 매달려 있는 저를 환희와 평안의 바다로 이끌어 주소서! 끝으로 나의 이 글이 순간적인 충동의 발로가 아니라는 걸 알아주시기 바랍니다. 스님을 처음 보고 와서 이 순간까지 생각하고, 생각하고, 또 생각하다 쓴 것입니다.'

편지를 보기 전에 어느 정도 짐작은 했었지만 보낸 사람이 누구인지 확실히 알 수 있었다. 얼마 전 〈백조〉라는 시를 보여 주었던 남자였다. 황당했다, 어떻게 스치듯 잠깐 본 사람에게 이런 편지를 보낼 수 있을까. 그것도 승복을 입고 있는 수행자에게……. 일시적인 감정으로 그냥 한번 보낸 것으로 생각해 보기도 했으나 그의 글에서는 진실이 느껴졌다.

혜운은 기가 막혔다. 남자들이란 모두 이렇게 경망스러운 존재인가 하는 생각도 들었다. 혜운은 더 이상 생각하고 싶지도 않았다. 명호와의 일은 지나긴 일이라 생각한다 해도, 같은 잘못을 되풀이한다는 것은 스스로 용납하지 못할 일이었다.

　혜운은 정우가 이러다가 스스로 그만둘 것으로 생각했다. 그런데 이상한 것은 새벽에 누군가가 깨워서 일어났다는 것을 그도 편지에 적고 있다는 것이었다. 어떻게 두 사람이 비슷한 상황에 이르게 되었는지 도무지 이해되지를 않았다. 자꾸만 그것이 마음에 걸렸다.

　편지를 받은 며칠 후 정우가 찾아왔다. 혜운은 말을 건네려고 하는 그에게 눈길 한 번 주지 않고 냉정히 돌려보냈다. 그런 혜운의 태도가 공양주 보살은 못마땅했던지 그가 다녀간 후 혜운에게 말했다.

　"저번에 하루 자고 간 사람이죠? 그 후에 또 왔었어요. 회사 다닌다고 하던데요."

　아마 혜운이 없을 때 왔던 모양이다. 그런데 보살은 언제 물어보았는지 별걸 다 알고 있었다.

　"산을 무척 좋아한대요."

　"보살님은 별것을 다 알고 있네요."

　"젊은 거사가 성실하게 보여요."

　"겉모습만 보고 사람을 어떻게 그렇게 잘 알아요?"

　보살은 묻지도 않은 말을 주절주절 늘어놓았다. 혜운은 그런 보살에게 퉁명스럽게 말하며 자리를 피했다.

여름 동안 정우 거사는 서너 차례 더 혜운을 찾아왔다. 하지만 그의 접근을 허락하지 않았다. 그러면 암자 주위를 하릴없이 서성거리거나 도량 구석에 멀거니 앉아 있다가는 내려갔다. 늦가을이 될 때까지 정우는 편지도 보내지 않고, 암자에 찾아오지도 않았다. 혜운은 이제 그가 그만두었다고 생각했다. 마치 지고 있던 짐을 내려놓은 것처럼 마음이 홀가분하였다. 그런데 알 수 없는 것이 마음 한구석에는 측은한 감정이 꿈틀거렸다. 무언가를 잃어버린 듯 한 느낌이었다.

단풍철이 지나며 산을 찾는 사람들이 줄어들었다. 더구나 비가 오자 암자는 오후가 될 때까지 지나가는 사람 하나 없었다. 가을비에 젖어 산사는 적막 속에 잠겨 있었다. 혜운이 기도를 마치고 법당에서 나오는데 정우가 그녀를 막아섰다. 혜운은 몸을 피할 자리가 없어 그와 거의 몸이 맞닿을 정도로 마주 설 수밖에 없었다. 혜운은 어찌할 바를 모르고 고개만 옆으로 돌렸다.

"스님, 보고 싶어서 왔습니다."

대뜸 그가 하는 말이었다.

"저를 피하지만 마시고 얘기 좀 합시다."

"거사님과 할 말이 없습니다."

혜운은 얼른 계단을 내려와 방으로 들어갔다. 다 끝났나 하고 있었는데 그가 다시 오다니. 혜운은 마음이 착잡하였다. 사람 하나 슬기롭게 회유하지 못하는 자신이 한심스럽기까지 하였다. 이런 내가 과연 도(道)를 닦아 중생 제도를 할 수 있다는 말인가? 언뜻 보기에도 그는 많이 야위어 있었다. 이전에는 보기 좋을 정도로 통통한 편이었는데, 볼도 움푹 들어가고 기운도 없어 보였다. 암자에 나타나지 않는 동안 병이 났었나, 아니면 나 때문에 고민이 많았었나. 혜운은 그에게 쏠리는 동정의 마음을 황급히 거두어들였다.

비는 부슬부슬 밤새 내렸다. 새벽 예불 시간이 되어 법당에 나갔으나 정우의 모습은 보이지 않았다. 혜운은 어제 내려갔구나, 하고 생각했다. 그와 마주치면 어쩌나 하고 께름칙하였던 마음이 홀가분해졌다. 예불을 끝낸 혜운은 댓돌 위에 고무신을 가지런히 벗어놓고 방으로 들어갔다. 가부좌하고 참선을 하였다. 아침 공양을 알리는 소종 소리가 들려왔다.

혜운은 깔고 앉았던 방석을 방 한쪽으로 밀어놓고 밖으로 나왔다. 그런데 자신의 고무신이 툇마루 위에 있었다. 처음에는 누군가 지나가다 비를 맞는 것을 보고 올려놓은 것으로 생각했다. 그런데 신발을 집으려 손을 내밀며 보니 그것이 아니었다. 고무신은 물기 하나 없었고, 바깥쪽까지 티 하나 없이 깨끗이 닦여 있는 것이었다. 비누칠하여 닦은 다음 수건으로 물기를 제거한 것이 틀림없었다. 혜운은 이상하다고 생각하며 신발을 집어 들었다. 고무신 속에는 돌려 접은 편지가 한 통 들어있었다. 정우 거사가 쓴 편지였다.

'스님이 보고 싶어 다시 찾아왔습니다. 법당을 나와 나를 피하며 방으로 들어가는 스님의 뒷모습을 보고 참으로 가슴이 아팠습니다. 스님에게 내 마음을 전하고 싶어 찾아왔는데, 말 한마디 할 기회조차 주지 않고 나를 피하기만 하니 참으로 야속합니다. 새벽이 되어서야 법당으로 들어가는 스님의 모습을 장명등 불빛 아래 볼 수 있었습니다. 예불을 끝내고 방으로 들어가는 스님에게 말조차 붙이지 못하고 그저 바라보기만 했습니다. 스님의 방 앞을 서성이다가 댓돌 위에 벗어놓은 고무신을 보았습니다. 빗물이 튀어 흙이 묻어 있더군요. 수돗가로 가지고 가서 깨끗이 씻었습니다. 스님의 고무신을 닦는 동안 내 마음은 무척이나 뿌듯했습니다. 스님을 위해 무언가 해줄 수 있다는 것이 왜 이렇게 행복한지 모르겠습니다. 손수건을 꺼내 툇마루에 앉아 고무신의 물기를 닦으며 생각했습니다.

스님! 나의 여인이었으면 더없이 행복하겠습니다. 스님 마음에 얼룩진 아픔의 물기가 있다면 고무신을 닦는 것처럼 제가 모두 닦아 주어야겠다고. 나는 스님의 신발이 되고 싶습니다. 발이 되고 싶습니다. 스님이 가고 싶은 곳 모두 데려다주고, 험한 세상에 굳게 디디고 설 수 있게 해주는 발이 되고 싶습니다. 스님이 부르면 언제라도 달려갈 수 있는 이 사람이 있다는 것을 알아주면 얼마나 좋겠습니까! 지금이라도 나를 불러준다면 얼마나 행복하겠습니까! 스님이 원하고 바라는 것이면 무엇이든 해주고 싶습니다. 오로지 스님만 생각하고 사랑하겠습니다. 부디 나와 함께 인생이라는 이 길을 걸어갑시다. 오늘도 이른 아침 어쩔 수 없이 혼자서 내려갑니다. 하지만 다음에는 이 길을 저와 함께 내려가기를 부처님께 간절히 빌어봅니다.'

혜운은 출가하기 위해 마지막으로 집을 나설 때의 일이 생각났다. 산에 다닐 때 발 아프지 않게 신으라며 새 등산화를 마련해 두었던 어머니의 모습이 떠올랐다. 눈물이 핑 돌았다. 혜운에게 발이 되어 주겠다며 비에 젖은 고무신을 깨끗이 씻어 툇마루에 가지런히 올려놓은 김정우. 그녀가 부르면 언제든 달려오겠다고 말하는 사람. 혜운은 정우의 구애가 곤혹스러웠지만, 그의 진실만은 부정할 수 없었다. 그렇게 다녀간 정우는 그 후 계속하여 편지를 보냈다. 혜운은 편지를 읽지 않고 바랑 속에 그냥 던져 넣어 버렸다. 없애버릴 수 있는데 그렇게 모아 두는 것을 혜운은 깨닫지 못하고 있었다. 우선 그를 동정하는 마음이 생겼다.

혜운은 중심을 잃지 않으려고 더욱 간절히 기도하며 지냈다.

이성이 아닌 스님으로서 자신을 사랑한다면 정말 그를 사랑할 수 있었다. 얼마든지 따뜻하게 대해 줄 수 있고 많은 얘기도 나눌 수 있었다. 야릇한 감정을 억누르며 서로를 바라보는 그것 또한 얼마나 아름다운 모습인가. 지난날 명호에게 느꼈던 감정을 참회하며 묻어 버렸는데 어떻게 똑같은 일⋯⋯. 혜운에게 명호 거사도 정우 거사도 수행자로서 정말 만나지 말아야 하는 인연들이었다. 그러나 인연이라는 것이 그러하던가? 혜운은 답답하고 막막한 기분이었다.

암자에는 관음전을 지키는 노보살이 한 명 있었다. 그녀는 관음전 옆에 창고로 쓰기 위해 지어 놓은 건물에서 혼자 기거하였다. 그런데 항상 얼음장처럼 차가운 방에서 잠을 잤다. 추운 겨울에도 방에 불을 넣지 않았다. 평상시 그녀는 다른 사람들과 별반 다르지 않았다. 그런데 비가 오면 온몸으로 비를 맞으며 산을 돌아다녔다. 그녀에게는 치매 증상이 있었다. 하루는 그녀가 비를 흠뻑 맞고 혜운을 찾아왔다. 어둑어둑해질 무렵으로 다른 사람들은 벌써 공양을 하고 난 후였다.

"스님, 배고파 밥 좀 줘."

그녀는 혜운을 보고 애원하듯 말하였다. 몸에서 물이 줄줄 흘러내리고, 오들오들 떨고 있었다. 점심 공양을 마친 후부터 비가 내리기 시작했으니 한나절을 꼬박 비를 맞고 돌아다녔을 터였다. 얼마나 춥고 배가 고플까. 혜운은 너무나 안타깝고 불쌍하였다. 혜운은 그녀를 후원 공양간으로 데리고 가 밥과 반찬을 챙겨주었다. 그녀는 몹시 배가 고팠던지 허겁지겁 밥을 먹었다.

"탈나면 어떻게 하려고……. 물마시면서 천천히 먹어요."

밥 먹는 모습을 물끄러미 바라보던 혜운은 숭늉을 따라 주었다.

"천천히 먹고 있어."

그녀는 밥을 떠 입에 넣으며 히죽 웃었다. 밥을 다 먹고 난 그녀를 혜운은 목욕탕으로 데리고 가 씻어 주었다. 그녀의 속살은 곱고 부드러웠다.

"간지러워."

혜운이 손으로 닦아주자 그녀는 혜운을 쳐다보며 웃었다. 육십이 훨씬 넘은 나이인데도 피부는 탄력이 있었다. 이전에 여유있게 살았던 흔적이 몸에 남아 있었다. 방으로 데리고 들어와 머리를 빗겨주고 옷을 갈아입혀 주면은 어린아이처럼 얌전히 앉아 혜운을 바라보았다. 어느 날 또 비를 맞고 들어오는 그녀를 보고 혜운이 물었다.

"보살, 왜 빗속을 그렇게 헤매고 다녀?"

그녀는 피식 웃더니 정색을 하며 말을 했다.

"스님, 나는 비가 좋아. 내 마음속에 엉켜 있는 아픔을 씻어 주니까, 그래서 비를 맞고 다녀. 스님도 나랑 같이 비 맞아."

치매 증상이 있는 사람이라고는 믿기지 않을 말을 하고 있었다. 하지만 그녀의 눈에는 어느새 눈물이 고여 있었다. 그녀는 이 절의 신심 좋은 신도였다고 한다. 사업을 하던 남편은 부도를 맞게 되었고 그와 관련하여 교도소에 들어가게 되었다고 하였다. 일 년 후 출소한 남편은 다른 여자를 만나 딴 살림을 차렸다고 한다. 하나 있던 딸은 그녀와 함께 살았는데 그만 교통사고로 죽게 되자 그 충격으로 시름시름 앓다가 사경을 헤맸다고 한다. 그런 그녀가 가엾어서 주지 스님이 절로 데려왔다고 하였다. 주지 스님이 병원에 데리고 가려 했으나 결사적으로 병원에 가지 않으려 하였다고 한다. 그래서 남에게 해를 끼치는 것도 없어 그냥 두기로 했다는 것이다.

그녀는 비 오는 날이 아니면 도량 밖으로 나가는 일이 없었다. 어쩌면 이 세상이 그녀에게는 두려운 것인지도 모를 일이었다. 그리고 비를 맞는 일은 마음속 고뇌를 극복하기 위한 육체적인 고행인지도 모를 일이었다. 비가 오는 날 그렇게 한 번씩 고행을 치르고 나면, 그녀는 며칠간은 방에서 나오지를 않았다. 그러다 방에서 나오면 자신이 언제 그랬냐는 듯 아무렇지 않게 생활하였다. 가엾은 여인이었다. 그리고 정이 많고 부지런한 보살이었다.

항상 손에서 걸레를 놓지 않고 법당 안팎을 깨끗이 쓸고 닦았다. 그녀 때문에 법당은 항상 반들반들 윤이 났다. 그곳에서 처음 기도를 시작했을 때 혜운은 그녀 때문에 놀란 적이 한두 번이 아니었다. 새벽 예불을 하려고 법당을 들어가면 항상 그녀는 혜운보다 먼저 와 있었다. 촛불을 켜고 다기물을 올려놓고 무릎을 꿇고 앉아 있었다. 생머리를 어깨까지 풀어 헤치고 희미한 촛불 아래 법당 한쪽 구석에 앉아 있다.

"스님, 이제 와?"

그녀는 혜운이 들어오면 갑자기 일어나 혜운을 맞이하였다. 그녀가 그렇게 다가설 때 놀라서 가슴을 쓸어내렸다. 번연히 그 자리에 있다고 생각하면서도 놀랄 수밖에 없었다. 소리를 지를 수도 없고 야단칠 수도 없었다. 마음을 진정시키느라 한참을 주저앉아 숨을 몰아쉬고는 했다.

"혜운 스님, 놀라지 마."

그녀는 헝클어진 머리카락을 손으로 재치며 빙그레 웃었다. 그럴 때면 더욱 소름이 끼쳤다.

"사람 놀라게 좀 하지 마!"

"스님이 좋아서 그렇지."

"내가 뭐가 좋아? 좋아하는 사람을 그렇게 놀라게 해?"

혜운이 그녀의 등짝을 손으로 가볍게 치며 말했다.

"그래도 좋아."

실없이 웃는 그녀의 모습이 너무나 천진스럽게 보였다. 간혹 그 웃음이 관음의 미소 같이 생각되기도 했다. 조금 전 그녀 때문에 놀랐던 일은 벌써 잊고 있었다. 그런 식으로 자신만의 세계를 지키고 있는지도 몰랐다. 그녀는 비가 오는 날 산속을 헤매고 다니는 것 외에는 늘 부처님이 모셔져 있는 법당을 쓸고 닦으며 지켰다.

금정산 만불암에서 맞는 두 번째 겨울이 시작되었다. 한 곳에 이렇게 길게 머물기도 처음이었다. 이제 만불암은 큰스님이 계시는 대원암처럼 친숙하고 편안한 곳이 되어 있었다.

사랑하는 사람을 만들지 말라. 미워하는 사람도 만들지 말라. 사랑하는 사람은 못 만나 괴롭고, 미워하는 사람은 만나서 괴롭다. 그러므로 사랑하는 사람을 애써 만들지 말라. 사랑하는 사람을 잃는 것은 커다란 불행, 사랑도 미움도 없는 사람은 없다. 혜운은 법구경法句經 경전의 구절을 되새겨 보았다. '한곳에 오래 머물러 있으면 집착이 생기고 집착이 생기다 보면 애착이 생겨나는 것을······.' 그것은 사람에 대해서도 마찬가지였다.

정우의 혜운에 대한 애정 공세는 해가 바뀐 후에도 변함없이 계속되었다. 직접 찾아오기도 하고, 끊임없이 편지를 보냈다. 혜운은 그것을 한 통도 뜯어보지 않았다. 그러나 그가 보낸 편지 봉투만 보아도 이전에 읽었던 내용이 떠오르고, 그의 호소가 마음속에 크게 울려 퍼졌다. 몇 년이 지나도록 지칠 줄 모르는 그의 태도에 혜운의 마음은 모르는 사이에 변하고 있었다.

편지가 하나둘 쌓여 가는 것처럼 혜운의 마음속 갈등도 높이를 더하여갔다. 처음엔 자그마한 동정이 슬며시 고개를 들더니 급기야는 그에게 이끌리는 마음으로 바뀌었다. 머리 깎고 법을 구하는 사람이 가장 경계해야 할 욕망에 어찌 빠져들 수 있다는 말인가? 사랑도 미움도 그 어떤 이에게도 얽매이지 않아야 하는 것을, 어찌 남녀의 문제로 고민을 한단 말인가? 혜운은 날이 갈수록 약해지는 자신이 두려웠다. 해결할 수 없다면 피하는 수밖에 없었다. 혜운은 더는 만불암에서는 안 되겠다는 생각에 바랑을 챙겼다.

금정산에서 내려온 혜운은 발길 닿는 대로 걸음을 옮겼다. 많은 사람 속에 휩쓸려 자신을 잊고 싶었다. 이리저리 걷다 보니 어느덧 시장이었다. 좁은 길을 많은 사람이 어깨를 부딪치며 오가고 있었다. 손님을 부르는 소리, 흥정하는 소리, 웃으며 떠드는 소리, 갖가지 소리로 귀가 먹먹할 정도였다.

혜운에게는 그러한 소란이나 복잡함보다 그들의 활기차고 적극적인 모습이 더 크게 마음에 와 닿았다. 그들은 더 없는 혼란 속에서도 자신들의 길을 문제없이 찾아 치열하게 가고 있는 것 같았다. 도회의 밤이 찾아왔다. 하나, 둘 불이 켜지더니 거리는 어느 사이 휘황한 불빛 속에 휩싸였다. 낮과는 다른 술렁거림이 여기저기서 어슬렁거렸다. 혜운은 다리도 아프고 배도 고팠다. 간단히 요기한 혜운은 쉴 곳을 찾았다. 누구의 간섭도 받지 않는 공간에 가서 혼자 있고 싶었다. 조금 걸으니 길 건너편으로 여관 간판이 보였다. 횡단보도를 건넌 혜운은 여관 문 앞으로 다가갔다. 혼자서 여관에 온 것이 처음이라 여간 쑥스럽지가 않았다. 혜운은 용기를 내어 어깨에 멘 바랑을 내려 한쪽 손에 잡고는 낯설게만 느껴지는 여관 문을 열고 들어갔다. 늦은 시간도 아니었는데 안내실 여자는 졸고 있었다. 문 여는 소리에 잠이 깬 그녀는 눈을 비비며 안내실 작은 창문으로 고개를 내밀었다.

"어서 오세요."

여자는 눈을 몇 번 껌벅거리며 말했다.

"주무시려고요?"

"예."

여자는 안내실에서 나왔다.

"그럼 이쪽으로 오세요."

그녀는 빨간 양탄자가 깔린 계단으로 올라갔다. 혜운도 그녀를 따라 계단을 올라갔다.

"스님 저도 불자인데요. 어느 절에 계세요?"

여인이 혜운을 돌아보며 물었다.

"조그마한 암자에 있습니다."

"그래요?"

여인은 307호라고 쓰인 문을 열어주며 방 열쇠를 혜운에게 건넸다. 혜운은 바랑을 내려놓고 승복 두루마기를 벗어 옷걸이에 걸었다. 방안에는 작은 장롱과 문갑 위에 텔레비전과 비디오 그리고 전화기가 놓여 있었다. 문갑 오른쪽에는 소형 냉장고가 놓여 있고 장롱 옆으로 커다란 거울이 걸려 있었다. 방은 소박하게 장식되어 있었다.

벽지 색깔도 화려하지 않았으며 커튼이나 다른 물품들도 평범한 형태들이었다. 혜운은 여관을 들어올 때보다 한결 마음이 가벼워졌다. 노크 소리가 들렸다. 조금 전 방을 안내해주었던 여자였다. 여자는 비타민 한 병을 둥근 쟁반 위에 얹어 가지고 왔다.

"스님, 여기 간단히 좀 적어주세요."

그녀는 숙박부를 내밀었다.

"아니, 왜?"

혜운은 여자가 숙박부를 내밀자 당황스러웠다. 처음 겪는 일이었다.

"사실 스님 같은 분들은 적지 않아도 되는데 이런 장사가 어디 그렇습니까? 요즘 단속이 심해서 어쩔 수가 없네요. 재수 없으면 벌금을 물어야 하거든요."

여인이 변명하듯 말했다.

"알았습니다."

혜운은 다 적은 후 숙박부를 여인에게 돌려주었다.

"스님, 불편한 것 있으면 말씀하세요."

주인 여자가 나간 후 혜운은 문을 잠그고 제대로 잠갔나 확인하였다. 언제부터인가 문을 잠그고 난 후 꼭 몇 번을 확인하는 버릇이 생겼다. 그래야 안심이 되었다. 욕조에 물을 틀어 놓은 후 방으로 돌아왔다. 바랑에서 필요한 것을 꺼내 방바닥에 늘어놓았다. 잠시 후 승복을 벗어 방바닥에 가지런히 놓고 욕실로 들어갔다. 욕조 안으로 들어가 몸이 물에 잠기도록 다리를 쭉 뻗고 앉았다. 따뜻한 물이 온몸을 감싸자 심신의 피로가 한꺼번에 풀리는 것 같았다. 가만히 앉아 있자 몸이 나른해져 왔다.

혜운은 욕조에서 나와 몸을 닦았다. 뿌연 김이 욕실 안에 가득 찼다. 혜운은 거울을 손으로 훔치며 얼굴을 바라보았다. 파르라니 깎은 머리……. 새삼 자신이 여자임을 느꼈다. 목욕을 마친 혜운은 수건을 몸에 두르고 방으로 들어갔다. 상체를 감싼 수건에서 손을 떼자 방바닥에 떨어지며 머리에서 발, 끝까지 전신이 거울에 비쳤다. 실오라기 하나 걸치지 않은 알몸, 늘씬한 몸매, 가느다란 목, 그리고 뽀얗게 윤기 나는 피부. 스스로가 보기에도 아름다운 몸이었다. 육신이란 무엇인가? 우리의 육신은 그 나름의 기능과 의미, 그리고 생명을 위한 욕구가 깃들어 있거늘 그것을 송두리째 부정하고 있구나. 육신이 가진 본연의 의미와 기본적 욕구마저 부정하는 것은……. 잿빛 옷으로 아무리 감싸고 눌러도 자신의 몸속에는 여전히 여인이 살아 있었고 욕망이 살아 있었다.

혜운은 몸에 남아 있는 물기를 수건으로 천천히 닦은 후 승복을 단정히 입었다. 더운물로 목욕을 한 탓인지 몸이 가뿐하였다. 하지만 심한 갈증이 느껴졌다. 냉장고에서 물을 꺼내 한 컵 가득 따라 마셨다. 그러나 갈증은 가시지를 않았다. 이불을 깔고 자리에 누웠다. 천장에 켜진 전등 불빛이 눈을 찔렀다. 머릿속으로 갖가지 생각들이 하나, 둘 뛰어들기 시작했다. 잠을 이룰 수가 없었다.

잠 못 이루는 사람에게 밤은 길어라. 피곤한 나그네에게 길은 멀어라. 어리석은 사람에게 생사의 밤길 멀고 길거니, 그는 바른 법을 모르기 때문일세! 혜운에게 생사生死의 밤은 너무나도 길었다. 길고도 어두운 밤이었다.

정오가 거의 다 되었지만 혜운은 아직도 자리에 누워있었다.

밤새 잠을 못 이루다가 아침이 되어서야 겨우 잠이 들었다. 그것도 오래 자지 못하고 10시경에 깬 후 계속 누워있는 것이다. 지금도 지난밤과 같이 많은 것들이 머릿속을 스치고 지나갔다. 자신이 살아 온 것을 뒤돌아보고 있었다. 그러나 그 생각이란 것이 어떤 질서를 가지고 구체적으로 이루어지는 것이 아니었다. 이 생각이 났다가 저 생각이 나고 두서가 없었다. 혜운의 머릿속으로는 그녀가 살아오면서 겪었던 모든 일이 단속적으로 튀어나오고 있었다. 전화벨 소리가 아득히 들렸다.

"안내실입니다. 궁금해서 전화했어요. 스님 식사는 어떻게 할까요?"

시간이 늦었는데도 아무 기척이 없자 걱정이 돼서 전화한 모양이었다.

"아직 생각이 없습니다. 필요하면 제가 연락하지요."

"그럼 필요한 것 있으면 인터폰 하세요."

혜운은 수화기를 내려놓았다. 아무것도 먹고 싶지 않았다. 물 한 모금 마시기 싫었다. 이제는 바랑을 메고 어디론가 떠나고 싶은 생각도 없었다. 여관방에 틀어박혀 하루를 꼬박 지냈다. 저녁이 되고 어두워졌다. 불도 켜지 않은 채 캄캄한 여관방에 누워 계속 천장만 바라보았다. 몸이 방바닥으로 푹 가라앉는 듯, 땅 끝으로 빠져드는 것만 같았다. 옆 건물에서 비치는 불빛이 창가로 서며 들어왔다.

혜운은 다시 허리를 곧게 세우고 심호흡을 하며 가부좌를 틀고 앉았다. 그리고 무無 자 화두를 챙기며 나 자신이 누구인가? 하는 질문에 빠져들어 갔다. 다음 날도 혜운은 같은 모양으로 며칠을 지냈다. 그동안 안내실에서는 끼니때마다 전화를 걸어 혜운이 무사한지 확인하였다. 다시 아침이 왔다. 낯설게 느껴지는 여관방에서 이제는 시간에 대한 감각이 거의 없어지고 있었다. 창문을 통해 햇살이 눈부시게 비쳐들었다.

혜운은 커튼을 쳐서 햇빛을 가렸다. 자신의 모습을 누구에게도 보이고 싶지 않았다. 햇빛 속에 드러나는 것조차 싫었다. 그냥 어둠 속에 묻혀 백치가 되고 싶었다. 어느 순간 문득 속가에서 제일 친하게 지냈던 수정이 보고 싶었다. 그녀에게 연락해볼까? 아마 지금쯤 직장을 다니거나, 아니면 결혼을 해서 아기 엄마가 되어 있을 수도 있어. 혜운은 그녀의 모습을 상상해 보았다. 어떻게 변해 있을까, 머릿속에 한 번 떠올리자 수정의 생각이 떠나지를 않았다.

혜운은 오후가 되어 그녀 집에 전화를 걸었다. 전화번호가 바뀌었을지도 모른다고 생각하였다. 신호음이 몇 번 울리고 국번이 바뀌었다고 안내 목소리가 들려왔다. 전화를 다시 걸었다. 오랜 시간이 지나 그것도 승려의 신분으로 친구 집에 전화한다는 것이 새삼스러웠다. 전화번호를 확인하고 양수정 씨를 바꾸어 달라고 하였다. 그러자 젊은 여자는 그녀가 결혼하였다는 사실을 알려주며 수정이 사는 집 전화를 가르쳐주었다.

　혜운은 다시 전화를 걸었다. 굵은 남자의 목소리가 들려왔다. 전화를 받은 사람이 수정의 남편인 모양이었다. 귀에 익은 특유의 고음 목소리가 들려왔다. 수정인가를 확인하고 민지라고 말하였을 때 전화 수화기에서는 반가움과 놀란 목소리가 함께 들려왔다. 수정은 단번에 만나러 오겠다고 했다. 학창 시절 친자매처럼 지내던 일이 떠올랐다. 그녀를 만나면 무슨 얘기부터 할까? 설렘과 서글픔이 같이 느껴졌다.

　저녁이 이슥해서야 수정은 도착했다. 노크 소리를 들은 혜운은 수정이라는 생각을 하며 몸을 일으켰다. 잠가 놓았던 문을 열었다. 서로를 보는 순간 수정의 눈가에는 촉촉이 물기가 어렸다. 혜운이 그녀의 손을 꼭 잡았다. 수정은 갈색 아이섀도를 칠하고 빨간 립스틱을 바른 게 퍽 세련되어 보였다. 이제는 정말 성숙한 여인의 모습이었다. 수정은 혜운을 어떻게 불러야 할지 잠시 망설였다. 지난날 민지의 모습과는 너무나 달라져 있었기 때문이었다. 파란빛이 도는 삭발한 머리, 잿빛 승복을 입은 그녀의 모습. 승속이라는 거리감이 느껴졌다. 그러나 생소한 혜운의 모습과 상관없이 그녀는 수정에게 그냥 친한 친구일 뿐이었다.

너무 오랜만이라 두 사람은 무슨 얘기부터 해야 할지 생각이 나지를 않았다. 일상적인 얘기부터 했다. 부모님 안부, 그리고 그녀는 대학 다닐 때 함께 동아리에서 알고 지내던 동철 선배와 결혼했다고 하였다. 이곳에 함께 오려고 했는데 혼자 왔다고 하며 그가 안부를 전해달라고 하였다. 그리고 수정은 수줍게 임신 3개월이라고 하였다. 환하게 웃는 그녀의 얼굴에 행복이라는 단어가 보이는 것 같았다. 수정은 입산했다는 얘기 듣고 소식 알려고 대원암에 찾아간 적 있다고 하였다. 그런데 알고 지냈던 큰스님은 만나 뵙지 못하고 그냥 왔다고 하였다. 그녀가 말하는 스님은 대인 큰스님을 말하였다. 그러면서 어머니 얘기를 조심스럽게 꺼내며 혜운의 눈치를 살폈다.
  "가끔 네 생각나서 찾아가 뵈면 너에 관한 얘기는 한마디도 하지 않으셔. 그 마음이 오죽하시겠니? 그래서 내가 먼저 네 얘기 꺼내기도 그렇고, 안부만 여쭙고 왔어. 그런데 결혼하기 얼마 전에 불광동 쪽에 갈 일이 있어 잠시 들렀는데 몸이 불편한 것 같았어. 어디 편찮으시냐고 물어도 괜찮다고만 말씀하시고. 내가 이런 말을 해도 될지 모르겠지만, 승려 생활한다는 것 다시 한번 생각해 보았으면 좋겠어."
  혜운은 그저 침묵을 지키다가 말을 바꾸었다. 두 사람은 새벽이 되도록 얘기를 나누었다. 이야기를 나누던 수정은 내려오느라 피곤했던지 어느새 잠이 들어있었다. 임신한 몸으로 멀리까지 와 준 그녀가 너무나 고마웠다. 수정에게 이불을 덮어 주며 그녀를 닮는다면 예쁜 아기가 태어날 것으로 생각했다. 잠든 수정의 옆에 누워있는 혜운의 머릿속으로 수많은 생각이 스쳐 지나갔다. 그녀는 일어나 창문 앞에 서서 밖을 내다보았다. 새벽이 되어도 도시의 불빛들은 계속 빛나고 있었다. 혜운의 가슴 속에도 꺼져 버린 줄로만 알았던 지난 일들이 반짝이는 불빛처럼 되살아났다. 그리고 잊어버린 줄로만 알았던 속세의 꿈들이 자신의 가슴 속에 여전히 남아 있는 것을 알았다.

  다음날 혜운과 수정은 간단히 세수한 후 여관을 나올 채비를 하였다. 수정이 두루마기 옷고름을 매만지고 있는 혜운에게 연락처를 적어 달라고 수첩과 볼펜을 내밀었다. 수정은 이제는 혜운을 놓치지 않겠다는 표정이었다. 혜운은 정소사와 대원암 주소를 적어주었다. 그곳으로 연락하면 어디에 가 있든지 연결이 될 수 있기 때문이었다. 두 사람은 밖으로 나왔다. 수정이 며칠이라도 같이 있을 수 있다고 하였으나 혜운이 거절하였다. 수정은 혜운과 헤어지는 것이 못내 아쉬운지 얼굴이 굳어 있었다. 두 사람은 같이 식사를 하고 밖으로 나왔다. 수정이 택시에 올라탔다. 혜운은 손을 들어 가볍게 합장을 하며 작별 인사를 하였다. 그녀도 차창을 통해 혜운을 바라보며 손을 흔들었다.

은사 스님 절인 정소사로 왔다. 식구들 모두 화색이 가득한 얼굴들이었다. 인숙이 시집을 가게 되었다는 것이다. 결혼 상대는 같은 회사에 근무하는 직원이었다. 누구보다. 인숙의 성장 과정이 결혼하는데 문제가 될까 걱정을 했었다. 그런데 신랑 쪽에서 그 내용을 알고도 오히려 인숙을 위로했다는 것이다. 은사 스님은 친자식이나 다를 바 없는 인숙이 무사히 결혼하게 된 것이 기쁜 모양이었다. 결혼식은 은사 스님의 부탁으로, 덕 높은 비구 스님께서 주례를 맡아 절에서 간소하게 치를 계획이라고 하였다.

　정소사에 온 다음 날이었다. 저녁 공양을 마치고 산책을 하고 있는데 은사 스님이 혜운을 불렀다. 그녀는 책상 서랍에서 반듯하게 접은 메모지 하나를 꺼내 내밀었다.

　"내가 어제 너에게 주어야 했는데 깜박 잊어버렸구나. 며칠 전 어느 거사 한 분이 여기를 왔다 갔다. 만나러 왔다고 하기에 수행 중이라 언제 올지 알 수 없다고 하니, 이 메모지를 꼭 좀 전해 달라고 하였다."

　혜운이 메모지를 받아 쥐고 나오니 회사에서 돌아온 인숙이 싱글벙글하며 기다리고 있었다. 혜운에게 결혼하게 된 걸 자랑하고 싶었던 모양이다. 혜운은 마음속에 짚이는 것도 있어 메모지

내용이 몹시 궁금하였으나 주머니에 넣고 인숙의 방으로 들어갔다. 인숙은 혜운을 보자 은근히 신랑 될 사람 자랑을 늘어놓기 시작했다.

"어떤 점이 그렇게 좋은데?"

"자상하고 내가 원하는 것은 무엇이든 다 해주려고 노력해서 좋아요."

"모든 것이 다 좋구나?"

혜운은 행복해하는 인숙의 모습을 보고 마음이 흐뭇하였다. 그렇게 인숙과 얘기를 나누다 보니 늦은 시간이 되어서야 자신의 방으로 건너왔다. 혜운은 벽에 기대앉아 메모지를 펼쳤다. 김정우, 그 사람이 쓴 글이었다.

'두 번 다시 오지 않을 이 가슴 떨림을, 어느 깊은 곳에 숨겨둘 수 있을까요. 내 가슴속 스님의 아름다운 모습을, 고운 음성을, 꿈속에서나 다시 만날 수 있을까요. 그리운 마음으로 찾아왔지만 못 보고 그냥 갑니다. 20일 날 다시 오겠습니다. 그 안에 이 메모 받으면 기다려 주시기 바랍니다. 할 말이 있습니다. 꼭 다시 만나 보았으면 합니다.'

끈질긴 인연, 끈질긴 사람이었다. 그 사람을 피해 만불암에서 내려와 정소사로 왔는데 그는 벌써 혜운을 찾아 이곳을 다녀갔던 것이다. 혜운은 착잡한 마음에 눈을 감았다. 어떻게 해야 할까? 마음이 답답해졌다. 소리라도 지르고 싶었다. 그는 20일 날 다시 찾아온다고 했다. 오늘이 13일이니 일곱 날이 남았다. 그가 찾아오면 만나야 할까, 아니면 그를 피해 어딘가로 또 떠나야 하나? 그런데 그를 만나서는 안 된다고 생각을 하면서도 자꾸만 미련이 생기는 건 무슨 일인가? 혜운은 자신의 의지와는 다르게 무엇인가에 이끌려만 가는 느낌이 들었다.

정우와 처음 만났던 날 새벽 이상하게 잠에서 깨어났던 일이 생각났다. 그가 보냈던 많은 편지도 생각났다. 그리고 읽었던 정우의 편지글들이 머릿속에 맴돌았다. 혜운은 정우에게 기울어지는 마음을 부정하고 싶었다. 모든 것은 한 생각에서 비롯되는 거야. 정우라는 사람은 그저 한순간 스쳐 지나가는 바람일 뿐이야. 하지만 소용없는 일이었다. 아무리 애를 써도 지금 혜운에게 주어진 화두는 '무無 자'가 아니라 '정우'였다.

어느새 일곱 날이 다 지나갔다. 그가 온다는 20일이었다. 새벽 예불을 마친 혜운은 절 뒤에 있는 야산을 하염없이 거닐고 있었다. 열여드레 새벽달이 산길을 훤히 비추고 있었다. '가슴 속에 그 어떤 사람도 담아 두지 말아야지. 그것에 다가가서는 안 되네. 이 아름다운 잿빛 옷 내 어이 벗으리? 스쳐 가는 인연, 세월 속에

묻고 살아가야지.'

혜운은 무너져 내리려는 자신을 가까스로 버텨내고 있었다. 정우를 만나면 자신이 더 이상 버틸 수 없을 것 같았다. 명호를 떠나보낼 때 다시는 참회하고 다짐을 했었는데, 또다시 같은 일이 일어날 것만 같았다. 명호에게 느꼈던 것보다 더 강렬한 감정이 자신의 내부에 도사리고 있는 것 같았다. 그런데 만일 오늘 그를 만나게 된다면, 혜운은 도저히 정우를 만날 수가 없었다. 아침 일찍 바랑을 메고 정소사를 나섰다. 그를 만나지 않으려고, 그렇게 도망치듯 정소사를 빠져나왔다.

혜운은 대원암을 찾아갔다. 처음 출가했던 마음, 즉 초심을 다시 찾기 위해서였다. 출가하기 전 이곳에 찾아와 큰스님에게 입산의 뜻을 말했었다. 그래서 혜운은 머리 깎기 전이지만 자신의 초심이 이곳에서 시작되었다고 생각하고 있었다. 초심初心, 초발심初發心, 절에서는 출가한 처음 그 마음이 제일 중요하다고 늘 스님들이 강조하였다.

혜운은 대인 큰스님에게 삼배하고, 그 앞에 무릎을 꿇고 앉았다. 무겁게 입을 열어 승려로서의 입지가 흔들리고 있다고 얘기하였다. 큰스님은 언제나처럼 굵은 염주를 돌리시며 혜운을 묵묵히 바라보았다.

"출가에는 신출가身出家, 심출가心出家, 신불출가 심불출가, 등

여러 가지 출가의 형태가 있다. 출가의 본질은 심출가에 있으나, 형식은 신출가에 있다, 마음이 출가하였다고 하여도 출가자가 될 수 없고, 몸만 출가하였다고 하여도 출가자가 될 수 없다. 몸과 마음이 같이 출가한 것을 신심출가身心出家라고 한다. 진정한 출가자로서 수행을 어떻게 해야 하는지 생각해 보아라."

혜운은 차마 큰스님의 얼굴을 쳐다볼 수가 없어 합장하며 고개를 숙였다.

"여기 팔상전에서 기도와 절 수행을 하며 기도를 하여라."

"예."

"나가 보아라."

큰스님은 그 말 외에는 일체의 다른 말이 없었다. 혜운은 뒷걸음으로 방을 나왔다. 그녀는 바로 큰 법당 뒤편에 있는 팔상전으로 들어갔다. 혜운은 정성을 다해 촛불을 켜고 무릎을 꿇고 잠시 앉았다. 차가운 기운에 몸이 오그라드는 것 같았다. 여기서 초심을 회복하고 입지를 세우지 못한다면 마지막이라는 생각을 하였다. 두 무릎을 꿇고 마룻바닥에 이마를 대어 절을 하기 시작했다.

방하착放下著 내려놓아라, 놓아 버려라, 화두를 챙기고. 하심下心, 자신을 낮추고 또 낮추었다. 이 세상에서 가장 낮은 사람이 되기 위해 일심으로 절을 하였다. 숨이 찼다. 무릎이 아파서 오고 몸이 무거워졌다. 하지만 혜운은 이를 악물고 다시 절을 하였다.

등에 땀이 흥건하고, 얼굴에는 눈물과 땀이 범벅이 되어 바닥에 뚝뚝 떨어졌다. 다리가 경직되고 아무런 감각이 없었다. '이겨 내야 한다, 자신을 이겨 내야 한다.' 여기서 주저앉으면 다시 일어날 수 없다. 혜운은 이빨이 으스러지라 깨물며 절을 하였다. 잇몸을 깨물어 피가 흘러내렸다.

밤이 되어 어둠이 짙게 깔리며 바람이 일어났다. 건물이 낡아 있어 벽 틈으로 찬바람이 스며들어왔다. 바람이 대나무 숲을 흔드는 소리가 을씨년스럽게 들리고 법당문이 덜커덩거렸다. 절을 하는 혜운의 가슴속으로 공허감이 밀려들었다. 얼음장같이 차가운 마룻바닥에 얼굴을 갖다 대고 다시 절을 하였다.

참다운 승려로서 생사의 문제를 가지고 투철하게 수행을 할 수 있을까? 아니면 나라는 존재를 버리고 남을 위해 희생하며 대승보살大乘菩薩의 삶을 살 수 있을까? 지금까지 수행자로의 삶을 제대로 살아왔는가? 그렇지 못하다면 속세의 사람들과 다를 바가 없다. 단지 승려의 옷만 입고 있을 뿐이다. 그렇다면 그것은 정녕 비겁한 삶일 수밖에 없다. 그러한 삶은 결코 자신이 용납할 수가 없다. 혜운은 마음속으로 소리를 질렀다. 어떻게 하여야 하는가? 끊임없이 자신에게 질문을 던졌지만 답을 구할 수가 없었다. 셀 수 없을 만큼 절을 하였을까? 알 수가 없었다. 절 수행을 시작하고 법당을 나오지 않고 철야정진을 하였다. 힘이 다하여 더는 절을 할 수가 없었다. 바닥에 납작 엎드린 채 한동안 있었다. 땀이 식으며 추위가 몸을 파고들었다. 고개를 들어 부처님을 올려다보았다. 흔들리는 혜운의 마음처럼 촛불이 위태롭게 흔들리고 있었다. 너울거리는 불빛을 따라 부처님의 얼굴도 흔들리고 있었다. 하지만 혜운은 이를 악물었다. 다시 용기를 내어 기도하였다. 그렇게 자신을 혹사하며 절 수행을 하며 지내던 어느 날, 혜운이 잠시 방에 있을 때 공양주 보살이 찾아왔다. 혜운을 찾아온 사람이 있다는 것이었다.

"웬 거사님이 스님을 찾아오셨는데요?"

"누구신데요?"

"글쎄 저도 모르겠어요. 절 아래 서 있는데요."

혜운은 자신을 대원암으로 찾아올 만한 사람을 생각해 보았다. 아무리 생각을 해 보아도 떠오르는 사람이 없었다. 대원암을 아는 사람은 명호뿐인데…, 그는 아니었다. 만일 그였다면 공양주 보살이 그를 모를 리 없고, 또 도량 입구에서 기다리고 있지도 않았을 것이다. 명호가 아니라면 정우가 틀림이 없는데……. 그러나 혜운은 정우는 대원암을 모르니 찾아온 사람이 정우일 거라는 사실을 애써 부정하고 있었다. 누군지는 몰라도 힘들게 찾아온 사람을 만나지도 않고 돌려보낸다는 것이 도리가 아니라는 생각하였다. 혜운은 마당을 지나 도량 입구로 갔다. 혜운이 다가

가자, 발소리를 듣고 그녀를 기다리고 있던 사람이 돌아섰다. 정말 김정우였다. 혜운은 일순 반가운 마음과 알 수 없는 슬픔이 스쳐 지나가는 것을 느꼈다. 혜운은 애써 태연함을 가장하였다.

"저를 찾아오셨나요? 어떻게 여기를 알고 오셨습니까?"

그녀는 승속이라는 구분을 분명하게 하려는 듯 정우에게 깍듯이 합장하였다.

"정소사 절에 갔지요. 기다려 주실 거로 생각했는데 절에 없으시더군요. 그곳에 계시는 스님께서 알려 주셔서 왔습니다. 혜운 스님에게 꼭 할 말이 있어서요. 아무리 생각해도 제 생각을 직접 얘기해야겠기에……."

그는 혜운을 뚫어지게 바라보았다.

"스님, 제 인생의 영원한 동반자가 되어 주십시오."

정우의 표정과 어투가 더할 수 없이 비장하였다.

"저는 이미 속세를 떠난 사람입니다."

혜운은 마음을 가다듬으며 침착하게 말하였다.

'이미 속세를 떠났다'라는 이 말, 지난날 명호에게 했었고 지금 정우에게 같은 말을 또 하고 있었다. 하지만 정우에게 쏠리는 마음을 숨기며 하는 이 말이 그녀의 가슴을 갈기갈기 찢는 것만 같았다. 혜운은 명호에게는 등을 돌렸지만 정우에게는 등을 돌리고 싶지 않았다. 이제 다시 그 누가 승려인 자신을 보고…….

정우가 마지막일 것 같은 생각이 들었다. 그를 영원히 냉정히 돌려보낸다면 말할 수 없이 깊은 상처가 남을 것만 같았다.

"돌아가십시오. 저는 승려입니다."

혜운은 마음과는 전혀 다른 말을 하였다. 감추고 싶었다. 완벽하게 자신의 마음을 감추고 싶었다. 이 자리를 피해야만 될 것 같았다. 계속 있다가는 정우에게 향하는 마음을 더는 숨길 수가 없을 것 같았다. 혜운은 공손히 합장하였다.

"조심히 내려가세요."

혜운은 등을 돌리고 걸음을 옮겨 놓았다.

"혜운 스님!"

혜운의 등 뒤로 정우의 외치는 소리가 비수처럼 꽂혔다. 그의 굵직한 목소리에 슬픔이 묻어 있었다. 정우는 뛰어와 혜운의 앞을 가로막았다.

"기다리고 있겠습니다."

혜운이 고개를 돌리려고 하자 그는 주머니에서 무엇인가를 꺼내 그녀의 손에 들려주려 하였다. 하지만 혜운은 그의 손을 뿌리쳤다.

"돌아가세요."

지난날 명호에게 결혼하자는 말을 듣고 그를 돌려보냈을 때도 이처럼 추운 겨울이었다. 겨울은 혜운에게 그 추위만큼이나 혹독

하고 잔인한 계절이었다. 차갑게 부는 바람이 그녀의 마음과 몸을 더욱 얼어붙게 하고 있었다. 날카로운 살얼음이 돋아나 쿡쿡 쑤시듯 가슴이 몹시도 저려왔다. 혜운은 겨울 동안 기도를 계속하며 참선을 하였다. 마음을 다잡으려 몸부림을 치고 있었다. 그러나 아무리 애를 써도 번뇌와 갈등에서 벗어날 수가 없었다. 절을 하며 기도를 하고 있으면 온갖 생각이 머릿속을 휘젓고 다녔다.

끝날 것 같지 않던 힘든 겨울도 끝나고 봄이 찾아왔다. 한두 차례 비가 오더니 산 전체가 푸른 기운으로 생기가 넘쳐났다. 계곡에 물도 제법 불어 졸졸졸 물 흐르는 소리도 들려왔다. 암자에서는 땅이 녹으면서 도량 안팎을 보수하느라 동네에서 사람들이 올라와 부산하게 움직였다.

어느 날 나이가 지긋한 보살이 혜운을 찾아왔다. 처음 보는 보살이었다. 투피스 정장을 단정하게 입은 그녀는 나이가 일흔이 가까워 보였다. 너그러워 보이는 것이 저절로 친근감이 느껴지는 모습이었다.

"이 절에 혜운 스님이 계십니까?"

"제가 혜운 스님인데요."

도량에서 마주친 두 사람은 서로 합장을 하며 말을 했다. 그녀는 혜운을 뚫어져라 쳐다보았다.

"김정우라는 청년 어머니 되는 사람입니다."

그의 어머니라는 사람이 왜 나를 찾아왔을까? 혹시 그에게 무슨 좋지 않은 일이라도? 혜운은 가슴이 뜨끔하였다.

"제 아들 녀석을 아시지요?"

"예. 등산하러 와서 보게 되었습니다."

혜운은 그녀를 자신의 방으로 안내했다.

"드세요."

혜운은 보온병의 물을 부어 쌍화차 한 잔을 타 그녀에게 내밀었다.

"고마워요."

차를 마시는 그녀의 얼굴이 어둡게 변했다. 마당에서는 보이지 않던 어두운 그늘이 그녀의 얼굴에 가득했다. 혜운의 마음도 같이 어두워지는 것 같았다. 차 한 모금을 마신 후 그녀는 입을 열었다.

"짐작은 했겠지만 제 아들 녀석 때문에 스님을 찾아왔습니다. 어미로서 보고만 있을 수가 없어 이렇게 무작정 찾아왔네요."

정우가 자신을 계속 찾아오고 또 결혼하자고 말하였기에 혜운은 그녀가 무슨 말을 할 것인지 대충 짐작이 갔다.

"몇 해 전부터 선을 보라고 하면 결혼이 뭐 그렇게 급한 일이냐고 아직 결혼할 생각이 없다고 했어요. 성화에 못 이겨 몇 번 선을 보고도 모두 싫다고 하기에 연분이 아닌가 보다 했지요. 본인이 싫다는데 억지로 결혼을 시킬 수도 없는 일이고, 곧 좋은 인연이 나타나겠지, 그렇게만 생각했지요."

그녀는 아들 이야기를 하며 이제는 눈시울을 붉히고 있었다.

"재작년 여름 아마 장마 때쯤이었을 거예요. 어느 날 정우가 좋아하는 여자가 생겼다고 말을 하는 게 아니겠어요? 한시름 놓았지요. 내 자식이라 하는 말이 아니라, 생기길 남보다 못하나 사람 성실하겠다. S대학 나와 좋은 회사 다니겠다. 이제는 됐다 싶었지요. 설마 좋아하는 사람이 스님인 줄 알기나 했겠어요?"

그녀는 목이 타는지 앞에 놓았던 찻잔을 들어 죽 들이켰다.

"작년 겨울인가, 언제 색싯감 한번 집에 데리고 올 거냐고 물었지요. 그때까지만 해도 괜찮았어요. 조금만 더 기다리라고 하대요. 이제나저제나 하고 눈치만 보고 있었지요. 그러던 것이 작년 여름부터 술에 취해 들어오는 날이 늘어나더라고요. 말수도 적어지고 어미가 뭘 물어도 겨우 대답하는 정도였지요. 가을이 되면서 거의 날마다 고주망태가 되어 집에 들어와 다음 날 일어나 회사 나가기도 힘들게 되었어요. 일월부터는 아예 회사에 휴직하고 집에만 틀어박혀 있답니다. 밥도 제대로 먹지 않고 하루에 술을 몇 병씩 마시는지 모르겠어요. 보다보다 못해 어떤 여잔데 그러냐고 물어도 처음에는 대답을 안 해요. 저희 아버지하고 달 랬다가 화를 냈다 해도 소용이 없어요. '네가 어미 죽는 꼴 보고 싶냐'고 내가 윽박지르고 구슬려서야 겨우 말을 하더군요. 어제 는 저희 아버지하고 셋이서 긴 얘기를 나누었는데……. 글쎄, 스 님 얘기를 하지 않겠어요? 그리고 다음 날 바보같이 극단적인 선택을 하지 않았겠습니까?"

"아! 괜찮습니까?"

혜운은 내심 가슴이 철렁 내려앉았다.

"네. 응급실에서 치료하고 다행히 일반실로 옮겼습니다."

"답답한 마음에 스님을 찾아왔습니다. 오죽했으면 스님을 찾 아왔겠습니까?"

그녀는 혜운의 손을 덥석 잡았다. 혜운은 그녀가 자신의 손을 잡는 것이 마치 자신의 어머니가 그러는 것 같았다.

"우리 아들 녀석이 스님이 마음에 있는가 봅니다. 이 일을 어떻 게 하면 좋겠어요? 오죽 생각해서 스님이 되었을까마는……. 아 들 녀석이 다 죽게 생겼으니 어미 된 사람이 그냥 보고 있을 수가 없네요."

그녀의 눈에서 눈물이 흘러내렸다. 혜운은 아무 말도 할 수가 없었다. 자신의 처지에서 무슨 말을 할 것인가. 혜운은 나이 든 보살이 자식의 문제로 눈물을 흘리는 것을 보자 마음이 몹시 아파져 왔다. 마치 그녀에게 큰 죄를 짓고 있는 것만 같았다. 혜운은 출가하기 전 자신의 손을 잡고 눈물을 흘리며 하던 어머니의 말들이 새삼 떠올랐다.

"도 닦는 스님에게 할 말이 아닌 줄 압니다만, 우리 아들하고 결혼하면 어떻겠어요? 제발 내 자식 좀 살려 주시오. 그렇게만 해주면, 내가 사는 동안 며느리가 아니라 부처님으로 모시고 ……."

그녀는 차마 뒷말을 잇지 못했다. 마치 혜운이 도망치는 것을 막기라도 하는 것처럼 혜운의 두 손을 더욱 힘을 주어 잡으며 계속 눈물을 흘렸다. 그녀의 자식 걱정하는 모습을 보자 혜운도 어머니 생각이 났다. 저렇게 부모들은 자식 생각을 하는데……. 혜운의 두 뺨을 타고 눈물이 주르륵 흘러내렸다.

"내가 스님 부모를 한 번 만나 보면 어떻겠어요?"

혜운이 아무 말도 하지 않자 그녀는 말을 이어 갔다.

"아마 모르기는 해도, 스님 어머니도 저와 같은 생각이 들지 않겠어요? 깊게 생각해 봐요. 아들 걱정에 내 욕심만 낸다고 하지 말고."

그녀는 긴 한숨을 내쉬었다. 얘기를 마치고 나자 마음이 풀리는지 그녀의 표정이 좀 밝아졌다.

"스님, 이제 나이가 몇이에요?"

갑자기 그녀가 나이를 물어 왔다. 참으로 오랜만에 들어보는 질문이었다. 혜운은 그저 달아오르는 얼굴을 숨기기 위해 고개를 숙였다. 부끄럽기도 하고 뭐라 말할 수 없는 야릇한 기분이었다.
"우리 정우하고 더 일찍 만났더라면……. 절에 온 지는 얼마나 됐어요?"
부드럽고 포근한 정이 느껴지는 말투였다. 조금 전 아들 걱정을 할 때의 한숨 섞인 목소리가 아니었다. 그녀를 쳐다보는 혜운의 얼굴에 붉은빛이 더하여졌다.
"……"
혜운은 아무런 대답도 하지 않았다. 정우 어머니는 무엇을 생각하는지 고개를 두어 번 끄덕였다. 이제 더 할 말이 없는지 자리에서 일어났다. 혜운도 따라 일어났다. 또 그녀는 혜운의 손을 꼭 잡고 한참을 서 있었다. 혜운은 어찌하지 못하고 고개를 숙인 채 서 있었다. 두 사람은 밖으로 나왔다. 혜운은 정우 어머니를 도량 입구까지 배웅하였다. 정우 생각에 가슴이 아팠다. 혜운은 합장을 하며 깍듯이 인사를 하였다.
"우리 다시 만날 수 있는 사이였으면 좋겠어요."
그녀는 혜운을 흐뭇한 표정으로 바라보며 다시 한번 손을 꼭 잡았다. 자식 걱정을 하는 가운데도 혜운을 마음에 들어 하는 모습이었다. 이상하게도 그런 그녀가 남 같지 않은 느낌을 받았다. 혜운은 천천히 산길을 내려가는 그녀의 뒷모습이 아련해질 때까지 바라보았다.

도일 스님의 어머니가 돌아가셨을 때도, 어머니 생각 때문에 마음속에 일어나는 번뇌와 갈등을 참았었다. 그런데 정우 어머니가 다녀간 뒤로 혜운은 또다시 어머니가 그리워 견딜 수가 없었다. 어머니 생각을 떨쳐버리려고 해도 소용이 없었다. 아무리 마음을 가다듬고 애를 써도 보고 싶어 도저히 견딜 수가 없었다. 혜운은 바랑을 등에 지고 서울로 향하였다. 길 건너로 낯익은 제과점 간판이 보이자 눈가가 촉촉이 스며들어왔다. 출가하기 전 자신이 오랫동안 살았던 곳, 혜운에게는 낯익은 거리였다. 마치 멀리 공부하러 떠났다가 집으로 다시 돌아온 것 같은 기분이었다.

혜운은 한달음에 길을 건너 제과점 문을 열고 들어가고 싶었다. 하지만 길 하나를 사이에 두었을 뿐인데도 제과점과 자신이 서 있는 자리가 아득히 멀게만 느껴졌다. 혜운은 차도를 사이에 두고 반대편 인도에 서서 제과점을 한참 동안 바라보았다. 혹시나 어머니가 나오지 않을까 하는 생각에서였다. 그러면 먼발치에 서나마 어머니의 모습을 볼 수 있지 않은가, 그렇게라도 어머니의 모습을 한 번만 보면 한결 가벼운 마음으로 발길을 돌릴 수 있을 것 같았다. 그러나 끝내 어머니는 가게 밖으로 모습을 드러내지 않았다. 혜운은 문득 이상한 생각이 들었다. 제과점을 보고 있은 지가 꽤 되었는데 이제껏 가게 문을 열고 들어가는 손님을 한 사람도 보지 못했다. 혜운은 제과점 간판을 유심히 쳐다보았다. 그녀가 집을 떠나던 때의 그 간판 그대로가 틀림없었다. 그렇다면 어머니가 가게 문을 닫고 어디 간 게 아닐까? 여러 가지 생각을 하던 중 문득 지난번 수정을 만났을 때 그녀가 한 말이 되살아났다.

"어머니가 매우 편찮으신 것 같았어."

혜운은 더 참을 수가 없어 횡단보도를 건너, 가게 쪽으로 다가갔다. 제과점 앞을 지나며 고개를 반쯤 돌려 내부를 들여다보았다. 혹시 어머니가 자신을 알아볼까 염려가 되어 제과점 앞을 지나는 순간 자신도 모르는 사이 걸음이 빨라졌다. 그러나 가게 문에 내걸린 임시 휴업이라는 글귀는 똑똑히 볼 수가 있었다. 틀림없이 매우 아프신 거야. 혜운의 가슴을 아릿한 것이 훑고 지나갔다.

혜운은 몸을 돌려 제과점 왼쪽에 있는 옷가게 문을 열고 들어갔다. 안쪽에서 30대 중반의 여자가 몸을 일으켜 나오며 그녀를 맞았다. 주인이 바뀌었는지 출가하기 전에 가게를 하던 사람이 아니었다. 마음 한구석에 어쩌면 다행이라는 생각이 들었다.

"어서 오세요."

상냥한 목소리로 인사를 하면서도 그녀의 눈빛은 웬 스님이 옷가게를 들어오는가 하는 생각을 숨기지 못하고 있었다.

"저 실례합니다."

"어떻게 오셨어요?"

"다름이 아니고 옆 제과점 주인을 만나러 왔는데 가게 문이 닫혀 있네요."

"아, 예."

그녀는 대답하며 작은 탁자 옆에 있는 의자를 내밀며 앉으라고 권하였다. 두 사람은 마주 보며 앉았다.

"저, 혹시……."

"딸인데요."

혜운은 그녀가 무슨 말을 하고자 하는가를 알아채고 말했다.

"딸이 하나 있는데 스님이 되었다고 하더니……."

여자는 고개를 끄덕였다.

"지금 병원에 입원하고 계세요."

혜운은 순간 그녀의 말에 심장이 멎는 것만 같았다.

"주위 사람들이 아주머니 친척 분들에게 연락하려고 알아봤는데 마땅히 연락할 곳이 없더라고 하대요."

"어디가 편찮으신데요?"

혜운은 애써 마음을 진정시키며 물었다.

"병명은 병원에서 알려 주지를 않습니다. 저희도 궁금하지요. 단지 시간이 있을 때 주위 사람들이 한 번씩 가보고는 한답니다. 저도 한번 다녀왔답니다. 그런데 모두 바쁜 사람들이 돼 놔서……. 저도 이렇게 혼자서 가게를 보고 있고요."

그녀는 말끝을 흐리며 혜운을 쳐다보았다.

"뭐라 드릴 말씀이 없네요. 어느 병원에 입원하셨는지요?"

"잠깐만요."

여자가 전화기 옆에 놓여 있는 메모장을 보더니, 대답했다.

"아, 여기 있네요. 서부중앙병원 415호실인데요. 가보시게요?"

그녀는 혜운의 얼굴을 빤히 쳐다보면서 말을 이었다.

"따님이 이제라도 찾아왔으니 마음이 한결 놓이네요."

"당연히 그래야지요."

혜운은 그녀에게 고맙다고 말하며 밖으로 나왔다. 여자는 혜운이 택시를 잡는 순간까지 서 있겠다며 함께 병원에 가보지 못한 것을 미안해하였다. 혜운은 어머니가 아프다는 말을 듣는 순간 그 어떤 얘기도 귀에 들려오지 않았다. 전신에 온 힘이 빠져 쓰러질 것만 같았다. 병원에 도착한 그녀는 어머니가 입원해 있는 4층으로 올라갔다. 그러나 불쑥 병실로 들어가서 병상에 누워 있는 어머니를 보는 것이 두려웠다. 대신 그녀는 간호사 데스크를 찾았다. 환자 이름이 적혀 있는 칠판 중간쯤에 어머니의 이름이 보였다. '윤태숙' 분명 어머니의 이름이 적혀 있었다. 어머니가 무슨 병인지, 일단 담당 의사를 만나봐야겠다는 생각이 들었다.

"저……."

고개를 숙이고 무언가를 적고 있던 간호사가 혜운을 쳐다보았다.

"아, 스님. 어떻게 오셨습니까?"

간호사는 공손한 태도로 물었다.

"윤태숙 씨 보호자 되는 사람입니다. 담당 의사를 만나보았으면 하는데요."

"예. 잠시만 기다려 주세요."

간호사는 환자의 상태를 기록한 차트를 하나 꺼내 펼쳐보았다.

"아, 김 박사님 담당이군요. 잠시만 기다리세요."

간호사는 전화를 들더니 아마 담당 의사에게 연락하는 모양이었다. 전화를 끊고 난 간호사는 혜운을 돌아보며 말하였다.

"윤태숙 씨 하고는 어떤 관계가 되는지요?"

"제가 딸입니다."

"예. 제가 지금 의사 선생님에게 연락했습니다. 일 층에 내려가면 내과에 김영기 박사님 진료실이 있거든요. 가서 간호사에게 말씀하시면 의사 선생님과 면담을 할 수 있을 겁니다."

혜운은 고맙다는 인사를 하고 일층으로 내려갔다. 병원에 오면 세상에 온통 아픈 사람뿐인 것 같다고 하더니 진찰실이 있는 일층은 로비와 통로 할 것 없이 사람들로 북적였다. 혜운은 간호사가 말한 방으로 가서 찾아온 사연을 말하였다. 얘기를 듣고 난 간호사는 차트가 올 때까지 조금만 기다리라는 말을 하였다. 몇 사람이 더 진찰실에 들어갔다 나온 후 누런 봉투를 든 간호사가 진찰실로 들어갔다. 그녀를 뒤따라 나온 그 방의 간호사가 혜운을 불러들였다. 의사 앞으로 다가가는 혜운은 긴장 때문에 두 주먹에 저절로 힘이 들어가는 걸 느꼈다. 의사의 앞에 앉기가 바쁘게 혜운이 의사를 쳐다보며 물었다.

"무슨 병입니까?"

의사는 고개를 반쯤 숙이고 차트를 보며 말하였다.

"몸속에 악성 종양이 생겨 수술이 필요합니다."

혜운의 걱정하는 마음은 아랑곳없다는 듯이 의사의 말투와 표정은 무덤덤하였다. 의사는 일어나 엑스레이 필름을 스크린에 끼우고 나서 스위치를 눌러 불을 켰다. 갈비뼈가 보이는 게 흉부 사진이었다. 라디오 안테나 모양의 지시봉으로 그중 한 부분을 가리키며 설명을 하였다.

"여기 동그랗게 보이는 하얀 부분 보이시죠?"

의사는 지시봉으로 원을 그리며 혜운을 돌아보았다.

"예."

혜운은 떨리는 목소리로 대답을 하며 의사가 가리키는 곳을 '뚫어져라' 바라보았다.

"암인가요?"

"조기에 발견해서 다행입니다. 조금만 늦었으면 큰일 날 뻔했습니다."

의사의 말에 혜운은 안도의 숨을 소리 나지 않게 내쉬었다.

"그런데 환자 말로는 오래전부터 이 덩어리가 가끔 치받쳐 올라 심한 통증을 느꼈답니다. 그럴 때면 환자 본인도 말하듯 숨을 쉬기도 힘들었을 텐데 어떻게 지금까지 병원을 찾지 않았는지 모르겠습니다. 이대로 계속 방치해서는 안 되고, 이번 기회에 잘라내야 합니다. 벌써 수술 스케줄도 잡혀 있습니다."

"수술이 언젠데요?"

"모레입니다."

"수술하면 괜찮습니까?"

"수술하면 큰 문제는 없을 겁니다."

"아마 어머니가 아프신 것은 저 때문일 수도 있습니다."

혜운이 혼잣말처럼 작은 소리로 말하였다.

"수술 후에도 경과를 주시해야겠습니다. 저희도 최선을 다하고 있습니다. 다만 똑같은 병이라도 환자의 심리 상태에 따라 그 예후가 크게 달라질 수 있습니다. 가족들의 배려와 보살핌이 무엇보다 중요합니다."

애기가 다 끝난 듯 의사는 펼쳤던 차트를 접었다. 혜운은 의사의 마지막 말이 마음에 걸렸다. 흔히 하는 얘기일 수 있었으나, 아마 환자의 가족 관계를 알고 하는 말일 것이라 여겨졌다. 간호사가 다음 환자를 부르기 위해 문 쪽으로 갔다. 혜운은 의사에게 합장하며 인사를 하였다.

"병실로 가보겠습니다."

혜운은 진료실을 나와 4층으로 올라갔다. 415호 병실 앞에 다다랐다. '윤태숙', 이름이 병실 문에 걸려 있었다. 울컥 목이 메어와 문 앞에 걸음을 멈추고 한참을 서 있었다. 현기증이 일어나며 눈앞이 흐릿하여졌다. 잠시 두 눈을 감았다. 혜운은 가만히 병실 문을 열고 안으로 들어갔다. 창문 쪽에 있는 침대에 어머니의 모습이 보였다. 그녀는 반쯤 일으킨 침대에 등을 기대고 앉아 있었다. 병실에 있던 사람들의 눈이 모두 혜운에게 쏠렸다. 어머니 태숙도 혜운을 바라보았다. 그녀의 눈에 반가움과 놀람이 가득하였다. 한걸음에 그녀에게 다가갔다. 출가한 후 자신의 감정을 남에게 내보이는 걸 적극적으로 피해 왔으나 그 순간 주위의 사람들이 눈에 들어오지를 않았다. 애써 벽으로 얼굴을 돌렸다, 그런 혜운을 내려다보는 태숙도 감정을 억눌렀다. 이게 얼마 만인가? 억겁의 세월이 흐른 것 같았다. 살아서 다시 보게 될까 생각한 적도 많았는데……

"어떻게 여기를 찾아왔니?"

떨리는 목소리로 태숙이 물었다. 마치 혜운은 그 소리가 자신을 질책하는 것처럼 들렸다.

"모두 제 탓인가 봐요. 제가 엄마를 이렇게 아프게 했어요."

"쓸데없는 소리를 다 하는구나. 네가 건강하니 엄마는 됐다. 부처님께 기도했더니 이렇게 만나게 되는구나. 좀 야윈 것 같다."

태숙은 오히려 딸 걱정을 하고 있었다.

"의사 선생님 말씀이 마음을 편하게 가져야 한다고 하대요. 이제 엄마 걱정 안 끼쳐드릴게요."

"별말을 다 하는구나. 네가 몸 건강하고 열심히 공부하면 그뿐이다. 얼굴 이렇게 보았으니 여한이 없다. 너만 좋으면 무엇이든 상관없다."

혜운은 태숙이 정말 하고 싶은 얘기를 너무나 잘 알고 있었다. 이제는 그 이야기를 자신이 해야 할 차례라고 생각했다.

"이제는 엄마 곁을 떠나지 않을 겁니다. 아프게 놔두지 않을 거예요."

두 모녀는 서로를 꼭 껴안았다. 두 사람의 볼을 타고 흘러내린 눈물이 서로의 어깨를 적셨다. 혜운은 그날 이후 어머니 간호를 하며 옆에서 잤다. 수술이 끝날 때까지는 곁에 있어야겠다고 생각했다. 조그마한 간이침대라 잠자리는 불편했지만, 마음은 더할 수 없이 편했다. 밤에 일어나 잠든 어머니를 바라다보면 그렇게 흐뭇할 수가 없었다. 사랑하는 사람을 위해 무언가를 할 수 있다는 것이 정말로 행복한 일이라는 걸 깨달았다. 목요일 오전 태숙은 수술실로 들어갔다. 혜운은 어머니가 수술을 받는 동안 일심으로 기도를 하였다. 다행히 수술 경과는 좋았다.

  태숙은 회복실을 거쳐 오후 3시가 되어서야 병실로 돌아왔다. 병실로 올 때는 깨어 있던 태숙은 힘이 들었던지 곧 잠이 들었다. 혜운은 그런 어머니의 얼굴을 하염없이 바라보았다. 출가할 때는 아직도 젊었는데 얼굴에 주름살도 늘고 나이도 들어 보였다. 병들고 지친 여인 한 사람이 침대에 누워있었다. 혜운은 저렇게 병들고 늙은 것 모두가 자신의 탓이라는 생각이 들었다. 어머니를 바라보는 혜운의 마음에는 수많은 생각이 스쳐 지나갔다. 그동안 무엇을 하였던가? 어머니의 인생에 있어서 전부였던 나. 나란 존재는 그녀 인생에 있어서 희망이었고, 삶을 살아 올 수 있었던 힘의 원천이었는데, 어머니를 위해서 무엇을 하였는가? 무엇을 어떻게 하여야 하는가?'

  혜운은 자신이 입고 있는 잿빛 옷을 내려다보았다. 승복을 입고는 있지만, 현재의 자신은 승과 속 그 어느 쪽에도 속해 있지 않다는 생각이 들었다. 회색 옷을 입고 그 안에서 또 회색인이 되다니. 심한 좌절감이 들었다. 다음 날 태숙은 기력이 많이 회복되어 죽을 먹을 수 있을 정도가 되었다. 수술 부위에 약간의 통증을 느낄 뿐 가슴을 치받치던 것이 없어져 살 것 같다고 하였다. 혜운은 수술이 잘 된 것 같아 마음이 놓였다.

"절에 가보아야 하지 않니?"

점심을 마친 태숙이 무심한 표정을 하며 물었다.

"다시 올게요."

혜운은 말이 나온 김에 떠나는 것이 낫겠다. 생각하며 말했다. 이번에 대원암에 가면 자신의 향방에 대해 확실히 해야겠다고 마음먹었다. 무언가 결단을 내려야겠다고 생각했다. 떨어지지 않은 발걸음을 옮겨 병원을 나섰다. 출가하던 날 집을 나서며 하늘을 쳐다보았던 것을 떠올렸다. 그날은 하늘에 뭉게구름이 흘러가고 있었는데, 혜운은 고개를 들어 하늘을 쳐다보았다. 황사 때문인지 뿌연 빛이 대기를 가득 채우고 있었다. 지금이라도 뒤돌아 달려가 어머니에게 안기며 당신 곁을 다시는 떠나지 않을 것이라고 말하고 싶었다.

제9장

불이문

대원암으로 돌아온 혜운은 그날부터 앓기 시작하였다. 몸이 불덩이같이 달아오르고 입이 바싹바싹 타들어 갔다. 땀이 비 오듯 흘러 온몸을 적시고, 눈두덩은 깊숙이 들어갔다. 몸만 앓고 있는 것이 아니었다. 고열로 정신이 몽롱한 가운데도 가슴이 허허롭기 그지없었다. 어머니를 만나고 온 후 혜운은 죄책감에 어찌할 바를 몰랐다. 그리고 정우에 관한 생각으로 더욱 심한 갈등에 사로잡혔다.

'참으로 어리석고 바보 같은 사람. 먹물 옷 입은 사람을……. 한량없이 사랑한다고, 자신의 마음을 받아 주기를 바라며 스스로 저렇게 학대하고 있다니, 어찌해야 합니까? 부처님, 도대체 무엇 때문입니까, 무슨 까닭으로 나에게 이처럼 고통스러운 인연이 주어진 것입니까? 수도하는 사람에게 인연 끊는 일이 가장 시급하고 중요한 일이라 하지만 이 질기고도 질긴 인연의 쇠사슬을 어떻게 끊을 수 있겠습니까.'

혜운으로서는 너무나 고통스럽고 감당하기 어려운 인연들이었다. 하지만 이제 혜운은 마음을 이제는 외면하고 싶지 않았다. 자신이 진정으로 원하는 것이 무엇인지 알고 싶었다. 밖이 밝아 오고 또 어두워 오고, 그렇게 며칠이 지났는지 알 수 없었다. 혼자서 앓고 또 앓았다. 이대로 천 길 낭떠러지로 떨어지는 것만 같았다. 혜운은 겨우 일어나, 손가락 하나 움직일 힘조차 없어 벽에 기대앉았다. 가느다랗게 들려오는 계곡 물소리가 희미한 달빛과 함께 방안으로 스며들었다.

'엄마!, 당신이 진정으로 내게 원했던 것이 무엇이었습니까? 두 눈을 감고 한참을 생각하다 방을 나왔다. 그리고 조심조심 달빛에 의지해 계곡으로 내려갔다. 달빛과 어우러진 계곡, 물이 가볍게 반짝이며 작은 소리를 내며 흘러가고 있었다. 저 물은 제 갈 곳을 찾아 저리도 잘 가고 있는데 여기 앉아 무엇을 하고 있나? 혜운은 흘러가는 물이 부럽기만 하였다. 마음도 물에 실어 가고 싶은 데로 멀리멀리 보내고 싶었다. 혜운은 두 손을 담근 채 흐르는 물을 멀거니 바라보았다. 손바닥으로 물을 퍼 때리듯이 몇 번이고 얼굴에 끼얹었다. 바위에 걸터앉아 발을 물속에 담갔다. 발에 느껴지는 시린 기운에 온몸이 오그라드는 것 같았다. 마음이 조금 편해져 오는 것 같았다.

심하게 앓고 난 혜운은 다시 기도하였다. 이제 봄도 절정에 다다르고 있었다. 따스한 햇볕이 창살에 어른거리며 벌어진 문 사이로 법당 안으로 비껴들었다. 혜운은 두 무릎을 꿇고 부처님을 바라보며 두 손을 모아 간절히 기도하였다.
 '부처님! 어머니의 깊은 눈을 보았습니다. 생각을 읽었습니다. 어머니의 마음을 느꼈습니다. 희생을 보았습니다.' 혜운은 마룻바닥에 머리를 조아렸다. 이 세상 가장 철저히 낮은 사람이 되어 법당 마룻바닥에 조아렸다, '부처님, 참회합니다. 진심으로 참회합니다. 어머니를 보살펴 주세요. 저 하나만 믿고 살아 온 어머니를 아프지 않게 도와주세요. 제 목숨이 필요하면 기꺼이 그것을 바치겠습니다.'
 혜운은 세상 모든 어머니를 생각했다. 자신의 어머니, 정우의 어머니, 그들이 절실히 바라는 것이 무엇인지를 생각했다. 그들이 원하는 것이……! 혜운은 그 평범한 것이 세상에서 크고 중요한 것일지도 모른다고 생각을 하였다. 법당문을 열었다. 법당 마루에 앉아 넋을 잃고 밖을 내다보았다. 말간 햇살이 신록의 푸르름 위로 넘실거리고 있었다. 온 산에 푸근함과 너그러움이 넘쳐나고 있었다. 혜운은 천지에 가득한 따스하고 부드러운 기운이 자신의 몸을 감싸는 것 같았다. '아, 아름다운 세상! 그리고 슬픔이여!'

정우가 혜운을 다시 찾아왔다. 그의 어머니가 다녀간 뒤 혜운도 정우를 만나보고 싶었다. 하지만 정작 만나니 무어라 할 얘기가 없었다. 두 사람은 묵묵히 도량 한편에 서서 서로의 얼굴을 바라보았다. 그는 무척이나 야위어 있었다. 볼이 푹 들어가 광대뼈가 크게 드러나 있었다. 그러나 예상과는 달리 여유 있고 밝은 표정이었다. 정우는 혜운을 보고 빙그레 웃었다.
"그동안 잘 지내셨어요?"
"예."
마음과는 달리 의례적인 대답이었다.
"어머니 보살님이 오셨더군요."
"알고 있습니다. 저희 어머니가 하신 얘기들은 마음에 두실 필요 없습니다."
그는 무슨 좋은 일이 있는 사람처럼 함박웃음을 웃었다. 혜운은 정우의 웃음이 그의 처절한 마음을 감추기 위한 것으로 생각하니 마음이 몹시도 아팠다.

"얘기 좀 하지요. 절 아래서 기다리겠습니다."

도량에 서서 얘기하는 게 불편했던지 정우가 혜운을 남겨두고 도량 밖으로 나갔다. 혜운은 법당 안으로 들어갔다. 아직도 머리는 그를 피해야 한다고 시키고 있었다. 그러나 마음은 아니었다. 팔상전 문을 열고 안으로 들어서는 순간 법당 마루에 주저앉고 말았다. 온몸에 힘이 쭉 빠졌다. 한참을 멍하니 앉아 있던 혜운은 힘겹게 몸을 일으켰다. 법당 마루에 무릎을 꿇고 앉아 머리를 바닥에 대었다. 마음은 걷잡을 수 없이 흔들리고 있었다. 그가 떠났을까, 아니면 지금도 저 밖에 서서 기다리고 있을까? 그를 다시 만나고 싶었다. 아직도 그 자리에 서서 기다리고 있었으면 좋겠다고 생각했다.

언젠가 큰스님이 자신을 보고 한 말이 생각났다. '산문山門이 조용할 때는 번뇌도 그리움도 슬픔도 아픔도 생겨나지 않는 법이다.' '항상 물결치는 마음을 조용한 산문처럼 하여라.' 혜운은 마음속으로 큰스님의 말씀을 수없이 되뇌어 보았다. 하지만 자신의 마음을 더는 외면할 수가 없었다. 더는 참을 수가 없었다. 혜운은 법당 밖으로 나갔다. 정우는 대나무 숲길에서 혜운을 기다리고 있었다.

혜운은 숨을 가다듬으며 정우에게 다가갔다. 정우를 쳐다보는 혜운의 눈에 애절함과 서글픔이 가득하였다. 혜운을 바라보는 정우의 눈에는 흐뭇함과 부드러움이 넘쳐흘렀다. 시간이 멈춘 듯 두 사람은 꼼짝도 하지 않고 서로를 바라보았다.

"이 세상이 끝나는 날까지 혜운 스님을 지켜 드리겠습니다."

정우가 혜운에게 한 발짝 다가서며 말했다. 혜운은 뭐라 말하고 싶었으나 감정만 복받칠 뿐 말을 할 수가 없었다. 정우가 혜운과 몸이 닿을 정도로 바짝 다가섰다. 그는 혜운의 눈을 지그시 바라보았다. 한줄기 눈물이 볼을 타고 흘러내렸다.

"아무 말도 하지 말아요. 말하지 않아도 돼요."

정우가 손을 들어 혜운의 얼굴에 흐르는 눈물을 부드럽게 닦아 주었다.

"지금처럼 내 곁에 있어만 주면 돼요."

그렇게 말을 하는 그의 눈에도 물기가 어렸다. 정우는 손을 들어 혜운의 두 손을 감싸 쥐었다. 서서히 땅거미가 내리고 있었다.

정우가 절에 왔다 간 지 이틀이 지났다. 혜운은 법당에서 무릎에 피멍이 들도록 절을 하며 일심으로 기도를 하였다. 부처님은 싱긋이 웃고만 있을 뿐 말이 없었다. 혼자서는 도저히 어떤 결정도 내릴 수 없었다. 정우의 얘기를 큰스님께 말씀드리기로 하였다. 답답한 심정을 대인 큰스님께 숨김없이 얘기하면 무엇인가 실마리를 찾을 수 있을 것만 같았다.

"이런 모습을 보여 드려 죄송합니다."

혜운은 고개를 숙이며 어머니 얘기부터 시작하였다.

"홀로 계신 어머니가 병원에 계십니다. 참으로 어리석게도 어머니의 마음을 이제야 깨달았습니다."

혜운은 어머니 얘기를 하며 목이 메어 겨우 말을 하였다.

"효도하는 것만으로는 도道를 이룰 수는 없다. 하지만 효도孝道야말로 보살菩薩의 시작이며 보살사상의 중심이지."

큰스님은 두 눈을 감고 염주를 돌렸다. 혜운의 마음을 모두 읽고 있다는 듯 고개를 끄덕였다. 혜운은 끝내 큰스님 앞에서 고개를 숙인 채 정우의 얘기를 모두 하였다. 그리고 그의 어머니가 대원암에 찾아왔다는 사실도 숨김없이 말하였다.

"참으로 질긴 것이 인연이다. 속세의 인연이 아직 다하지 않았구나. 부처님께서도 깨달은 연기법을 이렇게 설하셨다. '이것이 있으므로 저것이 있고, 이것이 생기므로 저것이 생긴다. 이것이 없으면 저것도 없고, 이것이 멸하면 저것도 멸한다.' 세상의 모든 것은 그냥 독자적으로 존재하는 것은 없다. 연관 관계 속에서 존재한다는 것이다."

큰스님은 두 눈을 감고 가부좌를 한 채 말을 이어갔다.

"옛 중국에 탄산 선사가 있었다. 하루는 그 선사가 도반 선승과 함께 만행을 하던 중 시냇물을 건너게 되었지. 그리 깊지는 않아 무릎까지 오는 냇물이라 바지를 걷고 물을 건너게 되었다. 물을 중간쯤 건넜을 때 등 뒤에서 비명이 들려왔지. 탄산 선사와 선승은 비명을 듣고 돌아보았다. 한 처녀가 물을 건너다 치마가 물에 젖어 넘어지게 되었던 것을 보게 되었지. 그래서 탄산 선사가 그 여인 곁으로 가, 덥석 그 처녀를 업고는 냇가를 건너갔지. 그리고 건너편 냇가에 내려놓고는 잘 가라는 인사를 하였지. 처녀는 부끄러움에 도망치듯 사라졌지. 그리고 탄산 선사와 선승은 길을 걸어갔지. 한참 길을 걸어가다 선승이 탄산 선사에게 물었지. "자네는 어째서 계율戒律을 깨뜨렸는가? 비구는 마땅히 색色을 멀리하고 사음邪婬을 경계해야 하거늘, 여인을 등에 업고 길을 건너다니!" 그러자 탄산 선사가, "아 그 처녀 말인가? 나는 벌써 등에서 내려놓았는데 자네는 이 먼 길을 걸어오도록 그 처녀를 아직 등에 업고 있었단 말인가?"라고 말했다.

큰스님은 다시 염주를 돌리고 혜운을 바라보았다.

"자기 자신을 등불로 삼고, 법을 등불로 삼으라는 것이다. 결국 자기 자신만이 자신을 구제할 수 있다는 것이다. 내 마음이 곧 부처요. 마음이 곧 법이다. 불과 법이 둘이 아니요. 승보 또한 그러하다. 진여眞如의 세계는 이렇게 변함이 없느니라. 혜운아,

왜 이 얘기를 하겠느냐? 너의 번뇌도 모두 참회 되었다. 그리고 내려놓아라. 모든 것이 마음에서 오는 허상이니라."

큰스님은 어렴풋하게나마 명호와의 관계도 알고 있었다. 지금까지 그 일에 대해서는 주위의 누구에게도 내색하지 않았었다. 그런데 자신이 아끼는 혜운이 또다시 번민하는 것을 듣고 보니 안타깝기가 그지없었다.

"지금처럼 매일 절 수행을 하고 참선하여라. 마음속에 있는 집착을 끊어라. 모든 번뇌는 집착에서 시작되는 것이다. 그리고 철저하게, 겸허하게, 처절하게 내면의 소리를 들어보아라. 마음자리를 찾으라는 것이다."

"예."

혜운은 합장을 하며 대답하였다.

"자신이 가야 할 길이 어느 곳에 있는지 생각해 보아라. 진정 자신의 갈 길이 어디인지를 알고 그 길을 택하는 사람의 뒷모습은 아름다운 거다."

혜운은 합장을 하고 뒷걸음쳐 방을 나왔다. 그런 혜운의 모습을 큰스님은 애틋이 바라보았다.

큰스님과 얘기를 나눈 후 더욱 간절히 처절하게 기도를 하고 참선을 하였다. 가부좌를 하고 무無자 화두를 챙기고 마음자리를 찾기 위해 호흡을 가다듬었다. 호흡의 대상은 마음이었다. 오로지 참 나를 찾기 위해, 깨어 있기 위해 온몸을 내던졌다. 하지만 마음의 한 자락은 속세에 이어 놓고 있다는 생각이 들었다. 그 한 자락을 걷어 들이지 않는 한 번뇌에서 벗어나지 못하리라. 다시 호흡을 가다듬었다.

참선과 철야기도를 하며 절 수행을 하였다. 욕망을 마음으로부터 내려놓기 위해 육체를 혹사하며 일념으로 절을 하였다. 혜운은 쓰러질 것만 같았다. 피멍이 들었던 발톱이 빠져 붉은 피가 하얀 양말을 적시기 시작했다. 두 무릎도 벗어져 쓰리고 몹시 아파져 왔다. 무릎이 깨져 승복 바지에 피가 흘러내리기 시작하였다.

이 몸도, 이 마음도 모두 당신 곁에 머물며 살고 싶었는데, 부처님, 어찌하오리까? 어찌하면 됩니까? 그러나 부처님은 침묵만 지키고 있을 뿐 대답이 없었다. 자애롭고 온화한 미소 대신 굳은 얼굴로 혜운을 내려다보고만 있었다. 혜운은 안타까운 마음에 절을 하고 호흡을 가다듬고 참선을 하였다. 소용이 없었다.

오히려 어느 순간부터 절을 하고 쳐다본 부처님의 얼굴은 어머니의 얼굴이 되었다. 그리고 다시 명호의 얼굴이 되었다가, 또 정우의 얼굴이 되었다. 자정이 지날 무렵 혜운은 법당에서 나와 도량 한복판에 섰다. 며칠 전 보름 지난달이 절 마당을 훤히 비추고 있었다. 대나무 흔드는 바람 소리와 풍경 소리만 들릴 뿐 도량은 적막과 정적 속에 깊숙이 잠겨 있었다.

 '이 세상에서 가장 사랑하는 어머니를 보고 싶습니다. 마음속으로만 그녀를 그리워하는 것이 아니라 제 곁에 두고 보고 싶습니다. 가슴에만 묻어 두고 하지 않았던 사랑한다는 말을 끝도 없이 하면서 어머니를 위해 살고 싶습니다. 명호를 떠나보낸 것처럼, 그렇게 허무하게 정우도 떠나보낼 수는 없습니다. 명호에게는 보일 수 없었던 마음, 정우에게는 내 마음 있는 그대로 모두 내보이고 싶습니다.'

 혜운의 마음속에 절규가 울려 퍼졌다. 흙바닥에 무릎을 꿇고 앉았다. '이것이 참다운 내면의 소리인 것을! 이것이 절실한 마음인 것을! 아, 무엇을 찾아 지금까지 어디를 그렇게 헤맸던 것인가?' 혜운은 이제 자신이 가야 할 곳을 결정하였다. 가야 할 길이 어디인지 알았다. 다시 법당으로 들어갔다. 두 개의 촛불을 켜고 한 자루의 향을 살랐다. 그동안 입었던 가사와 장삼을 정성을 다해 반듯이 접어 상단 위에 올려놓았다. 가슴속에는 무어라 말할 수 없는 절절한 비애가 솟아올랐다. 말로도 말할 수 없고 마음으로도 그릴 수 없는 지난날들이 떠올랐다.

 지난날 부처님 앞에서 약속하였다. 그 약속을 지키기 위해 얼마나 많은 인고의 세월을 이겨왔던가……. 혜운은 승복 옷자락을 걷으며 연비 자국을 보았다. 인장처럼 새겨진 연비 자국은 부처님께 신심으로 공양한 불제자임을 확인할 수 있었다. 이제 승僧에서 다시 속俗으로 돌아가는구나. 승에서 보면 속일 것이요, 속에서 보는 승일 것이다. 이 이치 또한 둘이 아닌 하나일 것이다. 혜운은 어느 곳에 머물던 변함없이 부처님 제자라는 것을 알았다. 혜운은 법당 바닥에 머리를 조아리고 마음을 다해 삼배를 올렸다. 두 손을 가슴에 대고 합장을 하였다. 태산같이 높기도 하고 때론 어머니 품속같이 따스하기도 한 법당을 나왔다. 마당을 지나 도량 입구로 나갔다. 그리고 달빛에 하얗게 드러난 마당 위에 지난 세월이 펼쳐져 있는 것만 같았다. 혜운은 크게 한 번 심호흡하고 어깨와 허리에 힘을 주고 몸을 곧추세웠다. 도량으로부터 멀어지는 발걸음이 무겁기 그지없었다. 대나무 길에 이르자 혜운은 걸음을 멈추었다. 고개를 돌려 도량을 쳐다본 혜운은 일순 깜짝 놀랐다.

불이문 앞에 누군가가 서 있었다. 혜운은 몸을 돌려 도량 쪽을 정면으로 바라보았다. 몸의 반은 그늘져 있었으나, 비스듬히 비치는 달빛을 받아 왼쪽 어깨부터 발까지 그 모습을 드러내고 있는 여인이었다. 그녀는 달빛이 스며들어 몸이 내비칠 것 같은 얇고 하얀 옷을 입고 있었다.

혜운의 온몸을 가벼운 전율이 스치고 지나갔다. 한동안 미동도 하지 않은 채 그녀를 뚫어져라 쳐다보았다. 얼마나 그렇게

서 있었을까? 도량 입구에 서 있던 여인이 혜운을 향해 천천히 다가오더니 그 모습을 뚜렷이 알아볼 수 있을 만큼의 거리에 멈추어 섰다. 달빛이 그녀의 온몸에 내리비쳤다. 그녀의 왼손에는 활짝 핀 연꽃 한 송이가 들려 있었다. 그녀는 혜운을 바라보며 빙긋이 미소를 지었다.

아! 연꽃을 들고 달빛 아래 서 있는 여인은 관세음보살觀世音菩薩이었다. 그녀는 연꽃 한 송이를 혜운에게 건네주었다. 순간 가슴속으로 무언가 부드러운 것이 하나 가득 밀려들어 오는 것을 느꼈다. 환한 달빛은 온 천지를 두루 비추고 있었다.

불이문不二門을 나왔다. 절집 밖으로 나오는 마지막 문이었다. 관세음보살을 친견하고 그녀에게서 연꽃 한 송이를 받은 혜운은 불이문이 함축하고 있는 그 의미를 다시 되새겨 보았다. 둘이 아닌 하나의 경지. 세간과 출세간이 둘이 아니고, 중생계衆生界와 열반계涅槃界가 둘이 아니라는 것, 상대와 차별이 끊어진 절대적인 하나의 진리. 부처와 중생이 다르지 않고, 생과 사, 선과 악, 행과 불행, 만남과 이별, 너와 나, 유와 무······. 그 근원이 모두 하나라는 것이다.

혜운은 이제 이 오묘한 진리의 이치를 깨달았다. 하지만 말로는 말할 수 없었다.

작가의 말

▷ 작가의 말

생과 사
만남과 이별
행과 불행
선과 악
너와 나
유와 무…….
그 근원이 모두 하나라는 것이다.

둘이 아닌 하나의 경지! 나는 이제 이 오묘한 진리의 이치를……. 하지만 말로는 말할 수 없다.

불이不二의 이치를 독자들과 함께 나누었으면 하는 마음이다.

오래전 발표한 『가시연꽃』이라는 장편소설에 불이사상不二思想을 넣어, 새로운 장편소설 『둘, 또는 하나』를 집필하여 세상에 내보낸다. 글의 토양이 된 인연들께 두 손을 모으고, 상상력과 함께 이 소설을 완성하였다.

내 삶의 바탕이며 울타리이고 힘의 원천인 소중한 가족, 그리고 그리운 이와 마음을 함께한다. 동주東柱라는 호를 지어주신 금아 혜국 대종사 큰스님, 선지식禪知識 앞에 고개를 숙이며 감사의 마음을 전한다. 이 소설의 추천 글을 주신 한승원 소설가님, 김성동 소설가님, 고영직 문학평론가님께도 깊은 감사의 인사를 올린다.

　관심을 가지고 책을 출간해 주신 인간과문학사 서정환 사장님과 편집인에게도 고마움을 전하며, 장편소설을 낼 수 있도록 마중물을 부어준 전라북도문화관광재단에도 감사를 전한다.

2020년 겨울

東柱 이은정

이은정 장편소설

둘, 또는 하나

인쇄 2020년 12월 24일
발행 2020년 12월 28일

지은이   이은정
발행인   서정환
펴낸곳   인간과문학사
주소   서울시 종로구 삼일대로 32길 36 (익선동 30-6 운현신화타워) 301호
전화   (02) 3675-3885, (063) 275-4000·0484
팩스   (063) 274-3131
이메일   human8885@hanmail.net, inmun2013@hanmail.net
출판등록 제300-2013-10호
인쇄·제본 신아출판사

저작권자 ⓒ 2020, 이은정
이 책의 저작권은 저자에게 있습니다. 서면에 의한 저자의 허락없이 내용의 일부를 인용하거나 발췌하는 것을 금합니다.
COPYRIGHT ⓒ 2020, by Leei EunJeong
All rights reserved including the rights of reproduction in whole or in part in any form.
저자와 협의, 인지는 생략합니다.
잘못된 책은 바꿔 드립니다.

ISBN 979-11-6084-140-4 03810
값 13,500원

이 도서의 국립중앙도서관 출판예정도서목록(CIP)은 서지정보유통지원시스템 홈페이지(http://seoji.nl.go.kr)와 국가자료공동목록시스템(http://www.nl.go.kr/kolisnet)에서 이용하실 수 있습니다.(CIP제어번호: CIP2020054738)

Printed in KOREA